講談社文庫

コンビニなしでは生きられない

秋保水菓《あきうすいか》

JN041483

講談社

目次

『コンビニなしでは生きられない』──おもな登場人物

白秋
（はくしゅう）　　フリーター。コンビニ店員。

黒葉深咲
（くろはみさき）　　高校二年生。コンビニ店員（研修生）。

石国絵美
（せっこくえみ）　　大学二年生。コンビニ店員。

会谷計
（かいたにけい）　　飲んだくれおじさん。コンビニ店員。

店長　　ソンローの店長。

原瀬道子
（はらせみちこ）　　主婦。コンビニ店員。

灰野霧枝
（はいのきりえ）　　エリアマネージャー（本部のお姉さん）。

鈴木大
（すずきだい）　　高校一年生。元コンビニ店員。

コンビニなしでは生きられない

第一章　コンビニ強盗から始めましょう
――つまり最初から全力で

1

「研修生……ですか」

思わず手を止め、脱ぎかけた黒色のダウンコートから視線を横に移す。そこにはデスクにうつ伏せになってこちらを見る髭面《ひげづら》の男性――店長の姿があった。

彼は一つ大きなあくびをして、横で着替える俺に気怠《けだる》そうに言う。

「そうそぉ、今日が初出勤で。未経験者らしいけど……まあ、色々教えたげてくれるかね」

「教えるって……俺がですか？」

店長は半目のまま二度首を振る。声を出すのも面倒くさいとばかりに訊《き》いてきた。

「白秋《はくしゅう》くん、もうここ何年目だっけ？　二年くらいやってない？」

俺は周囲を見渡す。補充分の商品やら雑貨やらが乱雑に置かれた狭苦しいバックルーム。足元には誰かが休憩中に食べたであろうお菓子のカスがこぼれ落ちたままとなっている。

「……三年ちょっとですね。高一のときからやってます」

「なら、それくらいやってもらわんとねー。マンツーマンでさ、ほら、ほかの業務は会計《かいけい》さんに頼んじゃってさ。……あれ、会計さんだったかな？　今日夕勤に入ってるのって」

彼は瞼《まぶた》をこすりながら身体を起こし、椅子《いす》の背後の棚に貼《は》りつけられたシフト表を眺《なが》めていく。十一月二十日の十七時の欄に指先を合わせて「うむ」と頷《うなず》いた。

「本当なら、僕が教えようと思ったんだけどさー」次に防犯カメラの映像を流したモニターを一瞥《いちべつ》した。「このあと用事が入っちゃってね。上がんないといけないんだ。だからまあ、白秋くんに頼もうかなって。ほら、平日の夕勤ってそこまで忙しくないだろう？」

「は、はい……まあ」

俺は着替えを再開させた。ロッカーに適当に放り込まれたユニフォームを取り出し、袖《そで》から着る。チャックを上の八分目までしめて乱れた襟を整える。このユニフォームは、昨年新調されたばかりの指定服だ。

ポケットに入れてあったスマートフォンで時間を確認する。午後四時五十分。

俺はパソコンで出勤登録を済まし、レジ点検を記録するファイルと、キャッシュマスター（お金を数える機械）を手に抱《かか》えて、バックルームからレジカウンターへと出た。

カウンターの前には、一人の小柄な女性が俺と同じユニフォームを着て立っていた。柔らかい印象を与える毛先のカールに、丸みのあるボブはミルクティー色に綺麗《きれい》に染まっている。目元にはナチュラルなアイラインが引かれ、唇《くちびる》には薄いピンクのリップクリームが塗られてある。わずかだが柑橘《かんきつ》系の香水の匂《にお》いもした。

彼女――石国絵美《せっこくえみ》は、俺を見るなり穏《おだ》やかな笑顔を向けてくる。

「おはよー。……ん？　もう出勤？」

「うん、まあ」彼女の後ろを通り過ぎて、くたびれたように言う。「今のうちにレジ点《てん》終わらせとこうと思って」

「へえ、珍しい。いつもは出勤ギリギリなのにねえ」

苦笑いで応じながら、彼女のいるレジとは反対側のレジの前に立つ。ユニフォームについている名札に記載された従業員コードをスキャナーで読み取り、レジのロックを解除。そのままドロアを開け、お金の数を貨幣の種類ごとにキャッシュマスターに読み込ませていく。

ふと石国はこちらに近づいてきて、手を合わせながら大仰《おおぎょう》に頭を下げた。

「ごめーん。現金収納まだしてなくて、万札多いかも」

「……ああ、大丈夫。俺があとでやっておくよ」

現金収納――うちの店では、引き継ぎの際にレジに収納された一万円札はなるべく金庫に移し替える。それはレジ点検をスムーズに進めるためでもあるが、使わない一万円札をずっとレジにしまっておくことに対する防犯対策としての側面の方が強い。

「……あ、そうそう」彼女は、今思い出したとばかりに言う。「それと一昨日《おととい》くらいにさ、商店街近くのコンビニにさ、また強盗が来たって話は知ってる？」

「いや」

「え、うそ、知らないんだ。ニュースにもなってたのに。最初は九月の頭くらいだったかな。五万くらい盗まれて、結局捕まらず――で、一昨日にまた同じ強盗が同じ店に来たらしいのよ。今度は八万……いや、九万くらいだったかな。ま、いいや。でね、犯人はまだ逃走中らしいから、夕勤でも防犯意識高めでって本部から連絡が回ってきたんだって――」

俺はそれとなく聞きながら、記録したお金の数を丁寧にファイルに書き写していく。レジ点検作業は雑にやればやるほど、数が合わなかったときに時間をくうのだ。

それに――

彼女の頭上の防犯カメラに、さりげなく視線を移す。

——妙ないざこざは避けたい。

「おはよーございあーす」

そこで一人の猫背のおじさんがふらふらと入店してきた。出入り口すぐのカウンターにいた俺の目の前を横切りながら、小声で挨拶《あいさつ》してくる。

「おはよーございます」と返し、彼の動きを目で追う。モスグリーンのジャンパーを着て、よれよれの白いポケットレスパンツをはいている。年齢は四十代後半くらいだろうか。しわの目立つ顔はほんのり赤くなっており、身長は小柄な石国とそう変わらないくらいだ。

会谷計《かいたにけい》さん——ほかの店員からは〝会計さん〟と呼ばれているベテラン店員。いつもは夜勤として働いているが、月曜日は人手が足りず、急遽《きゅうきょ》夕勤として駆り出されている。かなりの酒豪で、出勤前後に関係なくよく焼酎《しょうちゅう》を飲んでいる。多分《たぶん》今日もそうなのだろう。

俺は片方のレジの点検をひとまず終えた。カウンターに立てかけてあったレジ休止板も一緒に抱え、反対側のレジへと向かおうとしたそのとき——それは、響いた。

センサーチャイム。誰かが来店したときに鳴る軽快な音。

ほぼ無意識のうちに出入り口を見ると、そこには、まっすぐこちらのレジへと向かってくる一人の女子高校生の姿があった。

女子高校生——とすぐに判断できたわけは、ほかでもない彼女の容姿にあった。高過ぎず、小さ過ぎない身長。艶《つや》のあるミディアムの黒髪に、白く透き通った肌。整えられた細い眉《まゆ》に、クリッとした大きな目——適度に引き締まった体のライン。赤いチェック柄の制服のスカートから伸びた細長い脚は、黒色のタイツで覆《おお》われ、艶美《えんび》さを強調させている。

まるで、湖畔近くに建てられた白い別荘のベランダのウッドデッキで、ティーカップに淹《い》れた紅茶と共に読書を楽しんでそうな雰囲気すらあった。そんな彼女が見覚えのある紺色の制服を着ているのだ。わからないわけがない。

育ちの良さそうな優雅な歩き方で、俺の前まで来る。両手にはスクールバッグ。

「は、はじめまして。おはようございます」

彼女は開口一番にそう言って頭を下げた。見た目通り、おしとやかな声だった。

「あの、今日ここに研修に来た者なのですが……その……」

「研修？」目を見張って、気づくと俺は不毛にも尋《たず》ね返していた。「研修ですか？」

「はい、そうです。研修生として、しばらくはここで働かせていただくことに——。その、よろしくお願いします。私、黒葉《くろは》と言います。黒葉深咲《みさき》——」

当惑する。この妙な緊張感は、大学に通っていたとき以来の感覚だった。

柳眉《りゅうび》を寄せながら、黒葉と名乗るその女の子は、大げさに首をかしげる。

「あの……店長さんから、お話を聞かれてはいませんか？」

2

ジューソン濱丘狼閣街店《はまおかろうかくがいてん》――通称「ソンロー」と呼ばれるこのお店は、横浜市《よこはまし》の東部に位置する狼閣街という名の繁華街の中に、十年ほど前に建てられたコンビニエンスストアだ。

株式会社ＪＵＷＳＯＮから看板を借りて店を経営する、いわゆるフランチャイズ加盟店として展開しており、豊富な品揃《しなぞろ》えと、安定した接客のできる店として、近隣住民からはわりと好意的に受け入れられている。オーナーは店長の親戚《しんせき》だが、年齢の問題もあって最近はあまり店に来て働くことはない。そのため、実質店長がこのコンビニのすべての決定権を所有していると言っても過言ではない状況だった。

そんな店長が、新たに採用したのが彼女――黒葉深咲だった。

「ど、どうでしょうか？　本当に、いいのでしょうか、スカートはいたままで……」

黒葉は出勤するなり、すぐに服装を気にする素振りを見せる。ブレザーを脱ぎ、ジューソンのユニフォームを着たはいいものの、スカートと黒タイツは依然はいたままだった。

「なんだか、恥ずかしいです……これから働くのに、スカートって」

するとバックルームからひょっこりとしわの目立つ顔が出てくる。

「いいよいいよ」店長は目を開けているのか閉じているのかわからない表情のまま、朗《ほが》らかに笑った。「ジーパン持ってきていないんだよね。なら仕方ないさー」

「はい、すみません……学校からそのまま来たので、忘れてしまって……」

申し訳なさそうに頭を下げる。しかし、店長はほとんど気にしていないようで、むしろ「毎日それでも構わない」と言って首をひっこめた。

明らかに規約違反に該当しそうな服装なんだけど……まあいいか、店長が言うなら。

俺は店内に設置された時計で時刻を確認する。午後五時ピッタリ。夕勤は午後九時までのシフトなので、今日は残りまるまる四時間、彼女に基本業務を教えていくことになる。

「彼女の教育係はきみ……ってことは、自分は品出しとかやればいいのかな」

バックルームから白髪まじりの髪を掻《か》きながら会谷さんがやってくる。俺は頷いた。

「ええ。レジ周りはこっちでなんとかしますんで、混んだときだけサポートお願いします」

気怠そうに首肯して、会谷さんはレジカウンターから売り場へと去っていった。ふらふらとした足取りで、そのまま倒れてしまいそうなほど、出勤中の身とは思えない後ろ姿。

そこで、ちょうど直前までシフト入りしていた二人——店長と石国の姿も見えた。二人は私服姿でカウンターを横切って、売り場へと出ていく。

「お疲れ様。あとはよろしくねー、白秋くん」と石国。

「あの」俺は店長にたどたどしく声をかけた。「本当に自分が、その……教えるんですか」

それには言外の意味があった。本当に、研修生を置いて店長が先に帰って大丈夫なのかと。この俺に、そんな役割を与えてしまっていいのかと。

しかし立ち止まった店長は、呆《あき》れ声を上げた。眉間《みけん》にはしわが寄っている。

「もちろんさ。それとも、何か不満でもあるのかい？」

「あ、いえ、そういうわけじゃないんですけど……」

「じゃあ、いいじゃないか。長く働いてるんだし、それくらいはしてもらわないとね」

俺はぎこちなく笑って、そのまま顔を伏せた。

「もう、店長——ほら」

石国は溜《た》め息《いき》をついて、視線を店の外へ流す。何か訴えかけるような間があり、やがて店長は慌てて腕時計の針を確認する。

「ああ、悪いね――」

石国に暗にほだされたように、彼は続けてこう言った。

「ま、そういうわけだから……あとはよろしく頼んだよ」

石国は申し訳なさそうに頭を下げて、センサーチャイムを鳴らし、店長と共に店を出た。

開いた自動ドアから、凍《こご》えるような風が入り込んでくる。その寒風に俺と黒葉の黒い髪はふわりと流され、そして沈黙が訪れた。

さて――

俺は横にピッタリとくっつく――とまでは言わないものの、すぐ近くで背筋を伸ばして立つ彼女を横目で見た。こちらの一挙手一投足に細心の注意を払っている。おそらくは、俺からの指示を待っているのだろう。

まずは自己紹介から始めてみる。

「その……今日一日は俺が一応教えていくので、よろしく。俺の名前は――」

そこで彼女は、俺の胸元までグッと近づいてくる。そこにつけられた名札をまじまじと見て、柔和に微笑《ほほえ》む。

「白秋さん……ですね。よろしくお願いいたします。……ふふ、なんだか詩や歌を作りたくなるような苗字《みょうじ》ですね」

俺はその距離感に戸惑い、一歩後ずさった。名札を落ち着きなく触りながら本題に入る。

「きょ……今日が初めてって聞いたんだが、ほかにバイト経験は？」

「ありません。正真正銘の未経験者です。不束者《ふつつかもの》ですが、よろしくお願いいたします」

またも丁重に頭を下げる。かなり物腰が柔らかい。

「じゃあ……そうだな……」

コンビニの新人アルバイトに、まず何を教えればいいのか。まあ、基本的に接客業なんだ。あんまり迷う必要もないか。

「接客から教える。まずはレジに立とう」

それから俺は、ひたすらコンビニのレジ打ちについて口頭で説明した。その間、幸か不幸かお客さんは一人もレジにやってこなかったので、俺の説明が中途半端《ちゅうとはんぱ》に途切《とぎ》れることはなかった。俺が独《ひと》り言《ごと》のように話したレジ接客の手順を、黒葉は誰に言われるまでもなく、ポケットから取り出したメモ帳にせっせと書き込んでいく。ただメモするだけではなく、しきりに頷く素振《そぶ》りも見せる。見た目に違《たが》わぬ品行方正さと勤勉さだ。

「——なんか、ここまでで質問はあるか？」

「いえ」あっさりと彼女は言う。「特には。ご丁寧にありがとうございます」

俺は少しばかり疑うような眼差《まなざ》しを向けてしまう。

「本当か？　たったの一回だぞ説明したの。もう全部わかったのか？」

彼女は「はい」と言って首を縦に振り、メモ帳も何も見ずに、鷹揚《おうよう》に話し始めた。

「まずお客さんがご来店されたら『いらっしゃいませ』、続いてセールストークを店内に響き渡るほどの大声で発します。レジ接客は、挨拶をしてから商品のバーコードをスキャンしていきます。すべてスキャンし終えたら、合計金額を読み上げ、袋詰めをします。ポイントカードの有無を聞いたのち、お客さんが出したお金をレジに入力し、必要に応じて差額のお釣りをお渡しします。最後に、再度挨拶とお辞儀《じぎ》をし、退店を見守ります。もしもお客さんがレジに来ないときは、前陳、ＦＦ《ファストフーズ》の調理、廃棄、消耗品のストックを——」

「わかった。もういい。もう、いいよ」

俺が先ほど話したことを、なんの誤りもなく一言一句完璧《かんぺき》に記憶していた。

なんだ？　なんなんだこの子は？

「黒葉さん、覚えが早いね」

戸惑う俺に対し、黒葉は誇らしげな表情を浮かべた。弾むような調子で言う。

「いえいえ、白秋さんの説明の仕方がお見事でした。感謝です」

こんな率直に褒められたのは久々だったため、顔を背ける。背けた先、店の前の道路に一瞬警察官の姿が見えた気がした。……なんだ、何か視線を感じたような……。

ガシャンッ！

そこで突然、大きな衝撃音がバックルームの方から鳴り響いた。

俺は思わず目をぱちくりさせて、その音が聞こえた方向へ目をやる。

何か積んでいたものが崩れ落ちたような音だ。

バックルームで何かあったのか？　あっちでは会谷さんが作業しているはずだけど。

黒葉はちらりとバックルームの方を一瞥する。

「あの……大丈夫なのでしょうか？　何か奇妙な物音がしましたけど……」

俺は頰《ほお》を掻いて、首を横に振った。そのまま、〝気くばりミラー〟で店内にいるお客さんの数を確認する。雑誌コーナーに一人。アイスケースの前に一人。二人とも、レジに来る気配はない。これなら、しばらくは大丈夫だろう。

「ちょっと様子を見てくるから、黒葉さんはここで待機していてくれ。もしレジにお客さんが来たら、俺を呼んでくれればいい」

彼女は慇懃《いんぎん》に敬礼し、緊張した表情で俺を見送った。

研修初日の彼女を一人レジに置くというのは、あまり好ましい判断とは言えない。ただ、嫌な予感というのがまず頭によぎり、それは経験上、到底《とうてい》無視できないものだった。

案の定、それは当たっていた。

バックルームの奥——段ボールが大量に積まれたスペースでは、会谷さんが仰向《あおむ》けになって倒れていた。彼の身体の上には、段ボールから取り出されたばかりのペットボトルが投げ出されており、近くには無造作に引きちぎられた段ボールや、ケースに保管されているはずの一番くじの景品が崩れ落ちている。

「大丈夫ですか、会谷さん！」

「んぅ……むにゃ……うぅん……」

膝《ひざ》をかがめ、周辺の匂いを嗅《か》ぐ。わずかに鼻をつく酒の臭気。

「またですか」げんなりとする。「出勤前に、飲んでこないでくださいよー、もう」

彼はとろんとした目でこちらを見上げてくる。顔は真っ赤だ。

「酔ってないー……うぅ、僕はさぁ……酔わないタイプなんだよ……頼むからさぁ……僕から、お酒をぉ……取り上げないでくれ……うぅ……」

手は震え、発汗も見られる。依存症であることに疑いはなかった。

「せめて勤務中はしっかりしてくださいって。店長に見つかったら怒られますよ」

ましてや今日は新人研修日だ。何かと忙しくなるこのとき、いつもみたいにこの人の介抱をしている余裕はきっとない。

ふとそこで、来店を告げるセンサーチャイムが、出入り口の方から鳴った。

まずい、お客さんだ。早くレジに戻らないと。

「ちょっとレジの様子見てくるんで、品出しは任せましたからね」

「待って……せめて……トイレまで……お願い……トイレまで、連れてって……」

「どうしてですか」

「もう……限界……」

俺は頭を抱えた。溜め息をつきながらも彼の身体を起こし、肩を貸す。そのまま、すぐ近くの洗面ルームまで連れていった。去り際に、口を尖《とが》らせながら言っておく。

「今度は会谷さんが自分で後処理してくださいね。一昨日、とっても大変だったんですよ」

一昨日も彼は勤務中に盛大に吐《は》いて、俺がその後片付けをした。

彼はそれに愛想笑いを浮かべて扉を閉めた。あまり悪気はなさそうだ。

「あの、白秋さん……」

バックルームの前方から声がしたので、そちらを振り向く。するとそこには、しとやかな立ち方をした黒葉の姿があった。つま先をくっつけた行儀の良い姿勢で、俺を見てくる。

「どうかしたか？」

「ええ、その、お客さんが、来店してきたのです」

一瞬、意味を量りかねた。ただし、すぐに思い出す。さっきのセンサーチャイムだ。

「……そうだった。悪いな、すぐに行けなくて。よし、俺があとは対応する」

すぐさま洗面ルームから出て、レジカウンターに向かう。おそらく黒葉は、レジ接客がまだわからなくて俺に助けを求めてきたんだろう。いくら頭ではわかっていても、実践できるかどうかはまた別問題。実際俺も、最初の接客はだいぶ緊張した。

「すみません、お待たせいたしま――？」

しかし、レジの前にはたったの一人もお客さんは並んでいなかった。

売り場を見渡す。雑誌コーナーに二人と、デザートコーナーに一人のお客さんがいる。……いるが、三人ともレジに来た気配もこれから来る様子もない。

ん？　どういうことだ。

俺はバックルームに戻り、防犯カメラのモニターを眺めていた黒葉に訊く。

「あれ、お客さんは？」

「お客さんは……どうでしょう、よくわかりません」

彼女は困惑したように柳眉を寄せた。身体はなぜか震えている。

「そもそもお客さんという呼称が正しかったのかどうか……すみません、それさえも私にはなかなか判断がつかなくてですね……」

歯切れが悪い言い回しだ。言いたいことを、上手《うま》く言葉に変換できないもどかしさが、なんとなく伝わってくる。

「なんだ？　どんなお客さんだったんだ？」

すると彼女は、滑《なめ》らかな動きで身体をくるりと一周回した。スカートと綺麗な黒髪がふわりとそよぐその一瞬、神妙な面持《ミステリー》ちで言ってくる。

「お、お客さんはお客さんでも、お客さんの方のお客さんなのです」

「……え？」

「えっとその、ですから、そのレジに来たお客さん……少し様子がおかしかったのですよ」

いまいち何を言っているのか判断がつかない。

「おかしい？　というと……どうおかしいんだ？」

彼女は一つ一つ特徴を挙げていく。

「えっとですね、まず私より少し高いくらいの身長でした。その全身は、真っ黒い衣服を着ていて、頭にはつばのある帽子を深くかぶっていて……黒いサングラスをかけていて、手には黒い手袋をしていて、口にはマスクもしていました。顔の大部分が覆われていたため、性別は判断できませんでしたが……なんとなく変なお方だなと思いまして」

「……まあ、変といえば、変かもな」

そういう格好のお客さんは時々くるけど……。

「でも、実際買っていったものは普通なんだろ？」

「いいえ、その方に、買い物をする意思はついになかったように見受けられました」

「……？　じゃあその人は何しにレジに来たんだ？」

黒葉は手入れの行き届いた黒髪をふわりと揺らす。

「その方は、レジの前に立つ私をまっすぐ見てきて、あごでレジをさしてきたのです」

俺は顔を曇らす。

「えっとですね、どうやら、お金が欲しかったようなのです。一言も声には出してこられなかったのですが、態度とその服装から察するに、レジを開けて中にしまわれたお金を取り出してほしいと、そう訴えかけられたような気がしまして……」

「…………」

「ですから、渡しました。店のお金を、十万円ほど――」

俺は半信半疑で訊く。

「まさか、そのお客さんって……その……手に、何か持っていたか？」

彼女は恐る恐る頷く。

「ええ、ご明察です。凶器の刃先を私の喉元《のどもと》に向けてきました。あれは、ナイフでしょうか。刃渡り七センチから十センチほどで、柄《え》の部分は――」

俺はすぐさま店を飛び出した。目の前には交通量の多い道路と歩道がまっすぐ横に延びており、そこでは今も多くの人間が行き来している。

見渡したところで、結局意味はなかった。犯人と思《おぼ》しき者がまだ視認できる範囲にいるわけがない。

俺はすぐさま引き返し、黒葉に再度詰問する。

「本当か？　その話、本当なのか？」

「もちろんです。ありのままの事実です」

なんだ、この子。なんでこんな……平然としてるんだ？

彼女は困惑しながら首をかしげる。

「えっと、どうしたのですか？　でも、やはりおかしなお客さん《ミステリー》ですよね？」

「違う！」

黒葉は強張《こわば》った表情で俺を見て、固まる。

「これは――」

唖然《あぜん》とした口ぶりで、俺は告げた。

「強盗だよ……コンビニ強盗……！」

3

コンビニ強盗――その言葉に、黒葉は眉を八の字にした。

「こんびにごうとう……ですか」

異国の言葉を突如耳にしたみたいな反応だ。しかし次の瞬間、彼女は腑《ふ》に落ちたように「あぁっ！」と声を漏らした。

「やはり、あ、あれが、コンビニ強盗なのですね。は、初めて出会いました！」

なんだこの態度……なんでこんな冷静というか、興奮？　している？

「……あまりに突然の出来事でした。お客さんが店に入ってきたなって思ったらそのままままっすぐレジまでやってきて、当然のようにナイフを突きつけてくるものですから、頭の中が真っ白になってしまって……」

彼女をよく見ると、スカートの裾《すそ》の部分を摑《つか》む手が小刻みに震えていた。

そうか。我慢しているんだ。取り乱さないように平静を装おうとしている。

彼女はぎこちなく微笑む。

「それよりも、早く警察に通報しなければなりません。あの強盗さんがやってきて、まだ五分も経《た》っていないのですから、もしかしたらまだ――」

ハッとして我に返る。そうだ、まずは通報だ。

俺はすぐさまバックルームへ行き、コードレス電話機を手に取り、一一〇番した。

「……じ、事件です。コンビニ強盗で……はい……場所は狼閣街の――で、時間は、えっと、まだ、五分も経っていないくらいに……」

……ん？

なんだ、この違和感。……何か、おかしくないか。

ひと通り話し終えて、受話器を置く。そのまま動けなかった。

「えっと」後ろから黒葉の不思議がる声が聞こえてくる。「どうかされましたか？」

「黒葉さん、さっきなんて言った？」

「え？」

「強盗がやってきて、何分も経ってないって言った？」

彼女はしばらく考え込み、

「五分――五分と、そう言いましたけど……それがどうかされましたか？」

五分？　いや、でもそれは……おかしい。

俺は電話機の横に設置されたストアコンピューターから現在時刻を確かめる。

午後五時三十七分――つまり、黒葉いわく三十二分から三十六分にかけて、コンビニ強盗は来店してきたということ。

それを確かめるすべ……防犯カメラの録画した映像記録は……ダメだ。俺じゃすぐには確認できない。なら……。

黙り込む俺を、黒葉は不思議がった。

「あの……どうしたのです？」

「黒葉さん、本当に強盗は来たんだよな？」

「え？　ええ、そうですけど……」

「そのとき、センサーチャイムは……来店音は鳴ったか？」

「……？　どうでしょう、鳴っていたはずですけど」

「いつ鳴ったかはわかるか？」

「え、ええ……ですから、数分前くらいです。来店音が鳴って、すぐに強盗さんは私の元までやってきたのですから」

「そのあとは？　そのあと、強盗はどうした？　お金を奪ってまっすぐ店を出たのか？」

「そ、そこまではわかりません。私、すぐに白秋さんに報告しようと逃げるようにバックルームへ向かったのです。すると、そこに白秋さんがいらしたので……」

「つまり、黒葉さんは強盗が店を出るところをはっきりと見たわけではない？」

「ええ、そう……ですね」彼女はためらいがちに頷く。

「じゃあ、やっぱりおかしいことになる」

黒葉は小首をかしげた。上目遣いでこちらを見てくる。

「あの、すみません。何がどうおかしいのですか？」

俺は傍《そば》に設けられた防犯カメラのモニターを注視しながら、震え声でそれに答える。

「うちの店の出入り口を通る際には、必ずセンサーチャイムが鳴る。端《はし》っこを通ろうが、出入りするスピードを緩《ゆる》めようが、それは変わらない。つまり、お客さんがうちの店を利用する際、その用途がなんであれ、必ず出入り口を往復することになる——すなわちセンサーチャイムは必ず二回鳴るようになっている。入ったときに一回。出ていくときに一回っていうふうに」

来店音と退店音。同音とはいえ、一人のお客さんにつき必ずそれは一回ずつ鳴る。

「そしてそのセンサーチャイムは、バックルームからでもよく聞こえる。洗面ルームからも清掃用具室からも、はっきりと聞こえる」

「えっと？　それがいったい――」

「センサーチャイムは、この数分間で一回しか鳴らなかった」

黒葉は大きく目を見開く。

「もしも強盗犯がこの店を出入りしたのなら、センサーチャイムは少なくとも二回以上鳴らないといけない。けど実際に鳴ったのが一回ってことは、少なくとも店に入りはしたが、まだ出てはいないということ」

「そ、そんな……それって……」

「黒葉さん自身が、強盗が退店した姿を見ていない……強盗が出入りする前後でセンサーチャイムは、一度しか鳴っていないということは――」

俺は、視線の先を防犯カメラのモニターに移す。そこには、店内を様々な角度から映し出した映像が克明に流され続けていた。

そこにいるのは、三人のお客さん。それぞれ店内で、思い思いの時間を過ごしている。

その光景を見ながら、俺は声を震わせて言った。

「つまり、強盗犯は店内にまだ留《とど》まっている。いや、立てこもうとしている？」

黒葉は愕然《がくぜん》としたように顔を強張らせた。信じられないとばかりに言う。

「そ、そんな……信じられません！　どうして、立てこもる必要があるのですか？」

「わからない。けど、このコンビニに出入り口は一つだけだ。裏口みたいなのは存在しない。センサーチャイムが偶然鳴らなかったってわけでもない。洗面ルームやトイレに隠れていた様子もない。つまり、強盗犯は店を出ていない──それだけは、確実だ」

彼女はぱちぱちと目を瞬《まばた》きする。上手く、状況を飲み込めていないようだ。

「で、でもですね、現在お店には、あの三人のお客さんしかいませんよ？　強盗さんらしき人なんて、どこにも……」

「簡単な話だ。その三人の中の誰かが、強盗犯なんだよ」

彼女は瞬時にたじろいだ。

「み、見覚えはないのか？」俺は唾《つば》を飲み込んでモニターを見るよう促《うなが》す。「顔や服装から、この三人の中に、強盗犯と結びつきそうな奴《やつ》はいるか？」

彼女は首をひねった。

「いえ、一瞬のことでしたので、あの強盗さんの特徴は……すみません、やはり、うろ覚えです。帽子、サングラス、マスク、手袋をしていて、全身真っ黒系ってことしか……」

俺はモニター越しから三人を視界に捉《とら》えた。一人は、パンコーナーでスマートフォンをいじっている主婦らしきおばさん。残りの二人は、雑誌コーナーで立ち読みしている男性客。小説と思しき本を手に取っているのが四十代くらいのおじさんで、厚めの漫画雑誌をパラパラめくっているのが二十代前半くらいの青年。三人とも、似たような背丈《せたけ》、服装をしている。

黒葉はテーブルに置かれた受話器を見る。

「そ、そのことも話した方がよろしいのではないですか。い、一刻も早く――」

「ああ、そうだな」

ところが、受話器をとってすぐ、手から落としてしまう。よく見ると、その手は震えていた。

「だ、大丈夫ですか」黒葉は俺の顔色をうかがってくる。「汗……たくさん出ていますけど」

「あ、ああ……」俺は手の甲で額の汗を拭《ぬぐ》いながら、受話器を拾う。

なんだ……これ。

おかしい。普通、強盗というのは犯行を終えたらすぐにその場から立ち去る。そのまま居座り続けるなんてケース、そうはない。

あるとしたらそれはやはり立てこもりだ。犯人が凶器を持って、人質をとって、外部から干渉されにくい場所に閉じこもる。

防犯カメラのモニターを見る。スマホと買い物かごを持ったおばさんがいつの間にかパンコーナーから雑誌コーナーのすぐ近くの雑貨コーナーへと移動している。凶器こそまだ視認できないものの、お客の三人全員がそれぞれ簡単に接触できるくらいの位置関係に、すでになっていた。そして三人とも時折チラチラと辺りを見回す素振りも見せていた。まるで機を見て今この瞬間にも何か別の行動に移そうとするかのようなーー。

黒葉は慌てた様子で俺が落とした受話器を拾う。通信指令室の担当者へしどろもどろになりながら俺の代わりに告げる。

「も、もしもし、は、犯人は店内で、その、立てこもっているみたいです！　お客さんに扮して、他のお客さんの近くで、えっとその凶器を……えっと……ナイフを！　隠し持っているみたいで！　すぐに人質にとれるくらいの大きい刃物を！」

声を震わせる彼女に、受話器越しから女性の担当者が諭すように何か語りかける声が微かに聞こえてくる。

……厳密にはまだ立てこもりだと決まったわけではないが、いつそうなってもおかしくない危険な状況ではある。黒葉の言い方的に誤解を招いているかもしれないが。

それより取り乱した新人に説明させて、何やってんだ俺は。俺がしっかりしないと。

俺は黒葉から受話器を再度受け取り、担当者に指示を出してもらった。

まず、絶対にその場から動かないこと。身の安全を第一に考えること。怪我人の有無についても尋ねられたが、俺はもちろん黒葉や店内のお客さんにそれらしいものは確認できなかった。

残るは――。

そこで、バックルームの奥――洗面ルームから音がした。俺たちは身体をのけぞらせるようにして音の方向を見る。

会谷さんだった。酔いが醒《さ》めた彼の表情は清々《すがすが》しいくらいに明るい。

「トイレ掃除終わったよー。いやあ、だいぶ気分もすっきりしてきてさー」

彼にすぐさま事情を説明した。すると、一瞬にして彼の顔は青ざめていく。

「ほ、本当なのかい、そりゃ……強盗がこんな時間に？　今も？　どうして!?」

コンビニ強盗は深夜帯に来ることの方が多い。けど、彼の案じる通り今は夕方で、とても強盗が来るような時間帯じゃない。もちろん、過去に例がないわけではないが。

とにかく彼にも怪我はなさそうだ。そのことを通信指令室の担当者へ伝える。

すると念を押して言われた。

「それでは、むやみにそこから動かないでください。なるべくこちらでの会話も聞かれないよう、大声を出さないよう犯人を刺激しないようお願いします」

位置的にバックルームでの会話は店内には聞こえないから多分その点は問題ないはず。

「――では立てこもる犯人について、何かわかっていることがあれば教えてください。性別や年齢、服装、何人で来たかなど、どんな些細なことでも構いません」

「それは……」

黒葉の方を向く。彼女はかぶりを振って、視線を防犯カメラのモニターへ。まだ店を出る気配のない三人を見ながら言った。

「防犯カメラの映像記録を確認できればいいのですが……」

「そうだ、会谷さん、防犯カメラの映像記録確認用のパスワードはご存知ですか？」

防犯カメラの映像記録を自由にチェックするためには四桁《けた》の暗証番号を入力しなければならない。そしてその暗証番号を知っているのは限られた人物だけ。会谷さんは俺よりも長くここで働いているから、もしかしたら知っているかもしれない。

「い、いや、残念だけど僕も知らないね。ほら、僕ってさ、信用ないから……」

じゃあ、強盗犯の存在をカメラからは視認できない……か。いや、まだ諦《あきら》めるのは早い。

汗を拭いながら、俺は店長に電話をかけてみる。けど、電話は繋《つな》がらなかった。それならばと、一緒にいるはずの石国の方に今度はかけてみるも、こっちも不通。あとパスワードを知ってそうな人は誰だ？　わからない。そもそも他のクルーの電話番号を知らない。

俺の横で、会谷さんは絞り出すような声で告げた。

「しかしいったいどうして、その強盗犯が誰なのかわからないんだね？　白秋くんが直前に二人見たのならさ、増えたっていう一人が——いわば見覚えのない顔の人が、強盗犯ってことにならないかい？」

俺は申《もう》し訳《わけ》なさそうに目を伏せる。

「すみません。その確認は本当一瞬のことでしたので、どういう特徴だったかっていうのは……覚えてないんです。なんとなくのシルエットしか……」

あくまであのときは、人数を確認するための目視だった。どういう人物が店内にいるのか？　ということを念頭に置いていたわけではないため、どうしても記憶が不鮮明になる。

「まあ、白秋くんは仕方ないにしてもさ」会谷さんは、目線を横に移す。「黒葉ちゃんは、その強盗の人と実際に対峙《たいじ》したんだろう？　きみは、顔くらい覚えていてもいいじゃないか」

「申し訳ありません。顔は隠されていましたし、服装は全身黒ずくめだったため……」

「そう、そこだよ、そこ。服装が黒いなら、まず間違いなく、犯人の服装は黒ってこと。この三人の中に、服装が黒い人は一人しかいないだろう？」

俺たちの眼差しは、会谷さんからモニターの先へ。

「あの雑誌コーナーで立ち読みしているおじさんだよ。全身、黒じゃないか。ほかの二人は、下のズボンこそ黒系とはいえ、上着は茶色やら紺色やらで、とても黒色とは言えないカラー……なら、全身真っ黒に当てはまる人は、あのおじさんしかいない」

「うーん、そう……でしょうか」

黒葉は、どこか釈然としていない様子だった。この人が、あのときの強盗犯かどうか量りかねているような、そういう目つき。

「服装なんて、一瞬でいくらでも変えられますよ」俺は黒葉をフォローした。「たとえばリバーシブルジャケットでしたら、衣服を裏返しにして着ることができますし……。確証はないですが、見たところ、三人とも下にはいたズボンは黒系なんですよね。つまり上着さえどうにかすれば、犯行時の服装から脱却することはできるということで——だから現時点で、服装から犯人を特定するのは難しいと思います」

バックルームに、わずかな沈黙が訪れる。会谷さんはうつむき、黒葉は両手で自身の身体を抱きしめるようなポーズを取っている。

不気味。前代未聞。今このソンローでは、そんな形容が相応《ふさわ》しい強盗犯が犯行後もなぜか店内に留まっている。

厄介なのは、犯人の一瞬の行動次第で、他のお客さんや俺たちが人質になるということだ。もしも次誰かが入店してきたその瞬間に、傍のお客さんに刃物を突きつけてきたら？　強盗事件が正真正銘の立てこもり事件になったら？　三人のうちの誰が凶器を持つ犯人なのかもわからないのに、下手な行動は命取りとなる。

俺は受話器を強く握りしめ、通信指令室の担当者に尋ねた。

「け、警察はいつ来るんですか？　もう五、六分は経つんじゃや……？」

落ち着いた口調で返答がある。

「今向かわせています。ただし状況が状況ですので、すぐに店内へと入れるかはまだ……」

立てこもり事件を視野に入れる以上、安易には踏みこめない。現場を包囲するということだろうか。

しかしそれは、俺たちやお客さんの身の安全をただちに保証してくれるわけではない。包囲するまでに、いや包囲したあとでさえ、俺たちは誰かもわからない犯人の害意に怯えなくてはいけない。今この瞬間にも、店内の誰かに襲いかかるかもしれないんだ。

新人クルーの黒葉の顔を窺う。不安そうに、防犯カメラのモニターを注視している。

そんな様子を見ながら思う。

せめて誰がどんな目的で留まっているのか——それを解くだけで、警察に伝えるだけで、この気味の悪い状況を打破するきっかけになるんじゃないか？　少なくとも警察は犯人の目星がついた状況下の方が対応しやすいはずだし、店内にいる俺たちもその人にさえ注意を払えばいいとわかれば、身動きがとれないなんてこともなくなる。

上手くやれば他のお客さんを犯人から遠ざけることもできるかもしれない。

だが、犯人はいつ豹変《ひょうへん》してもおかしくない。警察に包囲されていよいよ店内の人間を人質にとってしまえば意味がない。

立てこもり事件になる前に、事件の全貌を解き明かして最悪の事態を回避する糸口を見つけること。

それは店の外にいる警察にも、何も知らないお客さんにもできない。

そうだ。今店内にいる俺たちコンビニ店員にしかできないことなんじゃないか。

コンビニ店員……だからこそ……。

落ち着くために、まずは一呼吸する。

「……少し、考えてみよう。強盗犯はなぜ店内にいるのか？　その犯人は、三人のうち誰なのか——俺たちで、少し整理してみないか？」

会谷さんは戸惑いながらも頷く。一方、黒葉は顔を真っ青にしながら不安そうに俺を見てくる。

俺はそんな黒葉に、精一杯の笑顔を向ける。緊張をほぐす意図があったが、俺自身まだ恐怖で打ち震えているくらいだったので、きっと虚勢にしか見えなかっただろう。しかし、それでも彼女は、

「わかりました」

そう言って、無理に浮かべたような笑みをこちらに返してくれた。その不器用な表情に、かえってこちらの緊張がそこでほぐれたような気がした。

俺は通信指令室の担当者へ一言だけ連絡を入れる。

「犯人の心当たりについて、もう少々お待ちください」

その隣で、会谷さんがまずは考えていたことを口にする。

「やっぱりさ、犯人が現場に留まるって言ったら、あれが思い浮かばない？　あの、ほら、野次馬の中に紛《まぎ》れ込んで、現場検証する警察の動向を遠くから見守るっていうあの——」

「犯人は現場に戻るという心理分析ですね」黒葉は頬に人差し指を当てる。「自分が犯人だとバレていないか、証拠は残していないか、捜査状況はどこまで進んだのか

――そういった不安を目で見て解消するために、あえて現場に戻るという」

俺はやんわりとかぶりを振った。

「現場に戻るどころか、居座ってるけどな、今回の強盗犯は。犯人の心理としては、少し不自然じゃないか？　まずはすぐに立ち去りたいって思うのが普通だろ」

「うーん、そうですよねぇ……」

俺は思いついたことを挙げてみる。

「たとえば、店をすぐ出る意思はあったけど、いざ出ようとした際、警察や警察車両が店の出入り口の近くにいて、出るに出られなくなった……とか。実際俺、さっき見た気がしたんだよな、警察官の姿」

黒葉は目を見開く。しかし次にはもうスカートの裾の先を摑みながら、首をかしげる。

「で、でもですね、もしも強盗さんがそれを恐れたのなら、警察さんがいなくなった隙《すき》を見計らって、店を出ていくと思いませんか？」

俺と会谷さんはモニターを再度うかがう。そこには、相変わらず三人のお客さんがいる。さらに、店の目の前の歩道の様子を映した映像を見るも、その映像に警察を連想させる人物や車両は確認できない。

「もしも私が犯人ならば、今すぐにでもここから出ます。ですが、店内から出たお客さんはいないということは、強盗さんは現在警察の存在の有無で店に留まっているわけではないと、そう私は思うのです」

会谷さんはあごの辺りを手で擦《さす》りながら、口を開いた。

「じゃあ、またここで強盗を繰り返すために、店内で機をうかがっている……とか」

「うーん、どうでしょう」俺は難色を示す。「同じ店に日をまたいで押しかけたり、別の店に同時間帯で連続的に押しかけたりするケースは多いですけど、今回は同店の同時間帯ですからね。一度に要求分の金額だけ奪った方がはるかに利口じゃないですか」

言いながら、思い出す。そういえば、石国が引き継ぎの間際に何か言っていなかったたか。

「……確か、近くのコンビニでも、同様の手口の強盗が来たって話、なかったたっけ」

黒葉はピンとこない様子だったが、会谷さんは「あぁ」と頷いた。

「あったね、九月と一昨日だっけ。まだ犯人は逃走中だから……もしかしたら……」

もしかしたら、その強盗犯が今度はこのソンローに目をつけた……？

俺たちは息を吞《の》む。黒葉はスカートの裾をさらに強く握っている。

会谷さんは神妙な口調で疑問を呈《てい》した。

「けど、それならなおさら奇妙だね。その事件ではすぐに現場から逃走したと報道されていた気がするけど、今回は逃走せずにそのままお客さんを装うなんてさ」

「一貫性がないですよね」黒葉は溜め息をつく。「もしかしたら、犯人にとって今回は計画のうち……というわけじゃないのかもしれません」

つまりは想定外。予想できない事態が起こって、急遽店に留まることにした――。

「じゃあそうなると、これしかないな」俺は人差し指を立てる。「自分が犯人だと露《ろ》呈《てい》しかねないものを店に置き忘れ、あるいは落として、それを揉《も》み消すために店に残っている」

黒葉は感心したような声を漏らす。

「それはありそうですね……。たとえこの場からすぐに逃げられたとしても、自身を特定できてしまう痕跡《こんせき》をどこかに残していればいずれは捕まってしまう――ならば、ある程度のリスクを負ってでもその痕跡を消そうと思うのは、わかる気がします」

「じゃあ、強盗犯がここに留まっているのって、その痕跡とやらをまだクリアにできていないからってことかな？」

そうだとしたらそれは――。

俺たちはしばらく黙考する。やがて、会谷さんから切り出した。

「指紋は……どうかな。犯行のときに、うっかり指紋をどこかに残しちゃったとか」

黒葉は首を横に振った。

「それはきっとないと思います。私、あの強盗さんが手袋をしてまっすぐこちらに来るのをちゃんと見ましたから。その間、お札以外に触ったものはなかったように思われますし」

会谷さんは少し眉をひそめた。

「じゃあ、財布とか携帯とか？　でもそんなの落ちてる様子ないしなぁ」

俺はモニターに顔を近づけて、犯人が現場に残した痕跡がほかにないか探す。するとレジカウンターの外側の通路——ちょうど、ホットケースの真正面の床に、三枚のお札らしきものが落ちているのを発見した。

「なんだこれ。五千……いや千円札か？」

会谷さんは身を乗り出して、俺の隣にくっついてきた。俺が指差した先を凝視する。

「……うん、これは千円札だよ。どうしてこんなところに落ちているんだろう？」

「お客さんの落とし物……でしょうか？」と黒葉もまた俺の方に身体を寄せてモニターを見る。「特に、なんの変哲もないお札……ですけど」

俺はその二人の挙動にたじろぐ。たじろぎながらも、わずかな浮遊感を覚えた。なんだろうこのふわふわとした感覚。不安と恐怖に、余計《よけい》にどぎまぎしてくる。

戸惑う俺の横で、会谷さんはあごを触りながら言う。

「結構、売り場の床には、お客さんの落としたお金が落ちていることが多いんだ。まあそれでも千円札は結構珍しいかもねえ……」

「そういえば……」黒葉が防犯カメラのモニターを見ながら言った。「強盗さんが来てからもう十分くらい経っているのに、お客さんが全然来ませんね……」

元々この時間帯は客足が少ない傾向にあるが……。でもまさか警察がすでに包囲を……？　しかしそれらしき姿は防犯カメラからでは確認できない。

ふいに黒葉が提案してくる。

「強盗さんは目的があってここに留まっている。そしてそれは何かの痕跡を消すためかもしれない——でしたら、三人の様子からそれは推理できるのではないでしょうか？」

「推理ねえ」会谷さんは眉間に縦のしわを作る。「そんな難しそうなこと、できるのかい？」

「ええ、できますよっ」黒葉は胸を張った。「まずは三人の様子をもう一度確認してみましょうよ。ねっ？　白秋さんっ」

緊張が混ざったような曖昧な笑みのまま、俺のユニフォームの裾をつまんでくる。

俺はやんわりとそれを振りほどこうとした。しかし、彼女の瞳はなおも俺をジッと捉えて、離すまいとしてくる。

「……まあ、そうだな」視線を逸《そ》らし、モニターを見た。「えっと、まず一人目は、パンコーナーの前でスマホを見ている四十代くらいの女性……紺色のダウンジャケットを着ていて、ミディアムくらいの髪は茶色に染まっている。買い物かごには大量の商品を詰め込んでいるな。スマホをいじりながら店内をうろついていて、だいぶ落ち着きがない」

「二人目は、黒色のジャンパーを着ている四十代くらいの男性ですね」黒葉がモニターに顔を近づけながら、引き継いだ。「雑誌コーナーでずっと真剣に立ち読みをしています。あれは文庫本でしょうか。あとは……あ、ショルダーバッグを肩にかけていますね」

「三人目は茶色のジャケットを着ている若者だね」会谷さんは目を凝《こ》らして言う。「二十代くらいかな。二人目のおじさんと同じく、雑誌コーナーで立ち読みしている。こっちは、月刊誌みたいなのを読んでいるのかな。カメラ越しだから角度的に見えにくいけど、棚に背をもたせて読んでいるみたいだね。それ以外は手ぶらみたいだけど……」

俺たちは唸り合う。会谷さんはあごひげを擦りながら、

「うーん、様子だけなら、なんとなく怪しいのは一人目のおばさんかな。うろちょろしているのが、どことなく焦っているように見える」

「落ち着きがないだけかもしれませんよ」と俺は口を挟んだ。

「いやあ、どうだろう。僕からしてみれば、あの女性は要注意人物だね、うん。ほかの二人は立ち読みしているからまだわかるけど、彼女はスマホを片手に、ずっとここに留まっているじゃないか。よくよく考えれば、十分もそうしているなんておかしいよ」

「それはおそらく、ジューソンのＷｉ－Ｆｉサービスを利用してるからじゃないですか」

しかし会谷さんは聞く耳を持たない。勇んだ顔つきで、業務用冷凍庫の上に置いてあった防犯カラーボールを手に取った。

「ぼ、僕さ、こ、これ……ちょっと投げてみてもいいかい？」

「え？」

「いや、怪しいとわかったんならさ、とりあえずこれ、使ってみて損はない気がするんだ」

声を震わせながら、彼は防犯カラーボールを持ってバックルームを出ていこうとする。

「いやいや！　ダメですって！」俺は彼を必死に止めた。「まだあの女性がそうだとは決まってないじゃないですか！　ふ、普通のお客さんだったらどうするんです⁉」

それに、もしもそんなことをすれば犯人をいたずらに刺激するだけだ。

「そうか……そうだよね、ごめん」

彼は震えた手で持っている防犯カラーボールを置く。それを見て、俺は大きく溜め息をつく。

最悪、俺はけがをしてもいい。だがこの二人やお客さんにはそういう目に遭ってほしくない。

俺と会谷さんが顔をうつむかせる中で、すぐ隣の黒葉は険《けわ》しい顔つきのまま言った。

「少し怖いですが……三人を直接調べるというのはどうでしょうか？　奪われてしまったお金や、変装道具などがもしかしたら誰かから出てくるかもしれません」

そのまま、意を決したふうにバックルームから出ていこうとする。

「そ、それも絶対ダメだ」俺は強引に彼女の腕を摑む。「あ、相手は凶器を持ってるんだぞ。危険だ。危険過ぎる。警察だってむやみに動くなって言ってたろ！」

黒葉は摑まれた腕の方をジッと見て、少しだけ柳眉を寄せた。

「あ、ごめん……」俺はすぐに手を離した。

「いえ、それは全然大丈夫なのです。ただ……その、こちらの方こそ、すみません」

彼女は、申し訳なさそうに頭を下げた。汗ばんだ俺の手の震えに気づいたのだろうか。変な気を使わせてしまったのかもしれない。

今日、初めて出会った女子高生――黒葉深咲。まだ出会って一時間も経っていないのに、なぜかこれでもかというくらい揺さぶられている気がする。初出勤の初接客で強盗に脅されたら、普通はそんな提案できない。なのにこの泰然ぶり。こう見えて、かなり肝が据わっている女の子だ。

するとそこで、モニターに動きがあった。先ほど会谷さんが警戒すべきだと言った女性客が、買い物かごをレジカウンターの上に置いて店内をしきりに見回しているのだ。

「まずいな、レジに来た。しかも俺たち店員の姿を探しているみたいだ」

「ど、どうしよう！」深刻そうに、しかしどこか意気揚々と、会谷さんはまたしても防犯カラーボールを手に握った。「や、やっぱり投げるしか――」

「いや、ですからちょっと待ってくださいって！」

「あ、あの……なんだか様子が変ですよ？」

俺が興奮している会谷さんの首根っこを掴むその隣で、黒葉はなおもモニターを注視し続けていた。

「しゃがみこんで、何かを拾って……あれは……千円札？」

俺たちもモニターを見る。黒葉の言う通り、女性客はその場で姿勢を低くして落ちていた千円札を三枚すべて拾い上げている。

「や、やっぱりだよ！」会谷さんは声を潜めた。「強盗犯だからこそ、あんなにお金にがめついんじゃないかい？　まさか店内に落ちていたお金さえ自分のものにするなんて！」

「いや、それはさすがに――」

その瞬間、俺は言葉を詰まらせた。

……ん？　なんだ、この違和感。何か、引っかかったぞ？

千円札……落ちていた……三枚の……？　店のお金……。

俺は頰を搔いて、考え込む。

なんだろう。

……なるほど。

なんとなく、わかったような。

「なあ黒葉さん」まず俺は、すぐ横の彼女に耳打ちした。「もしかして、渡した十万円くらいのお金って全部千円札だったか？」

黒葉は大きく瞳を揺らし、直後ゆっくりと首をかしげた。

「ええ、そうですけど……ど、どうしてわかったのですか？」

「千円札がレジの前の床に落ちていたからだよ。これはお客さんが落としたものじゃない、強盗犯が奪って逃げようとした際に落としたものなんだって考えると、途端にしっくりきた。普通のお客さんでも、さすがに三枚落として気づかないなんてそう頻繁にあることじゃないからな。十万円相当の溢《あふ》れんばかりの千円札を受け取った強盗犯なら、慌てて二、三枚店内に落としていても不思議じゃない」

彼女は感心したように首肯する。

「言われてみれば、確かにその通りですね。納得です」

「なんでそんなことをした？　一万円札で渡せばよかっただろう？」

黒葉は口を結ぶ。うつむき、スカートの裾をしきりに触りながら、やがて答えた。

「……癪《しゃく》だったのです。一万円札を十枚渡すよりも、千円札を百枚渡した方が、ボリューム感もあって、勘違いしてくれるかな……と」

その気持ちは……まあわかる。そのまま素直に渡したくないと思うのは、コンビニ店員という立場からなら痛いほどわかる。実際、押しかけてきた強盗犯に抵抗してけがを負ったり、命を落とす店員があとを絶たないのは、そのプライドによるところが大きいと聞く。

だから俺は、すぐに受話器を手に取った。

「――突き止めました」

二人は背筋を伸ばした。モニターを一瞥してから、再び俺の方を向く。

俺は興奮気味に続けた。

「犯人が誰なのか、どうして店内に留まっているのか、わかりました」

4

「ど、どうしてわかったのですか？」

「そうだね、いったいいつ？」

「簡単な話だよ、なんてことはない――」

戸惑う二人を尻目《しりめ》に、俺は滔々《とうとう》と言った。

「自身が強盗したという痕跡を消すために、店内に留まっているんだ。外に出たら、自分が強盗犯だとバレるから、店内に留まらざるをえなくなったんだ。それだけ」

唐突に告げたからか、二人は押し黙った。受話器の奥でも似たような反応だ。

「黒葉さんが言った通り――」俺は両手のひらで十を表す。「つまり、十万円前後のお札。強盗犯は、十万円分を千円札で受け取ったから外に出られなかった」

「それは……どういう？」と通信指令室の担当者は聞き返す。

二人も眉間の辺りにしわを作る。何を言っているかわからないといった様子。

「えっと、つまり強盗犯は、その奪った千円札を逃走中に見られたくなかったから、一度店内に留まるという選択をしたんだ」

「どうしてだね？　すぐポケットにしまえば……」会谷さんは、そこで目を見張る。

「あ、え、まさか――」

俺はニヤリと笑った。

「そう、店内に落ちていた千円札です。いくら慌てているからって、せっかく奪ったお金をみすみす落としていくなんて、あまり考えられません。でも、もしもそれが仕方のないことだったとしたら？　奪ったお金の枚数が多過ぎて、咄嗟《とっさ》にポケットにしまえなかったとしたら？　強盗犯は店から奪ったお金を床に落としてしまう」

本来、よくあるコンビニ強盗のニュースでも、犯人が奪っていくお金は十万円以下であることの方が多い。そしてその強盗犯のほとんどが、一万円札や五千円札を想定して店へ押し入ってくる。

「強盗犯は、まさか千円札のみの十万円を渡してくるとは思わなかった。だから、かさばることとそれ自体が強盗犯にとっては予想外だったんだ。しかもコンビニの――とりわけレジで保管している千円札は使用頻度が高くて紙幣の一枚一枚がだぶつくことが多い。ポケットにしまうにしても、百枚もあったらどうしても遠目からその部分だけが不自然に膨《ふく》れ上がっているように見えてしまう。凶器や変装道具も同じようにポケットにしまうなら、なおさらスペースは限定されるわけだしな」

受話器越しに唸り声が聞こえた。俺はあごに手を添えて、続ける。

「バッグでも持ってくればよかったんだろうけど、何せここはコンビニ。銀行相手にやるならまだしも、十万円以下しか見込めない強盗で、荷物や目印になりかねないバッグは持ち歩くだけリスキーだ。ポケットに収められるに越したことはない」

しかし会谷さんは晴れない表情のまま、声を震わす。

「けど、それでもそのまま店を出ればよかったんだ。無理やりポケットに突っ込めば――」

「その瞬間、外に警察官が見えたとしたら?」

俺ははっきりとした口調で言う。

「言ったでしょう、千円札を百枚もぐしゃぐしゃにポケットに入れたら、遠目からその部分だけが不自然に膨れ上がっているように見えると。しかも全身黒ずくめのマスク姿の男が店を出れば、近くにいた警察官はまず間違いなく警戒する。事実、警察官か警察車両の類《たぐ》いが近くに見えたからこそ、強盗犯が店内に踏みとどまった可能性は否定できません。実際俺も気のせいじゃなければその時間帯に警察官見てますし」

会谷さんはうろたえながらも反論する。

「けどさ、たとえそうでも犯人は特定できないどころか、ますますあの三人が強盗犯じゃないと確定したようなものじゃないかい？　あの三人はそんな大量にお金を持っているようには見えないよ？　変装道具だってここからじゃはっきりとは見えないし」

俺は平然と返す。「そりゃそうですよ。だって、犯人は隠したんですから」

「隠した？　どこに？」

「それが犯人特定の方法です。犯人がそこに居続ける理由が、千円札や変装道具を隠したことと繋がっているのです」

やがて、紺色の服を着た女性客のおばさんがレジの前に再度立った。手に千円札を握りしめながら、今度はバックルームの方を覗《のぞ》き込んでいる。

それを見て、深呼吸した。再度釘《くぎ》を刺されて決心が鈍ってもよくない。受話器を黒葉に手渡す。勇気を振り絞ってバックルームを出た。背後で二人の動揺する声が聞こえてきたが、この際、そこにいてくれた方が二人は安全だろう。

レジカウンターに入る。目の前には商品が大量に詰め込まれた買い物かご。どれも食品ばかりで、雑貨や雑誌などは中に入っていない。

うん、やっぱりそうだ。

俺は挨拶をしてから、商品のバーコードを一つ一つ慎重にスキャンしていった。その最中で、女性客は「これ落ちていましたよ」と言って千円札三枚を俺に手渡してくれた。

会計はつつがなく終わった。女性客が店を出るなり、バックルームにいた二人は素《す》つ頓狂《とんきょう》な表情でこちらに詰め寄ってきて、バックルームに無理やり連れ戻される。

「だ、大丈夫だったかいッ⁉」会谷さんは俺の肩を揺すってくる。「ど、どこかけがは！」

「無事ですよね⁉」黒葉はボディーチェックする検査官のごとく、俺の身体をなんの躊躇《ちゅうちょ》もなくぺたぺた触ってくる。「何か刺さっていたりしませんよね⁉」

「さ、刺さってないから！」

俺は後ずさる。なぜか二人は胸を撫《な》で下ろすような表情を浮かべている。

正直、困惑していた。二人がこんなにも俺なんかに気を動転させていることに。

「で、でもさ、いいのかい？」会谷さんは打ち震えながら言う。「あのおばさんを、こ、このまま店から出して……」

「……ああ、それは問題ないですよ。あの人は強盗犯じゃないですからね。むしろ、現場から自然な形で出てくれた方が、あの人も安全なんです」

俺は茫然《ぼうぜん》とする黒葉から受話器を受け取った。状況を音声でしか把握できていない通信指令室の担当者はいったい何をしたのかと凄い剣幕で尋ねてきたが、構わず告げる。

「今店を出たおばさんは、スマホと買い物かごを持って店内をうろついていましたよね。だから強盗犯ではないんです。店内を動き回っていたから怪しかったんじゃなくて、店内を動き回っていたからこそ怪しくなかったんです」

「ど、どういうことだね？」

「犯人は千円札の処理に困りました。その格好で店から出たら、外の通行人や警察官に怪しまれますからね。だからこそ、犯人はそのお札を隠して持ち運ぼうとした」

「持ち運ぶ……ですか。白秋さん、その方法に、何か心当たりがあるのですか？」

「ああ――つまり、雑誌だ」

「雑誌？」会谷さんは戸惑う。「それがどうして持ち運ぶのに――」

「犯人は千円札を雑誌のページとページのあいだに挟んだんですよ。挟むことで、強盗したお金を隠そうとした」

　二人の息を呑む様子が表情から伝わってきた。受話器越しの担当者も、黙って俺の話に耳を傾けてくれている。

「そしてその細工をするためには、雑誌コーナーで立ち読みする必要がある。立ち読みするふりをして、千円札をその雑誌に挟む必要がある。スマホと買い物かごを片手に店内をうろつきながらじゃ、そんなことはできないからな。絶対立ち止まった方がいい。……だからあのおばさんは強盗犯じゃない――なぜか？　雑誌コーナーで立ち読みをしていなかったから。そして買い物かごの中に雑誌を入れてなかったから」

「そんなことをしたら、防犯カメラのモニターにも映るんじゃないか？」会谷さんは苦言を呈した。

「はい。ですから、雑誌コーナーなんです。カメラ越しからだと角度的に棚の奥は見えにくいじゃないですか。それを強盗犯は利用して、こっそりと挟み続けたんです。雑誌コーナーの棚になら、凶器や犯行道具も一時的に隠せますしね」

「で、では」黒葉は雑誌コーナーを映したモニターを見る。「あの二人のうちのどちらかが、強盗犯？」

「いや、もう犯人は一人しかありえない」

俺がそう言った直後、そのうちの一人——文庫本を立ち読みしていた男性客のおじさんが、何も買わずに店を出ていった。

「ま、まずいよ、逃げられる！」

会谷さんは我に返ったように防犯カラーボールをまた手に持って、バックルームを出ようとする。俺は彼のユニフォームを引っ張って、未然に防いだ。

「な、何をするんだね！　白秋くん！　あの人は強盗犯かもしれないんだよ！」

そう強気に言う彼は、見るからに怯《おび》えていた。汗の量も尋常じゃないし、声はずっと震えている。けど、それでもコンビニ店員として、ちゃんと戦おうとしているのがわかった。

だからこそ俺は受話器を片手に告げた。

「あのおじさんは普通のお客さんです。強盗犯ではありません」

「ど、どうして？」

「まずさっきも言った通り、千円札は雑誌に挟まれたからです。あの人がずっと立ち読みしていた本は文庫本で、サイズはA６判。これはつまり千円札の横幅と同じくらいで、ちょうどすっぽり入る形になるんです」

黒葉は目を見開いた。彼女もそこでようやく気がついたようだ。

「えっと、どういうことだい？」会谷さんだけが、なおも顔をしかめる。「問題ないじゃないか。栞《しおり》みたいに挟めば隠せて持ち運べるし――」

「奪った千円札は百枚前後なんですよ？」

俺のその一言で、彼も目を大きくした。

「いくらサイズがぴったりとはいえ、千円札を百枚あの文庫本に挟んで持ち運ぼうものなら、少しくらいはみ出したり、厚みで不自然な形になっても不思議じゃない。なのに彼はわざわざA６判なんてポケットサイズの文庫本を持ち運ぶ道具に選ぼうとしていた。どう考えても、もっと大きな雑誌の方が簡単だと思いますけど」

「そ、そうですね」黒葉はこくりと頷く。「それに、あのおじさんは肩にバッグをかけていました。もしも千円札を処理しきれないのなら、バッグにしまって店を出ればいいじゃないですか。わざわざ雑誌コーナーに留まる必要はありません」

「そ、そんなこと言ったら、あの三人全員に当てはまるじゃないか。そ、そもそも最初から僕たちはそう疑問に思ってきた。どうして犯人は店内に留まり続けるのか、って。いくら雑誌コーナーでそういう細工をしていたからって、こんなにも店に留まり続ける理由にはならないだろう。それこそ、挟み終えるなりすぐそれを持って店を出ればいい」

にもかかわらず、犯人は店に留まった。それはなぜか。

「つまり、犯人が手ぶらだったからです」

「……え？」

「たとえ雑誌コーナーでの細工が上手くいったとしても、それを持ってそのまま店を出れば、怪しまれるじゃないですか。新聞や小説ならまだしも、月刊誌相当の大きさの雑誌だけ手に持って歩いている人なんて、遠目には少々目立ちます。強盗犯が、そんな人目につくようなことをわざわざするとは思えません。なるべく、コンビニで買い物をしたお客さんとして、店から逃げ出したい。怪しまれることなく安全に逃走したい――だから」

俺はレジカウンターへ移動した。カウンターの下の棚に配備されたそれを引っ張って、手に取る。そのままバックルームに戻ってそれを二人に見せびらかした。

「コンビニのレジ袋――強盗犯は、これが欲しかったから店に留まったんです。レジに来て買い物をする意思を持っていたから――今度こそお客さんになるために店に留まり続けたんです」

　会谷さんは食い下がった。「そ、それ、理由になってないんじゃないかい？　ならさ、千円札を挟み終えるなり、すぐレジに来れば良かったんだから」

「行きたくても行けなかったんですよ」

「え？」

「だって、レジにはもうずっと店員が立っていませんでしたから」

　黒葉は「あぁ」とつぶやいて微笑む。会谷さんは、驚きの目を向けた。

「誰だって一度は経験したことがあると思うんです。たとえば深夜、コンビニで買い物しようと店に入って、商品を持っていざ会計してもらおうとしたそのとき、レジにる店員らしき人が立っていなかったっていう経験。早く会計したいのに、対応してくれる店員がどこにも見当たらない。そんなとき、会谷さんはためらいませんか？　バックルームにいる店員に大きな声で呼びかけたり、無人のレジの前に立ち続けたり……そもそも、レジに向かうという行動それ自体を一度躊躇しませんか？」

　黒葉は小首を二度縦に振った。

「は、はい。私はあります。結局店員さんがレジに立つまでずっと売り場で待っちゃったり、ほかのお客さんがレジに並ぶのを待って、その際どさくさに紛れて後ろに並んだり……そのたびに、いつも店員さんは裏で何をやっているのだろうって思っちゃったり……」

「そう――店員である俺たちはずっとバックルームにいた。得体のしれない強盗犯を警戒して、バックルームに引きこもって店内の様子をうかがいながらしばらく話していた。だから犯人は誰もいないレジに行って雑誌を買うことをためらった。その場から動けなかった」

俺は外の様子をうかがってから、レジカウンターにためらいがちに入る。二人は緊張した面持ちで俺の後ろについて歩きながら、俺の小声に耳を澄ます。

「けど、たった今そうではなくなりました。俺たちがこうしてレジに入ることで、強盗犯はいつでも店員から正当にレジ袋をもらえる――」

受話器から担当者の制止する声が聞こえてきたが、無視してポケットにしまった。

「さて、ここで整理しましょう。強盗犯は、三人のうちの誰なのか。まず、雑誌コーナーに居続けた人物。そして、バッグを持っていなかった人物。さらに、大きめの雑誌を手に取った人物。そして――」

雑誌コーナーの方から恐る恐るやってくるその存在を見据えながら、声を震わす。

「――そして、今も店内に残っている人物です」

間もなく、月刊誌を持ってやってきた二十代くらいの男性。くぼんだ目にこけた頬の目立つ、幸薄い顔立ちの青年。

　その彼の手に握られた厚みのある月刊誌は、少し膨らみがあり、ゴム掛けがされている。本来ゴム掛けとは、中を読ませないためだったり、中に挟まれた付録が出ないようにするためのものだ。うちの店ではもっぱら後者が採用されている——が、あの月刊誌に元々付録はついていない。にもかかわらずゴム掛けがされてあるということは、彼が別の雑誌のゴム掛けを外し、自身が立ち読みしていたあの月刊誌に付け直したと解釈できる。

　彼はカウンターの上にその月刊誌をそっと置いてから、ポケットに手を入れ、くしゃくしゃの千円札をそこから一枚取り出した。

　一瞬の沈黙。俺たち三人は息を呑み、それぞれ目を見合わせる。

　無知で鈍感なコンビニ店員として、この場をやり過ごすこと。一刻も早く、店から出てもらうこと。それがこの状況における最善の行動だと互いに理解し頷き合う。

　やがて、俺と黒葉がレジに立った。手を前で組み、わずかに頭を下げて、その月刊誌を彼女が手に取る。自然な動きでゴム掛けを外し——。

「あっ」

　うっかり手を滑らせたのか、売り場側の床に落としてしまう。

　めくれる音の中で、ひらひらと落ちていく大量の千円札。宙に舞い、そのままカウンターに落ちるまで、店内は異様なほど静まりかえっていた。

全員が奇妙な緊張感の中で静寂に身を置く。その瀬戸際で、彼女だけは声を上げた。

基本的な、最初の挨拶で。

「いらっしゃいませ……コ、コンビニ強盗さん？」

5

間もなく外から突入してきた私服警官によって、その青年は現行犯逮捕された。

凶器を始めとして、サングラスやマスク、帽子などの犯行に使用された道具は、雑誌コーナーの棚の下の隙間にこっそり隠されてあった。きっとレジ袋を正当な手段で手に入れたあとで、それら証拠を袋に入れて安全に逃げるつもりだったのだろう。

店は三時間ほど閉めることになった。店内を一度真っ暗にしたあと、鑑識官による科学捜査が取り仕切られた。特殊な粉末を用いて指紋や足跡などをくっきりと浮かび上がらせ、当時の状況を科学から分析する——テレビ画面からではなくバックルームから見るというのはなんとも新鮮で、少しだけ非現実的なワンシーンに立ち会えたような気すらした。

また、実況見分にも協力することになった。犯人がどんな様子で店に来たのか、どのルートを通ってレジにやってきたのか、身体的特徴を覚えてはいないかなど、防犯カメラの映像記録で確認すればいいことを、なぜか当事者の俺たちにしつこく訊いてくる。どうやら警察は、生の声――いわゆる証言を欲しているのだとなんとなく思った。防犯カメラからではわからない人間の機微を、俺たちというフィルターを通して見ようとしているのだと。

もちろんその場から動くなという言葉を結果的に俺が無視した件についても、諫《いさ》めるような口調で追及されはしたが……。

さらに詳しく事情を訊きたいということで、当事者であり年長者でもある会谷さんは警察車両に乗って、警察署まで連れていかれた。

会谷さんが店を出たあとに、ようやく店長が深刻な表情をしてやってきた。俺たちに対する最初の第一声は、「けがはなかったかね？」だった。

科学捜査や実況見分が終わり、防犯カメラの映像記録のデータをディスクにコピーすると、警察たちは存外あっさりと退散していった。そして、店長の意向により三時間後にはまた普通に営業を再開した。

時刻は午後九時前。出勤時間は九時までだったため、ちょうど時間通りに勤務を終えるという形になる。ずいぶんと濃密な四時間だった。濃密で、もっとも震撼《しんかん》した勤務時間だった。

俺でさえそう思うのだから、さぞかし黒葉は衝撃を受けていることだろうと案じた。初出勤の彼女にとっては、計り知れない精神的ショックがあるだろう――と。

しかし、その俺の心配は杞憂《きゆう》に終わった。

黒葉自身に動じている様子はほとんどなく、むしろ頬を緩めてすらいたのだ。

残り時間、お客さんが一人もいない店内で――レジカウンターの前に立つ俺の横で、彼女はその場でくるっと優雅にターンした。直後、口元に手を当てながら言う。

「ふふっ、いきなりとんでもないお客さん……お客《ミステリー》さんがお越しになりましたねっ」

「あんなの、お客さんでもなんでもない。ただの凶悪な強盗犯だ」

先ほど警察官から聞いた話によると、あの青年は九月と一昨日にも別のコンビニに押し入ってお金を奪った強盗犯の特徴と酷似していたらしい。

黒葉は目にかかりかけた前髪を分けながら、快活な笑みで俺を見てくる。

「白秋さんには、出勤初日からお世話になってしまいました。ありがとうございます」

「別に。俺は何もしてないよ」

「強盗犯が誰かっていう謎を解き明かしてくれましたよ」

「いいや、結局そんなもんなくたって、警察が上手いことやってくれたかもしれないけどな」

「そんなことないですよ。白秋さんの推理とそれに基づいた接客がなければ、あの犯人だけ浮いた状況は生まれませんでした。警察が店内へ突入できたのも、通信指令室の担当者さんが白秋さんの推理を聞いて、初動捜査にあたった方々へそれを伝えたからなんじゃないかと想像を膨らませています」

「いいや、単純に大量のお札がひらひら宙に舞うのを外から見て、あの男性客が犯人だと目星をつけて突入してきただけなんじゃないか。偶然とはいえ、その光景を外の警察に伝えられた黒葉のお手柄だったな」

黒葉は謙遜するみたいに何度もかぶりを振った。

「いえ、そもそも私が最初に犯人から目を逸らして見失ったのが悪いんです。褒めないでください」

俺もまた同じように首を横に動かす。

「初出勤だったんだ。混乱するのは仕方がない。そもそも俺が新人を一人レジに残したからいけないんだ。軽率だった」

「そんなことは。白秋さんは何も間違っていませんでした。むしろ私が白秋さんに――」

「いや、黒葉も何も悪くない。俺が――」

「いいえ、白秋さんは——」

譲り合いのような口論がしばらく続く。お互いムキになっているのか、なかなかそれは収まらない。責任のなすりつけ合いではなく、責任のかぶり合いは初めてのことだった。

しかし、それはふいに途切れた。彼女は奥歯に物が挟まったような、もどかしそうな表情にみるみる変わっていく。

「白秋さん——白秋さん……ですと、なんだか言いにくいです」

「……そうか？」

「言いにくいというと、ちょっと意味合いが違うかもですが、なんと言いますかその——白秋って、クシャミしたくなる名前ではないですか。もらいクシャミのような」

とぼけているのか本気で言っているのかさっぱりわからない。

眉根を寄せる俺など微塵《みじん》も気にしていない素振りで、黒葉は気恥ずかしそうに続ける。

「だから私、その……」

一瞬ためらったあと、一つ、思いきったような口調で、

「白秋さんのこと、せんぱいって呼んでもいいですか？」

「え？」

いたずらっ子のような含み笑いで、彼女は俺の元から離れる。敬礼ポーズをして言った。

「では、ちょっと前陳してきますねっ！　せんぱいっ」

「いや、もうそろそろ勤務時間終わりだから――」

そう言いかけるも、黒葉はまったく聞く耳を持たない。彼女は誰に言われるでもなく、さっそく覚えた仕事にとりかかり始めた。店の商品を前に寄せて見栄えをよくするべく、店内を動き回ってはしゃがみこんでを繰り返している。

いったいこの子はなんなんだろう？　茫然とレジに立ち尽くす傍《かたわ》らで、しかし一分もせずに彼女はまた引き返してきた。

まるで遠くに投げたフリスビーを咥《くわ》えて持ってきた子犬のように、目を輝かせている。

「白秋せんぱいっ、聞いてください！」

何かを迎え入れるように、両手を開き、再びくるっと身体を回した。

「このコンビニに、また新しいお客さん《ミステリー》がお越しになったかもしれませんっ！」

呆れ返った俺は頬を掻きながら、大きく溜め息をつく。

「あのな、黒葉――」

黒葉深咲――これほどよくわからない新人クルーが、果たして今までいたか？

まだ四時間ほどしか関わりがないというのに、色々な意味で強烈な印象をここに残してくれた女子高校生。才色兼備、品行方正な美少女であり、一方でお客さんを時にミステリーと呼び、こちらの予想を上回る行動力を見せる、風変わりな新人クルー。

「なんですか、せんぱい？」

彼女の澄んだ瞳が俺を捉える。負けじと俺も、彼女に強い視線を送った。見つめ合いともまた違う、曖昧な視線の交錯。均衡を崩すべく、やがて俺はきっぱりと言ってやった。

「ミステリーはお客さんじゃない」

（十一月二十二日　横浜第一新聞　朝刊）
コンビニ強盗？　生活費に困って十万奪い、なぜか留まる《神奈川《かながわ》県警《けんけい》・東部《とうぶ》署》
【概要】神奈川県警・東部署は二十日、住所不定、無職の男（二十二歳）を強盗の疑いで現行犯逮捕した。男は同日午後五時三十五分頃、横浜市西区のコンビニ「ジューソン濱丘狼閣街店」でアルバイトの女性店員（十七）にナイフを突きつけてレジの現金十万二千円を奪った疑い。その後も店に留まり続けていたところを駆けつけた署員が取り押さえた。男は「生活費に困ってやった」と供述しているが、一方で「自分が奪ったのは七万円くらい。十万二千円も盗んでいない」と一部の容疑を否認している。また、男は別の日に発生した横浜市内の別のコンビニ強盗事件との関与についても犯行をほのめかしており、同署は余罪を厳しく追及する方針。

（十一月二十三日　横浜第一新聞　朝刊）

ジューソン濱丘狼閣街店に刃物を持った男が押し入り店内に留まった事件で、男は調べに対し「婦人警官らしき女が店の前に立っていて出るに出られなかった。バレたくなかったから、服を裏返して、買った雑誌の中にお金を入れようと思いついた」と店内に留まった理由を明かしたことが捜査関係者への取材でわかった。しかし同署内の記録によると、当該時間に付近を巡回していた警官は一人もいなかったことが後に判明しており、さらに男は「聞いていた話と違う」、「あの店はその時間、防犯カメラが作動していないと悪魔に囁《ささや》かれた」、「自分は悪魔に身体を乗っ取られた」などと意味不明な供述を繰り返している。そのため同署は男の責任能力の有無についても併せて捜査を進めている。

第二章　傘は返さないといけないんです

——布石を打っていきましょう

1

「雨やばいね。今日、傘持ってきてないんだけどなぁ」

手を前で組みながら、ジューソンのユニフォームを着た石国はレジの前に立っていた。水滴がちりばめられたガラス越しに映る空模様をぼんやり見ている。

「先ほどまでは降っていなかったのに……いきなりでしたね」

その彼女の横に立つ黒葉もまた、ジューソンのユニフォームを着て、スカートの裾を手で摑みながら降り出した雨を目で散漫に追いかけていた。

ザーザーと、雫《しずく》が上空から一直線に落ちている。そのまま店外のアスファルトの色をじわじわと塗り替えていくのが、遠目でもよくわかる。

季節は冬目前——十一月ももう終わりに差し掛かるこの時期は、ひどく天候が不安定だった。雨が降ったり、降らなかったりと、一日に何度もめまぐるしく変わるすっきりとしない天気。本来、降水量がもっとも多くなると言われるのは九月、十月なのだそうだが、今年は異常気象が続き、秋雨前線《あきさめ》の影響が十一月にも及んでいるとのことらしい。

「ま、良かったんじゃないかな。見ての通り」

そう言って、石国は全身でそれをかみしめるように腕を大きく伸ばした。

店内にお客さんは一人しかいない。平日の午後六時を過ぎてこの光景は、かなり珍しい。

しかし、それもそのはずだった。

俺は外の景色を眺めながら淡々とつぶやく。

「雨だからな」


コンビニと雨は、切っても切れない関係にある。その日の雨模様が、そのままコンビニの売り上げに影響するほど、その関わりは根が深い。

ここソンローでは、雨が降った日、極端にお客さんの来店が減る。データ上、ここでは一時間平均六十人ほどが買い物をしに足を運んでくれるのだが、冬場の、それも雨が降っていたりすると、その来客数は二十人ほどにまで落ち込む。

接客が仕事の大半を占める夕勤は、その接客の機会が減った途端、やることがなくなる。あらかじめ用意された別の雑務は、一時間もあれば充分終わるため、どうしても手のあく時間——ただ何もやらずに待機する時間の方が多くなってしまう。

それはつまり、同じシフトに入っている同じく暇なクルーと半径数メートル以内でしばらく同じ時間を過ごすということ。これは、親密な仲でなければ相当気まずい。

この店では、クルー同士の勤務中の私語は厳しく律されているわけではないが、たとえばそんな状況のとき、何を話していいかわからなくなった両者は、たいてい沈黙を選んでしまいがちになる。それがたまらなく気まずい。それをなるべく避けるべく、俺は黙々と仕事しているアピールをするために、カウンターにオペレーションノートを広げて、そこに今は書く必要のない事柄を淡々と書き連ねる作業をしていた。

「あのぉ、レジお願いできますかぃ」

そこで真正面から女性の声が聞こえてきた。顔を上げると、黒い手提げバッグを抱えた八十代くらいの白髪のおばあさんが雑誌を持ってこちらを見てくる。

「申し訳ございません」と俺が言い、カウンターからノートをどけようとしたそのとき、反対側のレジにいた黒葉たちが真っ先に動いた。

「よろしければこちらのレジへどうぞー！」

黒葉に誘導される形で、お客さんは反対側の方のレジへ向かった。黒葉はこちらに会釈しながら休止板を外し、俺の代わりに石国と共にお客さんの対応にあたってくれている。

黒葉が会計し、石国が商品の袋詰めというポジション。

……なんとなく、申し訳なくなった。

俺はそわそわと黒葉を下から上までゆっくりと見た。今日も、黒のタイツに高校のスカートをはいている。ジューソンのユニフォームの下は橙色《だいだいいろ》に染められた長袖のインナーシャツを着ていた。

接客を終えた二人は、じゃれ合うようにしながらこちらのレジへと戻ってくる。

「黒葉ちゃん、やっぱりもう手慣れたものだねえ、レジ打ちはばっちりじゃんっ」

「いえいえ、石国さんのフォローがとてもお上手なのです。私などまだまだですよ」

「おっ、謙遜《けんそん》していくぅー。言っておくけどー、私を立てても何も出ないからね？」

まるで仲の良い姉妹のように、二人は笑い合っている。

黒葉はコンビニ店員というものに着実に慣れてきているようだった。それもそのはず、彼女は初出勤にして一人でレジ打ちができるようになったうえ、公共料金やインターネット決済などの多少難解な手続きさえもマスターしてしまったのだから。

おまけに、先日強盗犯と相対したというのに今ではそれをおくびにも出さず、こうしてちゃんと出勤してきてくれている——かなり有望な新人である。

しかも誰に対しても礼儀を欠かさず、常に相手を敬《うやま》ったような素振りで勤務に臨んでもいる。人当たりがここまでいいと、なじむのはもはや時間の問題と言えた。

「それにしても、暇だね。暇過ぎて暇疲れしちゃいそー」

石国は明るく染まった髪の毛先をいじりながら、気だるげにあくびをする。

俺は愛想笑いしかできない。彼女と話すのはなんというか少しだけ緊張する。あっちはそれを知ってか知らずか、まるで友人のような振る舞い方をしてくるけど。

それも店長が見ている前で、平気でするのだから恐ろしい。

俺の代わりに、黒葉がそれに気前よく応じた。

「何かお話ししましょうよ、石国さん、せんぱい。最近このコンビニで何か大きなニュースみたいなのはありませんでしたか？　……あ、強盗さん以外で、ですよ」

俺は石国の様子を横目でうかがった。彼女はしばらく無表情だったが、

「うーんと、じゃあ私からね」手を叩《たた》いて、こちらに妖《あや》しげな笑み。俺にだけ聞こえるような声量で囁く。「なぜ白秋くんは黒葉ちゃんに『せんぱい』って呼ばせているのか？」

慌てて誤解を解く。

「ち、違う。呼ばせているんじゃない。勝手にそう呼ばれているんだよ」

「へえ……」と何かを察したように石国は口角を上げる。

ダメだ。妙な疑惑をかけられてしまっている。

きょとんとして目をぱちぱち見開く黒葉を尻目に、俺は頭を抱えた。

当の黒葉は、小首をかしげながら言う。

「コンビニ全体の噂《うわさ》というか問題といいますか……何かございませんか？」

何をこのコンビニに期待しているのだろうか。

石国に視線を移す。今彼女はそこまで顕著な反応を示していない。なら大丈夫だろうか。まあ、ここで黒葉に教えておくことは問題ではないわけだし。

「……そうだな」思い当たることを口にしてみる。「ここ最近は連続盗難事件が起きている」

「盗難事件！」

黒葉は明らかに興味を持って身を乗り出してきた。吐息が俺の首にかかるほど接近してくる。俺は後ずさりながらも説明を続けた。

「み、店の商品や備品がなくなったり、クルーの財布がなくなったり、最近だとレジ点検でよく違算が出たり。とにかく、ここ数ヵ月ずっと、定期的に何かしら紛失するんだよ。結局解決しないまま今に至っているが」

神妙な面持ちで黒葉は首をひねる。

「なぜそれが事件だと？　勘違いだったり、なくした側の不注意という可能性は？」

俺は石国に目配せする。彼女は深い溜め息をついて、代わりに口を開く。

「自分が盗んだって自白したクルーがいたから。今はもういないけどね。でもそのクルーが店を辞めても、結局物がなくなるって事態は収拾しなかったのよ」

彼女のその残念そうな口ぶりに、黒葉は無言のまま視線を足元へ落とす。

夏休みに入る前くらいに、それは初めて表面化した。とあるクルーの財布が、しまってあったロッカーから消えたというのだ。そのときはちょっとした騒ぎになって、みんなで店内をくまなく探したが、とうとう見つかることはなかった。

その後も、第二、第三と、店内から何かが紛失することが多くなった。仕入れた商品の販売数と在庫の数が合わないことなんて、毎週のようにあった。

ある日、今からおよそ四、五ヵ月ほど前に、店長がとあるクルーに目星をつけたそうだ。算出したデータから、どうやらそのクルーが出勤している曜日に、多く物がなくなると判明したらしい。それがほかのクルーにも広まり、そのクルーは周囲の圧力に負け、ようやく自身の犯行を自白した。

しかしその連続盗難事件は、自白したクルーがこのコンビニからいなくなったあとも、まるでそれが当たり前のことであるかのように続いた。

「犯人だと思われていたクルーがいなくなり、終わったはずの盗難事件――しかしそれはまだ終わっていなかった――なんだか裏がありそうですね」

黒葉は思案顔で言う。いつになく、真剣な表情だった。

「ま、そんなジメジメっとしたイヤな話は置いといてさ」

石国はパチンと手を叩き、どんよりとした空気を朗らかに断ち切った。

「せっかく暇なんだし、クイズを出してあげよっか。黒葉ちゃん好みのとっておきの奴。私、雨見てたら思い出しちゃったんだよね」

「ど、どういうことでしょうか……っ？」

釣り上げられた魚のようにジタバタとする黒葉は、どこか初々しく目に映った。

石国は腕を組んで、試すような口ぶりで告げる。

「雨にちなんだクイズ！　どう？　お二人とも、解いてみる気はない？　これはね、そもそも私がサークルの先輩から以前出されたクイズなんだけどぉ」

サークルという言葉にやや引っかかるものを感じる。漠然とした不安と後ろめたさ。

「私たち、参加します！　解いてみる気、とてもあります！　ねっ？　せんぱいっ」

なんだこの食いつきっぷり。

「ま、どうせ暇なんだしね。いーい？　よく聞いておくんだよ」

石国は人差し指を立てて、愉快そうな口ぶりでそのクイズとやらを出題する。

はっきり言ってすごくどうでもいい話だったが、黒葉と石国は手を取り合って、とても楽しそうにそのクイズを満喫していた。

それになんとなく居心地の悪くなった俺は、そのとき外の雨に視線を向かわせていた。暗がりの中を降り行く雨風は、信号機の手前で停車する車のライトの光で、ようやく激しいものなのだとわかる。

時刻は午後六時三十分を過ぎた。

そのとき、店の出入り口に動きがあった。来店音が鳴ると同時に、出入り口の扉をゆっくりと開ける小さな人影。あれはさっき黒葉たちが会計した女性だ。

白髪。しわの目立つ顔。少し曲がりかけた背中。黒色の手提げバッグ。

表情自体は穏やかで、むしろ老練さを思わせる気品がそこにはあった。あったが、彼女の動作のぎこちなさは、俺をいたく不安にさせた。

なんとなく彼女の近くに――店の外側にあるレジカウンターの方まで移動すると、おばあさんの方から声をかけてきた。

「肉まんくれるかい？」

「あ、はい」俺は急いで休止板を外し、店頭のケースで販売されていた肉まんを用意する。「はい、えっと……百円になります」

きっと先ほど買い忘れていたのだろう。こういうお客さんはとても多い。一度目の会計では買い忘れていた商品を、またレジに持ってくるうっかりなお客さん。

「ありがとうねぇお兄さん。お仕事、頑張ってね」

会計後、彼女は口元に手を当てて、ゆったりと頭を下げた。俺もお辞儀する。するとカウンター越しで、満面の笑みを向けてくる。なんというかこうまっすぐ感謝されるのはどうにも慣れない。俺はコンビニ店員だからそうしているだけなのに。おばあさんは店をそのまま出ずに、売り場へとゆっくりと歩いていく。

……ん？

一瞬見間違えたかと思った。だが、またおばあさんがこちらのレジにやってきた。今度は、板状のチョコレートをカウンターに置く。俺は眉をひそめながらも、再度休止板を外して、レジ対応する。

「いらっしゃいませ。一点で、九十九円になります。袋にお入れいたしますか？　あ、はい、恐れ入ります。ジューソンのポイントカードはお持ちではないでしょうか？　あ、はい。それでは千円お預かりいたします。……九百一円のお返しになります。ありがとうございます、またお越しくださいませ」

俺は頭を上げ、そのおばあさんの背中を見続ける。おばあさんは売り場をしばらく歩き回り、やがてお菓子の棚からクッキーを手に取り、再びレジへやってきた。

……え？

いよいよ俺は疑問を抱く。黒葉たちに目で訴えようとするも、二人はクイズでなぜか異様に盛り上がっているため、その疑問はすぐに共有できなかった。

「いらっしゃいませ。一点で、九十八円になります。袋にお入れいたしますか？あ、はい、恐れ入ります。ジューソンのポイントカードは……あ、はい。それでは五百円お預かりいたします。四百二円のお返しになります。ありがとうございます」

顔を上げ、そのお客さんの背中を今度は凝視する。お客さんはまた店内をしばらく歩き回り、またレジにやってくる。今度はペットボトルのお茶だ。

「い、いらっしゃいませ。一点で、九十五円になります。袋にお入れいたしますか？あ、はい、恐れ入ります。……それでは千円お預かりいたします。九百五円のお返しに――」

なんだ？

「いらっしゃいませ。一点で、九十九円になります。五百円お預かりいたし――」

なんなんだ？

その時間、お客さんは一人しかいなかった。それなのに、接客回数は数回……いや十回以上にも及んでいる。この数分間、ずっと、何度も何度もしつこいくらいに――。

明らかにおかしなお客さん――おばあさんが、立て続けにレジに来ていた。

2

結局、午後七時を過ぎても来客数に大きな変化は訪れなかった。

例のお客さんがようやく帰ったところで、俺は黒葉たちに先ほどの不思議な一件を話してみることにした。

黒葉はその話を聞くなり目を輝かせた。興奮気味に一周くるっとその場で回る。

「このコンビニに、また新しいお客《ミステリー》さんがお越しになりましたねっ！」

「だから……」俺は首を横に振る。「ミステリーはお客さんじゃない」

彼女は歯牙《しが》にもかけない。

「そのお客さん、最初は私たちが対応した方ですよね！　白髪のおばあさん！」

「そうねえ」石国はあくびをしながらのんきに答える。「確か雑誌だったかなー」

それは俺もこの目で見ているので確かだろう。買っていった商品に違いがあるとはいえ、あれだけ奇妙な買い方を繰り返されたらさすがに顔も覚える。

「何度も何度も列に並んで、レジに来て、バラバラに単品ずつ商品を買っていく……ええ、まさしくこれは、ミステリーです。お客《ミステリー》さんのご来店です……！　ふふふっ！」

それが幸せなことだと言わんばかりに頬を緩めている。好奇心旺盛《おうせい》とも違う、まるでそれは、何かそういうことに憧《あこが》れている態度みたいだった。

「しかしわからんな。商品を買うことだけが目的なら、いちいち一品ずつレジに持ってこないで、まとめて持ってくればいいのに。……というか、普通ならそうする」

俺のその基本的な疑問に、彼女は頷いてみせる。

「そうですよね。その通りなのです。つまり、商品を買うことだけがあのお客さんの目的じゃなかったということですよね。会計を一品ごとに分ける必要があったと」

その表情は、ケーキ屋さんのショーケースを眺める少女のようにあどけなかった。

石国はからかうように笑った。

「もしかしてさ、レジ打ちしている白秋くんに好意があって、白秋くんの接客を受けたいがために何度もレジに来たって可能性は？」

「まあ！」黒葉は口元に手を当てて、俺を上目遣いで見てくる。「せんぱい、モテモテです！」

俺は目を細める。

「まさか。石国じゃあるまいし」

石国とシフトに入っているとしょっちゅうそういう場面に出くわす。明らかに俺の方のレジではなく、石国の方のレジで会計したいのだな、と思わせるお客さん。タイミングを量ったり、わざと並んでいる列から抜け出して並び直すような根気強い人も中にはいる。

黒葉は思案顔のまま話を元に戻した。

「しかし、せんぱいに心当たりがない以上、やはり店員さんがおばあさんの目的だとは考えにくいですよね。そもそも最初は私たちが接客をしたのですから、一貫性もありません」

「つまり、あのお客さんにとっては俺たちの対応じゃなくてもよかったたってことか」

その事実に、どうしてだか薄寂《うすさび》しい思いにぼんやりと駆られる。なんだろう、この……。

うつむく俺の隣で、黒葉は人差し指を立てた。

「それより、買ってきた商品に注目しましょうよ。三百二十円の雑誌に、百円の肉まん、九十九円のチョコ。九十八円のクッキーに九十五円のお茶。百円の菓子パンなど……そこまでヘンテコな商品は買っていないようですが……何か共通項はあるでしょうか？」

「うーん、と」石国は軽快に指を鳴らす。「最初の雑誌以外は全部百円くらいだよね。百円前後の買い物に対して、千円札や五百円玉で支払いしてる」

百円くらいの買い物……か。

「じゃあこういうのはどうだ？　両替したかったとか」

俺のその一言に、石国は「ああっ」と感心したような声を漏らす。

「どれも千円札あるいは五百円玉で、必ず百円玉を四枚お釣りとしてもらっている。つまり、百円玉が欲しかっただけなんじゃないか？」

一度の会計の釣り銭で受け取れる百円玉は、どんなに多くても四枚だ。お客さんの指示でもない限り、五百円分の釣り銭は五百円玉で支払われるのだから。

しかし黒葉の表情は晴れない。

「うーん、どうでしょう。百円玉が欲しいだけでしたら、周辺の自動販売機でお釣りとしてもらえばいいだけですし」

「なるほどねえ」石国は今思い出したかのような表情を浮かべる。「あっ、そういえば、うちはお客さんからの両替の申し出は原則断ってるんだっけか」

「店長からきつく言われてるからな」俺は呆れたように言う。「居酒屋やゲーセンの店員が頻繁に出入りしてきては両替をせがんできて、それ以来禁止になった」

コンビニを両替機程度にしか考えていないお客さんは結構多い。

石国は眠たそうに言う。

「……まあ、今はもう帰ったってことは、そのお客さんの目的はおよそ達成されたか、あるいは諦めたってことよね。現状わかるのはそれくらいかな？」

「ええ……そうですね。ですがもしかしたら、防犯カメラの映像記録を確認し、もう一度おばあさんの様子を見ることで、何かわかるかもしれませんけど」

石国は胸を張って相好を崩す。

「じゃあ、あとで私と店長が確認しておくよ。でも、そんな様子あったかな？」

「はい、ありましたよ。おばあさんの不思議な行動」

「へー」黒葉の方を向く。「どんな行動だったんだ？」

「おばあさんは最初の会計だけ、三百二十円もする雑誌を買っていったことです。そのあとの百円前後の会計とは支払い金額の傾向が少し違うように見えませんか？」

黒葉はまたくるっとターンして、スカートの裾をつまみながら言った。

「そういえばそのあとも、おばあさんの様子が少し変でした。そう確か、会計後に財布の中身を覗きながら『あら……』と何か訝《いぶか》るような声をこぼしていたのです」

石国は毛先をくるくる指に巻きながら、

「……あー、そうだったね。うん、覚えてる覚えてる。でも、そこまで変かな？」

「変ですよー！　私、もしかしたらポイントカードを後出しされるのでは？　と少し身構えてしまいましたもの！　お釣りはもうお渡ししてしまったため、会計のやり直しが――」

『あら』……百円……お釣り……頬を掻きながら、俺は考え込む。

「でもそれよりも私は、あの人の財布の中身が気になったかな」

「中身……ですか？」黒葉は石国に向き直る。

「うん。ここからだとさ、会計のときにお客さんの財布に何が入ってるか少し見えるじゃん？　それで、緑色っぽい紙幣とか紫色っぽい紙幣とかがたくさん入ってて。小銭入れにもさ、見るからに形や大きさの違うコインがたくさん混ざってたの」

「ああ、そういえば。でも、えっと……それって海外貨幣なんでしょうかね？」

「うーん、どうなんだろ。少なくとも日本のお金じゃなかったね、あれは。でも、どうしてあんなに持ってたんだろ。海外から帰ってきたばかりだったのかな」

「まあ時々いるな、ああいう財布に変なものを入れ――」

俺はそこで言葉を切った。何かが引っかかる。

まさか。

すぐに現場の方の――店の外側のレジのドロアを開けて、それを確かめる。

ない――ということは……いや、だからこそ帰ったのか。

俺は当惑する二人に告げた。

「わかったよ全部」

黒葉は嬉々《きき》として目を輝かせ、石国は「おお！」と驚いたような声を上げた。

俺はあらためて切り出す。

「なぜお客さんが何度もレジに来たのか、わかった」

七時を回ってなお、雨の勢いに変化は訪れなかった。店の外ガラスにはずっと水滴が流れ落ち、地面を打つ音が店内からもはっきりと聞こえてくる。

店の外の歩道の様子をうかがう。人通りは少ない。車の通行量も少なく、当然ながら店にやってくるお客さんはいつにもまして少ない。

そんな店内で、俺たちは事件に遭遇してしまった。いやこれは事件じゃない。

「これは……ただの事故だ」

目で説明を求める彼女たちに、つらつらと答える。

「まずあのお客さんは、最初は俺がいた方の——つまり、普段開放している方のレジに来たのに、二回目以降はわざわざ休止板が立てかけられた方のレジを何度も利用している。それは要するに、そのレジで休止板を退《ど》けてまで会計する必要があったということだ」

「ああ、そういえば……！」と黒葉。

「なぜそんなことをする必要があったのか。まあ、結論から言おう。あのお客さんは最初の会計を除いて必ず千円札と五百円玉で会計している。そして百円玉をお釣りとしてもらう——そう、つまりお客さんは店の外側のレジの中にある百円玉をお釣りとしていもらうために百円以下の商品を買っていた。商品は、内容ではなく値段で選ばれていたんだよ」

「百円玉？　百円玉って……な、なんでそんな欲しがったの？」石国は先ほどの会話を引き合いに出した。「両替ってさっき否定したばかりじゃなかった？」

「百円玉じゃない百円玉を手に入れたかったんだ。レジを見たところ、おそらくもうそれは持っていかれたけど……」

「百円玉じゃない百円玉とは……つまりどういうことです？」と黒葉。

「正確には、百円玉だと一見思われてはいたが、実際には百円玉じゃなかったコイン」

渋面の二人に向かい、俺は淡々と続ける。

「見た目が百円玉に似ていることから、よく店員も見間違い、それを百円玉として受け取ってしまう。実際の価値は十円前後なのに、それを日本円で百円相当にしてしまう、実に紛らわしいコイン。ところで、あのおばあさんは海外貨幣を財布に多くしまっていたんだよな？」

「ああ！」そこでようやく黒葉は手を鳴らした。「百ウォンですねっ」

現地での価値が十円前後の白銅製コイン。その見た目は日本の百円玉と似ており、注意して見ないとよくわからず、これを用いた詐欺《さぎ》事件も実際に起きている。

「……そういえば、そんな硬貨が時々レジの中に百円玉として紛れてるわね」

石国のその言葉に、満足そうに黒葉は「はい」と頷いた。俺は続ける。

「お客さんはそのレジに百ウォンがあると把握し、その百ウォンを自分の財布にしまいたかった。だから見た目の似ている百円玉を何度もお釣りとしてもらうことで、俺が間違って百ウォンを渡してしまうことを期待した。だから何度も会計しに来たんだ」

しかし石国は当然のように疑問を唱えた。

「でも、百ウォンは十円ほどの価値しかないんでしょ？　そんなものをそこまでして欲しがる理由って何？」

「だから言っただろう。これはただの事故だったって。欲しがったわけじゃないんだ。厳密には取り戻したかったんだよ。自身の海外貨幣だらけの財布から誤って出した百ウォンを、取り戻したかったから何度もレジに来たんだ」

最初の会計――つまり三百二十円の雑誌を買った際のおばあさんの妙な様子。それはいわば『会計後、その財布の中身に異常があった』ということだ。すなわち、一度目の会計のあとに、百ウォンを誤ってトレイに出したことに気づいた瞬間――。

「感服だよ。最近はむしろ百ウォンと百円が似ていることを悪用して、実際の金額より少ない支払いで済まそうとする連中も多くいる中で、おばあさんはきっちり百円分支払おうとしていたんだから」

俺なら、もしかしたら「まあいいか」と思って店を出るかもしれない。

しかし石国は納得しかねるような表情だった。

「うーん、でもさーそれならそのとき言ってくれれば良かったのに。間違えて出したんなら、こっちだっていくらでも取り換えるのにさ」

黒葉はゆっくりとかぶりを振る。

「間違えたとはいえ、百ウォンで一度支払いを済ませたことは、おばあさんにとってとても心苦しいことだったのではないですか？　それに、もしも店員さんにそれを打ち明けて仮に通報されたら？　本当は故意にやったのでは？　と疑われたら？　そういった様々な葛藤《かっとう》の末に、こっそりと取り戻すという選択をされたのではないですか？　そればかりは本人に直接訊くほかないですが、私そういう躊躇はなんとなくわかる気がします」

石国は「……それもそっか」と言って、穏やかな表情のまま首肯した。

俺にも異論はない。しかしそうなると――

「百ウォンが使用されたって二人は気づかなかったのか？」

「私は傍に立ってただけだったしねー」石国は黒葉に目を移す。「どうなの？　黒葉ちゃん」

「うーん……と、そう言われると曖昧ですね。ただ、きっと気づかなかったからこそ、こうなってしまったのでしょうから――」

黒葉は深刻そうな表情から一転、にっこりと目尻を下げる。

「防犯カメラの映像記録で、答え合わせといきませんか？」

3

午後九時ちょうど、俺たちの勤務時間は終わりを告げ、夜勤のクルー二人と交代した。

バックルームに戻ると、奥のロッカー手前――そこにはさっそくスマートフォンをいじる石国の姿があり、黒葉はその傍のスツールにちょこんと座り込んでいた。

俺はデスクトップパソコンのキーボードを押して、退勤登録をする。そしてそのまま、しばらくは立ち往生するという格好になった。自分の着替え、カバンなどが入っているロッカーの前には女の子が二人もいたため、どこか向かいにくい雰囲気があったからだ。

黒葉はやがてジューソンのユニフォームを脱ぎ、インナーシャツと、首元の鎖骨をあらわにしながら俺の方を向く。

「今回も実に奇妙なお客さん《ミステリー》がお越しになりました。ねっ？　せんぱい」

「今回は、そんな大した話じゃなかっただろう」俺は彼女の姿を目視しないように身体ごと背けた。「それに何度も言うが、ミステリーはお客さんじゃない」

黒葉の提案によって、俺たちは防犯カメラの映像記録を最後に確かめた。黒葉は自分の手で操作したそうにうずうずしていたが、彼女はもちろん俺さえ防犯カメラを操作するためのパスワードは知らない。結局三人の中で唯一パスワードを知っていた石国がマウスを握りしめながら該当時間をチェックすることになった。するとそこには、百ウォンによく見られるような上部に何か文字が刻まれた白銅色の硬貨をトレイに出すおばあさん、そして、トレイからそれを知らず知らずのうちに受け取る黒葉の姿が映し出されていた。

石国は茶化《ちゃか》すように笑う。

「それにしても黒葉ちゃん、なかなかグイグイくるよねえ。さっきだってマウスを握りたくて仕方がないって感じで私の横にぴったりとくっついててさ、そんなに防犯カメラを操作してみたかった？」

「はい！　私、こう見えて肉食女子なのです。塩だれのかかったキャベツより、一枚でも多くカルビを食べたいのです」

意味がよくわからない。

白い歯を見せて微笑む石国は、おもむろにスマートフォンを取り出す。着信音が鳴ったかと思えば、急にバックルームの出口へと足を傾けた。

「じゃ、私そろそろ上がるねえ、おつおつー」

彼女は手を振ったままカウンターの方へと消えていった。

バックルームには俺と黒葉の二人のみが残っている。俺はようやく一人いなくなったので、ロッカーの前に移動して着替えを始めた。黒葉は俺が近づいてきてもまるで微動だにしなかった。スカートから伸びた黒タイツの足を律儀に揃え、背筋をまっすぐ伸ばして座っている。

なるべく意識しないようにしながら、素早くジューソンのユニフォームをしまい、ブラウンのコートを着る。そんな俺の焦心とは対照的に、黒葉の声はやけにのんびりとしたものだった。

「なんだかせんぱい、良い匂いがしますねえ。香水つけているのですか？」

「……いや、今はつけていないけど」

大学に通っていた頃はよくつけていたが、それもすぐにやめ、今では身だしなみにほとんど気を遣っていない。服装も、大学に入りたての頃に買ったものをずっと着続けている。

「へえ」と言って、黒葉は俺に近づき、くんくんと匂いを嗅ぎ始めた。

俺は慌てて離れる。本当になんなんだこの子？

黒葉は膨れっ面で言う。

「失礼ですね。そんな、あからさまに避けなくても」

俺はすかさずカバンを手に取る。早く帰ろう。

「そ、それじゃ、お疲れ様」

ペコリと頭を下げた黒葉から視線を逸らして、バックルームを出る。夜勤の会谷さんたちに挨拶してそのまま外に出ると、そこはもう真っ暗だった。街路灯や近くにあるいくつかの居酒屋の看板の光以外に、目立つ光源はない。駅から少し離れた場所にあるここは、駅前というよりは住宅街の中にある通りで、時間帯によって雰囲気がガラリと一変する。

降りしきる大粒の雨によって水浸しになった地面を見ながら、そこでようやく思い出す。そうだ。今日はそういえば傘を持ってきていないんだった。

足を一歩前に踏み出すことができず、俺は店頭で空を仰ぐ。これほどの雨の中、ずぶ濡《ぬ》れで帰るのは嫌だな。

やむまで待つか？　いや、いつやむかもわからない雨をここでずっと待つのもな。でも、わざわざソンローで六百円弱も払って傘を買うのは気が引けるし。

思案する俺の横を、ふと大きな声で騒ぐ数人の若者が傘をさしながら通りかかる。

そのうちの一つの傘が俺の肩に少しぶつかり、水滴がこちらにかかってきた。なんだと思って振り返ってよく見てみる。見た感じ、俺とそう年齢は変わらない。その者たちは会谷さんのように顔を真っ赤にして、いかにも飲み会のあとだと言わんばかりの大学生で——。

「ああ、わりーわりー」肩にぶつかった傘を持っていた一人の男が立ち止まり、剽軽《ひょうきん》な調子で謝ってくる。「ってあれ、お前どこかで……」

俺の顔を凝視してきた。パーマをかけた小顔の長身男。……この人は。

確か、大学一年のときの基礎ゼミで一緒だった人だ。入学して最初の頃は、何度か話した記憶がある。名前は……長島《ながしま》だったか。

「あー思い出した」長島は目を見開く。「基礎ゼミ一緒だった……えっと……なんだっけ……あれ？　一緒だったよな？　きみ」

俺のことを覚えていたのか。

その瞬間、体の中が沸騰したみたいに熱くなる。しどろもどろになって「あ、ああ」となんとか返事をすると、彼と一緒にいたほかの者まで立ち止まり、俺のことをじろじろと見てくる。

「最近見かけないけど、いつもどこにいんの？」長島は訊いてきた。

「それは……その」眉をひそめる彼に向かって、俺は言う。「辞めたよ、もう」

そこで彼らの俺に対する目つきが即座に変わったのを実感する。口元には小馬鹿にするような笑み。

「はあ？　なんで辞めたの？　もったいねー」

遠慮のないゲラゲラとした笑い声が飛ぶ。余裕のある、俺をどこか見下した態度。

「じゃあ今何してんの？」

言葉に詰まる。

「コンビニで……バイトだけど」

呆れたような表情が返ってきた。侮蔑《ぶべつ》を通り越して、もはや同情されているみたいな視線が彼らの方から飛んでくる。

「……まさか、ここ？」長島が指先をソンローに向ける。

「いや、違う」

とっさに嘘をついた。

「おい、もういいから行こうぜ。飲み直すんだろ？　さっさと酒買おうや」

明らかに俺との関わりを避けようとする者がいたおかげで、彼らの興味は俺から遠ざかって、次第に店内へと向かっていく。

去り際、「じゃあな」とも「頑張れよ」とも言われなかった。名前さえとうとう呼ばれなかった。いや、あの口ぶりだと、きっと覚えてすらいなかったのだろう。

体の中の熱が一気に冷めていくのを感じる。

彼らのさした傘が入り口の傘立てに乱暴に置かれているのを見ながら、俺は苛立《いらだ》つ。

さて、どうしたものかと思いながらも、俺は傘立ての前に行き、彼らの置いた傘をジッと見た。ポケットから手を出しかけたそのとき、ちょうど一人の女性が店から出てきた。

びっくりして、思わず手をひっこめる。そのまま顔を上げた。

「おやおや、せんぱい。まだ帰っていなかったのですか？」

黒葉だった。

ホッと胸を撫で下ろしつつも、どこか後ろめたい気持ちを抱いてしまう。

「あれ、せんぱい……」俺の姿を上から下までじっくりと見て、彼女は言う。「もしかして、傘をお持ちではないのですか？」

「……まぁ、うん」

「そういえば、雨は夕方からでしたものね。ニュース、見てなかったのですか」そこで黒葉は、なだめるような声色に変えた。「……でも、ダメですよ、人の傘を勝手に盗《と》るのは」

ばっちり読み取られていた。顔が熱くなる。

「いや、違う！　こ……これはだな……」

「あの酔っぱらった大学生たちに何か恨みでもあるのですか？」

「いや……それは……ないけど」

黒葉はどこか寂しそうに微笑む。やがて、スクールバッグの中から一つの折りたたみ傘を取り出した。開くと、布の部分はシンプルな黒色であることがわかる。サイズは小さい。

「せんぱい、傘入りますか？　というか、入ってください。一緒に帰りましょう？」

「え？」

彼女はこちらに近づきながら、終始落ち着いた口調で続ける。

「このままでせんぱいがずぶ濡れで帰るのを、見て見ぬふりはできません。ですから、私の家まで来ていただいて、そこで傘をお貸しいたします。私の家ここからほど近いので」

「いや、いいよ。やむまで待つし」

「今日はもう夜明けまでずっと雨です。そんな時間までせんぱいを待たせたくありません」

「なら、コンビニで買って帰るよ。悪いな、気を遣わせて」

「でも、もったいないです。お金の無駄遣いはしないでください」

まるで、俺の思考をそのまま読み上げられているかのようだった。

「……その、いいのか？　俺なんかと、その――」

「せんぱいだからこそです」

彼女は後ろを振り向き、続く通りの暗い夜道を、ぼんやりと眺める。その視線は、すぐにまたこちらへと戻る。くるっとその場でターンして、やがて頬を緩めた。

「一緒に帰りましょう、ねっ？　せんぱいっ」


ほとんど言いくるめられる形で、彼女の傘に入った。そのまま、代わりに傘を持つ。折りたたみ傘のため、正直雨を防げる部分は少ない。それも二人でその中に入るとなれば、どうしても外側の肩は濡れてしまう。よって俺は、彼女をなるべく濡れさせないように、また妙な気を起こして密着しないように、こっそり傘から身体を半分以上出し、少し離れた位置をキープして夜道を共に歩いた。

「もう、それじゃ傘に入ってる意味ほとんどないじゃないですか」

すぐにバレて、即座に黒葉の方から身体を寄せてくる。俺が離れるたび、また近づくを繰り返す。……なんだこれ。

結局、俺が引くこととなった。肩と肩を寄り添わせながら、一つ傘の下俺たちは黒葉の家に向かってゆっくり歩いていく。なぜかそわそわとしてしまう。気が散って仕方がない。平常心、平常心……と心の中でつぶやいて気を静める。

その途中、黒葉は嬉々としておだてるように言ってくる。

「それにしても、せんぱいの推理は見事でしたね。見事で……なんとなくですけど、優しかったです。なんだか心が温まりました」

俺はからかうように、冗談めかして返事をする。

「黒葉たちが最初にちゃんと百ウォンに気づいてれば、あんな悩む必要もなかったんだぞ」

「……いじわるですね。それは、その通りですけど」

いじけたような目で俺の方を向く。俺は彼女のその瞳をなかなか直視できない。

無言——会話はそこで止まった。たまらなく落ち着かない。

どこへ向かっているのかもよくわからないまま、黒葉の挙動のみに意識を向ける。

「そういえば、石国さんはどうやって帰ったのでしょうね」

「……どういうことだ？」

「勤務中、石国さんはこうおっしゃったじゃないですか。『今日、傘持ってきてないんだけどなぁ』と。せんぱいと同じく彼女も傘を持っていなかったのですよ。せんぱいはこうして私の傘に入ることで無事に帰れていますが、石国さんはどうなのでしょうね？」

「さあ、どうだろうな。心当たりはあるのか？」

「そうですね」黒葉は気品のある笑い方をする。「実はもう見当をつけています」

するとは彼女は両手を大きく横に伸ばした。胸の辺りがより強調される。まるで彼女自身を見てくれと言わんばかりの――。

「ああ、そういうことか。まさか、俺と同じように、その……誰かの傘に入れてもらって石国も帰ったってことか？」

「正解です。先ほどの彼女のスマホの着信は、つまりお迎えが来たということでしょうね。……ですが、石国さんを傘に入れられるほどの殿方となると、具体的には誰に相当するのでしょうか？　石国さん、とてもお綺麗ですし、誤解を恐れぬ言い方をしますと、かなり理想が高いイメージがあります」

ぼそっと言う。「……まあ店長だろうな、今は」

「あっ、やはりお二人は交際関係にあったんですね」

隠す理由も特にないので、首肯しておく。

「ですがあのお二人は、ここだけの話、あまり結びつきません。相合い傘をしているイメージがわきません。どちらかというと――」そこで彼女は俺をじっくり見てくる。「せんぱいと石国さんは年齢的に近いので、もしかしたらそっちなのかと思っていました」

「まさか」嘆息して俺はそれを否定する。「ないない。俺は地位が低いからな」

「せんぱい、何歳ですか？」

「十九……だったかな」

黒葉はあっさりとした笑みを向けてくる。

「ならば、まだ若いのですから、これからいくらでも上り詰められるじゃないですか」

「俺より若い奴には言われたくないな」

彼女は俺の軽口を無視して続ける。

「石国さんは大学二年生と聞きました。せんぱいも大学生なのですか？　同じ大学とか？」

「いや、俺は大学行ってない」

「というと、専門ですか？　学科は？」

俺はそれにもかぶりを振った。ためらいがちに言う。

「……フリーターだ。……中退したんだよ、今年」

「……どうして中退したのですか」

言葉に詰まる。その様子に、彼女は悲しそうな目を向けてくる。

「せんぱい、やっぱり大学生のこと、恨んでいるのですか」

「う、恨んでるわけじゃない。ただ、ああいうのを見てると――」

自分は今、何をしているんだ？　って気になるだけ。

黙り続ける俺の横顔を、黒葉はどこか思いつめたように見つめてくる。

彼女はふいに、囁くようにつぶやく。

「……――けど、せんぱいはちゃんと立派にコンビニ店員しているじゃないですか」

立ち止まって、彼女の背中を見た。振り返る黒葉は穏やかな顔をしていた。

首を横に振って反論する。

「違うな。立派なことができなかった結果、コンビニ店員でしかいられなくなっただだけだよ。志だとか目標だとか、そういう俺くらいの年代の奴が普通に持ってるようなものは、今の俺にはない見ていてわかるだろう？　ただなんとなく生きてるんだなって」

黒葉の瞳はまっすぐ俺を見続ける。いたわるような口調で、

「……生きているだけで、せんぱいは充分立派です。それに、これからいくらでも探せるものじゃないですか、そういうものは」

いたずらっぽく笑って、俺に寄り添ってくる。

「私でよろしければ、一緒に探してみますか？　お供しますよっ」

俺は飛び跳ねるようにして彼女から離れる。頭の中がさっきからずっと熱い。

彼女が思うほど俺は立派な存在じゃないのに。それなのに、この隣の女の子はこんなふうに俺に密着してきては、時々こうして力強い瞳で俺を見てくる。これじゃまるで、彼女が俺に少なからず好意を抱いていて――。

いや、そんなはずはない。こんなに綺麗で礼儀正しい子が、俺なんかにそんな感情抱くわけもない。ほんとばかか俺は。何を勘違いしているんだ。慣れないことをされて、浮かれているのだ、きっと。……きっと彼女は、ほかの男にも同じような態度と距離で接している。俺だからこそ、なんて思い上がりも甚だしい。だって俺はただのフリーター。

……ただのコンビニ店員でしかないからだ。

少し前を歩く黒葉がふいに立ち止まった。俺は彼女がそうするようにそのまま顔を上げて、そこで初めて周囲の景色をまともに認識した。ずっと彼女を意識し過ぎて、全然周りが見えていなかったのだ。いつの間にか、どこかに辿《たど》り着《つ》いていた。

目の前にはマンションがあった。四階建てくらいだろうか、雨も降っていて暗いということもありはっきりとはわからないが、少し年季の入った鉄筋コンクリート造りの建物が雨を浴びながらそびえ立っている。中央には自動ドアがあり、その奥にはエントランスホールが広がっていた。とりたてて特徴があるわけじゃない。

周囲を見渡す。辺りは一面似たようなマンションが多く建てられており、近くには円形の公園があった。その中央にはゾウの形をした遊具も見え、一帯を街路灯が照らしている。どこか既視感すら覚えるほどのありふれた景観。

「ここが私の家です。ですから、エントランスホールで少しお待ちください」

黒葉はそう言って傘から身体を出し、素早く屋根の下に移動する。俺もまた傘を閉じ、続いて中へ入った。傘は彼女に手渡しておく。

エントランスホールの両サイドには郵便受けがあった。黒葉はまっすぐ歩き、奥のモニターからインターホンで居住者を呼び出す。

「――うん、お母さん。うん、そうそう――」

黒葉が砕けた話し方をするところを、そのとき初めて見た。

通信が切れると、彼女は振り返りこちらに微笑みかける。オートロックが解除されたのだろう、やがて自動で開いたドアの奥へと遠《とお》ざかっていく。

どうせ暇だった俺は、ぼんやりと郵便受けに綴《つづ》られた名前を端から順に見ていく。黒葉の苗字を探すも、しかしなかなか見つからない。

しばらくして、黒葉は満面の笑みで戻ってきた。手には薄桃色の傘。

「この傘、返さなくていいですからね」と黒葉は言って、手渡してくれる。

「……ありがとう。ちゃんと返すよ」

しかし彼女は、諦観《ていかん》した眼差しを足元に落とし、ふと面映《おもはゆ》そうな表情を浮かべた。

「せんぱい、今日は私のわがままに付き合っていただきありがとうございます。……その、気をつけて帰ってください。まだ雨は強いですから……その、心配です」

傘の柄を握る俺の手の上に、黒葉の綺麗な手がそっと重なる。まるでいたわるように俺の手をしばらく撫でたかと思うと、名残惜《なごり》しむような緩やかさで、すっと離れていく。

「せんぱいの手……あったかいですね。まさしくセルフカイロです。切り取って携帯してもいいですか？」

「だ、だめだっつの」

さらりと怖いことを言う。彼女はそのまま上目遣いで俺を見てきた。

目が合う。数秒の無言。気まずさや気恥ずかしさから逃げるように、俺たちはほぼ同時に視線を逸らした。ちらりと彼女の顔色をうかがうと、頬の辺りが赤く見えた。

「そ、それでは、また明日もよろしくお願いいたします……お疲れ様ですっ」

黒葉は頭を大仰に下げた。どこか紛らわすような仕草《しぐさ》と言葉だったが、俺もまた「お疲れ様」と言って、その場をあとにした。しかし、ふと胸に妙な違和感を覚える。

……なんだ？　なんなんだろうか？　これは。

ゆっくりとした足取りで、エントランスホールを出る。

降りしきる雨を見上げながら、高揚《こうよう》している自分がいることに気づく。

これは……なんだ？　言葉ではとても表しきれないこの感情は、なんなのだろうか？

マンションの屋根から身体を出し、落ちてくる雨粒を一身に浴びる。一方で、なぜか身体はずっと火照《ほて》ったままだった。特に顔と胸の部分が滾《たぎ》るように熱い。熱くて苦しい。

でもこの熱は冷ましたくない。胸の高鳴りを、雨音でかき消されたくない。身体の中からグッとこみあげてくる何かを、ずっと味わっていたい——〝このままでいい〟じゃなくて、〝このままがいい〟なんて。

口元が緩む。さっき自ら否定したばかりなのに、また浮かれてしまっている。

彼女の言葉や行動の一つ一つが、簡単にその思い込みに疑問符を投げかけてくる。右も左もわからない暗闇《くらやみ》の住宅街の中、俺は首を横に振った。

彼女から借りた傘の柄の部分を持ち上げる。つぼみのようなそれは、まるで上を向いて開花の準備に入ったみたいでおかしかった。おかしいと、心の底から思えた。

やがて高々と掲げたそれは、雨を弾《はじ》きながら勢いよく開かれる。

暗闇の中に、薄桃色の花が確かに咲いたような——そんな気がした。

第三章　このコンビニから消えた女の子を覚えてる
——もう後戻りはできません

1

けたたましく鳴る鐘の音で目を開けると、俺はベッドの上にいた。

身体を起こす。カーテンの閉め切られた暗い一室。隅《すみ》にある本棚には漫画が乱雑に並べられており、床には大学で使っていた教科書が埃《ほこり》をかぶって置いてある。

ベッドの傍には、充電器のコードに繋げられたスマートフォンが音を鳴っていた。

それを手に取って、とりあえず音を止める。日付がまず目に入った。

十二月七日の木曜日。時刻は午後三時三十分。

もうすぐ、出勤時間だ。

リビングへ行くと、ソファで小説を読む母親の姿があった。顔を上げ、俺が来るのを見るなり、本を閉じて立ち上がる。

「おはよう。すぐ食べる？」

「うん。……お願いします」

俺はテーブルにスマートフォンを置き、椅子に腰掛ける。俺はリモコンを操作して、テレビをつける。

母親は台所へ移り、さっそく軽食を作り始めた。

ちょうど夕方のニュースが始まった。

人身売買ブローカーの一人が横浜で逮捕されたという一報や、三十代の高校教師が教え子と淫行《いんこう》し逮捕されたというニュース、ほかにも、有名企業の社員が過労自殺した一件の続報など、話題は絶えそうにない。寝起きのため、ほとんど頭に入っていないが。

やがて軽食が運ばれてくる。冷凍の焼きおにぎりが二個と、牛肉がよく煮込まれた手作りのコンソメスープ。俺はいただきますと言ってから、スプーンを手に取った。

「今日、帰り何時くらいになりそう？」と言って、母親はソファに座り直した。

「いつもと同じだと思う」俺はスープをすすりながら答える。「……九時半とか」

「そ。……ご飯は食べてくる？」母親は小説を手に取りながら告げる。「晩ご飯はから揚げ作ろうと思ってるんだけど」

俺は焼きおにぎりを口に入れながら、しばらく考える。

「……いや、食べてこないと思うから、から揚げで」

優しく微笑んで、母親は視線を小説へ戻した。よほど面白いところらしい。普段ならテレビばかり観《み》ている母親が、ここまで夢中になって小説を読むことなどそうはない。

テレビを観るふりをしながら、俺は横目でそんな母親の楽しそうな姿を見ていた。

母親——あと、父親や兄もだが、家族は基本的にこの俺に何も言ってこない。

大学を身勝手に中退し、フリーターで家に寄生する俺になんの文句も言ってこない。

今年の三月、大学へあまり通っていなかった俺はとうとう自主退学した。退学を決めたときも、また退学をしてからも、俺に対して将来をどうするのか、このままでいいのかと責め立てるような言葉は一切かけてこなかった。

そう、わかった——それだけが、母親の感想だった。

正直、嫌だった。何も言われないことが苦痛だった。もっと俺に対して、何か言ってほしいと思った。しかし、家族の態度は大学入学から今もまったく変わっていない。こんなふうに、俺の食事のことばかりを気にかけてくれる優しい母親と、事あるごとに俺に小説や漫画を買ってきて「これ面白いから読んでみろ」と勧めてくれる父親に、就活に卒論と忙しいのに、時々俺を対戦ゲームに誘ってくれる二つ上の兄。

後ろめたい気持ちでいっぱいで、でも、何も言われないことに甘えている自分が、ちゃんとそこにいる。それを自覚してなお、現状を維持している自分が嫌だった。

だからこそ、実感する。何もしていないよりマシだと。何もしていないわけじゃないと。

そう——

コンビニでバイトをしている——それだけが、俺にとっての生命線だった。

2

バックルームに入ると、そこにはすでに黒葉の姿があった。毎度おなじみの学校のスカートと黒タイツをはいたまま、ジューソンのユニフォームを着ている。パソコンの前の椅子に座り、防犯カメラのモニターをジッと見ていた。

「あ、おはようございます、せんぱい」

俺がやってくるのに気づくなり、彼女は軽く頭を下げた。

「おはよう……」俺はコートを脱ぎながら訊く。「どうかしたか?」

「はい、その……たった今、石国さんがレジ対応したお客さんが気になったもので」

「お客さん……?」俺もまた防犯カメラのモニターへ目を向ける。「どこだ?」

「あ、せんぱいとすれ違いで退店したので、もういないのですが……」

彼女の横を通り過ぎ、前方へと移る。ロッカーからユニフォームを取り出しながら言った。

「あれか……例の……お客《ミステリー》さんって奴か」

「そう……ですね、そうかもしれません」

俺はユニフォームを着ながらストアコンピューターで時間を確認する。

「ひとまず出勤するぞ。もう一分前だ」

出勤登録をして、いつものようにキャッシュマスターとファイルを取り出し、カウンターへ出る。研修生を抱えて出勤する以上、レジ点検はなるべく早く終わらせておきたい。

カウンターの前でレジ袋を補充していたのは、昼勤の原瀬《はらせ》道子《みちこ》さんだった。丸みのある顔立ちに、ふくよかな体軀《たいく》、眼鏡《めがね》をかけた三十代前半くらいの主婦で、どこかのほほんとした柔らかい雰囲気を持つ女性。

「おはよう、白秋くん」と原瀬さんは微笑む。

「おはようございます」俺は彼女の後ろを通って、奥の――店の外側のレジへ向かう。

そこには石国が立っていた。一万円札を数えている。普段通り、完璧な化粧。

レジ点検をしている途中で、出勤時間となった。石国と原瀬さんにとっては退勤時刻だ。二人は黒葉とすれ違い、入れ替わる形でバックルームに引き下がっていく。

　それからすぐに、私服に着替えた原瀬さんがバックルームから出てきた。時刻は五時二分。退勤してからまだ二分しか経っていない。

「お先失礼するわねえ」と俺たちに和やかな挨拶をし、店を出ていく。

　いつも通り早い。彼女は規定の時間を働き終えると、すぐに帰ることで有名だ。その姿勢が、なんとなく俺を不安にさせる。なんだろう、この感じは。

「あの、バックルームの扉の修繕が終わりましたんで、サインと検収印お願いできますか？」

　そこでトイレの方から作業着を着た一人の男がやってきた。控《ひか》えのついた書類を、レジ前に立っていた俺に手渡してくる。

　どうやらトイレとバックルームのあいだにある扉が壊れたので、それを新しく取り換えていたらしい。俺はすぐにサインし、検収印を押して手渡した。作業員は「ありがとーございまーす」と言って店を出ていった。

「二時過ぎくらいからずっとやってたんだけど、ようやく終わったんだねえ。良かった良かった」

　入れ違うように、ピンク色のコートを着た石国が売り場に出てきて、そうぼやいた。やがてパンの棚の前まで行き、そこをジッと見つめ始める。パンを手に取ったかと思えば、またすぐに棚に戻す。今度はその横の栄養ドリンクコーナーの前にいき、棚を手前に引き寄せながら、数を確認するような素振りを見せた。次第に腕を組み始めて、うーんと唸る。

「石国さん、どうかされましたか?」黒葉は訊いた。

不思議で仕方がないとばかりに石国は言った。

「最近さ、菓子パンの減りが変だなって。あと、栄養ドリンクもかな。いつもは夜に納品されてくるんだけどさ、夜の納品分がなんか極端に減ってる感じがするんだ」

「売れたのではないでしょうか?」

「いや、さっき売り上げみたけどさ、売れた個数と減った個数の数が合わないのよ」

「なら、誰かが万引きしてるんじゃないか?」俺は言った。

石国と黒葉は同時に顔をしかめた。

「まあ、そうなるよねえ……じゃあ、あとで店長に言って防犯カメラの映像記録を――」

「いえ、もしかしたら、連続盗難事件の方かもしれません」

黒葉は真剣な眼差しを石国へ向けた。

石国は目を見開く。まるで喉に何か詰まったような表情をしている。

「そ、そんな。どうして?」

「売り場から商品を盗ることのできる人物は、決してお客さんだけに限りませんから。すると、そのパンやドリンクの不自然な減り方は、連続盗難事件と同じ性質とも言えます」

　まあ、そうなる。たとえばバックルームに保管された何かが消えた場合、それをクルーの仕業だとすぐ予測することはできても、お客さんの仕業だと真っ先に考えることはない。しかし売り場であれば、クルーもお客さんも平等にそこへ足を運び、盗む機会がある。

「なるほどねえ。黒葉ちゃん、頭いい！　どこの高校なんだっけ？」

「旧庭《きゅうてい》です」

「へえ、超頭いいところじゃんっ」

　黒葉は口元に手を当ててくすくす笑う。

「ですが、私そこまで良い生徒じゃないのです。家から見下ろせるくらい近い位置にあるので、ついつい夜更かしして、結果寝坊してしまいます」

　石国は共感するように手を取る。

「私もさあ、大学いっつも遅刻なんだよねえ。一限なんてまともに間に合ったためしがない。高校でその様子なら黒葉ちゃん、大学行ったらもっと怠けそうだなあ」

「もう、やめてください。私、石国さんほど不真面目《ふまじめ》じゃないですからね」

「言うなあ、黒葉ちゃん。こらー、もっと私を立てなさいっ」

石国は黒葉の脇《わき》をくすぐりだす。それに黒葉は抵抗しながらも笑って応じた。女の子がこうしてはしゃいでいると、男の俺は完全に入っていく余地《よち》がなくなる。

二人がじゃれ合う中、センサーチャイムが鳴ったので俺は出入り口を向く。

年齢は四十から五十くらいだろうか。黒色の毛皮のコートを着た彫りの深い大柄の男が、そわそわしながらレジにやってきた。店内をくまなく見渡し、そのまま洗面ルームへ入っていく、しかし数秒もせずに出てきては、また店内を落ち着きなく動き回る。

なんだこの人？　と訝しんでいると、その男はレジにやってきて言う。

「一番くじ、お願いできますか。一回分」

「くじ……あ、はい、少々お待ちください」

慌ててレジカウンターの棚からくじ箱を取り出す。コンビニでいう「くじ」とは、店頭で販売されているキャラクターグッズのくじ引きのことを指す。アニメや人気番組のホビーが多く、最近はコンビニでも多く取り扱う店が増えてきている。

そのまま会計し、くじを一枚引いてもらう。めくってもらうと、どの賞を引き当てたかわかるようになっているのでそう促した。

「……F賞ですね、少々お待ちください」

俺はお客さんから店舗控えだけ受け取って、F賞を渡すべく、レジカウンターの下の棚から景品を探す。

一番くじの景品は、そのほとんどがカウンター内に保管してある。ただしA賞とB賞、ラストワン賞などの高価な景品は、サイズが大きいためバックルームに――具体的に言うと、洗面ルームとバックルームを隔《へだ》てた扉のすぐ横に置いてある。

F賞――三枚入りの特製クリアファイル……と……あったあった。

俺はその景品を取り出し、袋に入れてお客さんに手渡す。

お客さんは軽くお辞儀して、退店していった。そのまま、街中へ消えていくのを遠目に見ていると、すぐ傍の石国はぼやく。

「あの人、また来たんだね」

「また？」

「そう。ついさっきもそうだし……遡《さかのぼ》れば昼間くらいだったかな、そのときは小さな女の子を連れて――レジに来たのはあの人だけだったんだけどさ、本当ひやひやするよね」

俺と黒葉は首をかしげる。

「あー聞いてない？　一ヵ月くらい前から一番くじのA賞とB賞の在庫がなぜか日に日に消えて、今取り寄せ中なんだよね。だからもしも今下手にA賞やらB賞を当てられちゃうと、すぐその場で渡せないからトラブルになるかもしれないじゃん？」

黒葉は神妙な表情で言う。

「例の……連続盗難事件と何か関連があるのでしょうか？」

「さあ、どうだろーねー」石国は嘆息し、パンや栄養ドリンクの棚と対になるようにして設置されたリーチインケースの扉を開ける。そこからチューハイと缶ビールを数本取り出し、レジカウンターへ置いた。おそらく誰かと飲むのだろう。

案の定、その会計中に店長が茶色のダウンコートを着て来店してきた。あくびをしながら、まっすぐ石国の隣に来る。

「あれ、もう来たの？」と石国はお釣りを財布にしまいながら訊く。

「町内会の打ち合わせが予定より早く終わってね。……っと、もう会計終わっちゃった？」

店長は俺を一瞥したあと、ポケットから財布を取り出し、一万円札を一枚石国へ渡す。石国は特に遠慮する素振りも見せずにそれを受け取り、財布にしまった。

「そうそう、一番くじの件なんだけどさー」石国は店長に甘えるような声を出す。

「この前も言ったけど、バックルームにも防犯カメラつけよーよ。絶対誰かがさ、こっそり抜き取ってると思うのよね。景品はどれも防犯カメラの監視下にないバックルームで管理してるんだから、いくらでも盗り放題じゃん？　しかもあそこら辺って段ボールがたくさん積まれてて死角も多いから……なるべく整理整頓《せいとん》もしないと」

「そうだね。取りつけたいのは山々だけど、時間がなくてね。それより――」

楽しそうに話しながら、やがて二人は腕を組んで店をあとにした。


二人が退店したあと、俺と黒葉はしばらくレジでの接客に時間を費やしていた。

十分ほど経ち、客足もだいぶ鈍《にぶ》くなってきたところで黒葉が話しかけてくる。

「せんぱい、あの……どうしても私、先ほどせんぱいが対応された一番くじのお客さんが腑に落ちないのです」

熊《くま》のような獰猛《どうもう》な顔立ちをしたあの男性客を思い浮かべる。

「あの人……か。そんなに変だったか？」

「はい。実はですね、ついさっき――せんぱいが出勤される前、石国さんが変なお客さんの対応をしたと話したじゃないですか。それが、あの人なのです」

……確かに石国も、あの男性客には見覚えがあるような口ぶりだった。

「それがどうかしたのか」

「そのとき買っていかれた商品が、少し変だったのです」

黒葉はスカートの裾をぎゅっと摑みながら、思い悩むような表情を浮かべていた。

「ストッキングだったのです。女性用の小さなサイズの……それだけを買って帰っていかれました。少しおかしくないですか？　どう見ても、あんな大きな男性が使用するとは思えないじゃないですか、ストッキングなんて」

「……まあ、そりゃあな」

三年間コンビニで働いているが、未《いま》だに商品のストッキングを男性客がレジカウンターの上に置いたのを見たことはない。

「だが、だからって絶対本人が使用しないとは断言できないし、誰かに頼まれて買ったとか、プレゼントするために買ったとか、色々ほかにあるだろ？」

しかし黒葉はまるで独り言のように言う。

「あ……そういえば、あのお客さん、いつもは子どもと一緒に店に来るのですよね。幼稚園児くらいのちっちゃな女の子と――ほぼ毎回、夕方の五時とか六時くらいに。ですが、今回はお客さん一人だけでした。それはどうしてでしょう？」

「……偶然、そうだったんだろう」

流すように言うと、黒葉は俺に不満げな顔を向けてくる。

彼女が何をそんなに気にしているのか、俺にはいまいちピンとこなかった。

微妙な空気が俺たちのあいだに流れようとしたところで、来店音が鳴った。

「……あれ」俺は目を凝らして見る。「原瀬さん？」

出入り口の方から、先ほど退勤したはずの原瀬さんがなぜか戻ってきた。

彼女はくたびれたようにつぶやいた。

「忘れ物しちゃったの。はぁ私のスマホ、ロッカーに置きっぱなしかなぁ」

「そのために戻ってきたんですか？」

「ええ、そうなの。おかげで電車に乗り遅れちゃったわ。保育園間に合うかな」

「それは、大変でしたね」と俺が言うその隣で、黒葉は小首をひねる。

原瀬さんが忘れ物を取りに行っているあいだ、彼女は耳打ちしてきた。

「原瀬さんにはお子さんがいるのですか？」

俺は彼女から距離を取る。「……ああ、いるらしい。確か二人だったかな」

「ほほう、そうなのですか」

すると黒葉は、バックルームから出てきた原瀬さんに向かって訊く。

「あの、お子さんは保育園に通っているとのことですが、その通園服に何か規定はありますか？　たとえば……黄色い帽子をかぶるとか、緑色の制服を着用するとか」

原瀬さんは目を丸くした。

「え、ええ。まさにその制服の着用がルールになっているわ。防犯上の理由から、子どもの服はなるべく統一するようにって」

「では、その保育園の名前はもしかして、『ばいぜん保育園』ではないですか？」

「そ、そうだけど、え？　黒葉ちゃん、どうしてわかったの？」

黒葉は口元に手を当てて、穏やかに微笑する。

「その服装をしたお子さんが、よく当店へ来店されるのです。胸ポケットには、『ばいぜん』の紋章のバッジがありました。まさしく、先ほどストッキングと一番くじを買っていったあの男性客と――ですが」

そういえば、石国も言っていた。あの人は、最初は小さな女の子と店に来たと。

「じゃあ、私の子と同じ保育園なのかしら」原瀬さんは唸る。「うーん、でもここら辺に住んでいる人で、ばいぜん保育園に通っている人なんて一人しかいないわよ。えっと、なんだったかしら……そうそう、浜坂《はまさか》さんの子」

黒葉が真剣に考え込む傍らで、俺はぼそりと言う。

「つまり、浜坂という父親とその子どもがコンビニに来ただけの話だろう。普通に考えれば親子関係――何をそんな悩むんだ？」

歯切れの悪い黒葉。一方の原瀬さんは眉をひそめた。

「でも変ね。私の聞いた話だと、その男性が父親っていうのはあまり考えにくいんだけど」

「……と、言いますと？」黒葉は興味深そうに相槌《あいづち》を打つ。

「だってその子の父親、今海外出張中らしくて、ろくに日本にも帰れていないみたいよ。なんでも海外でチェーン展開している飲食店の社長らしくて……」

はあ、なるほど。じゃあ、つまり？

「あ、思い出しました！」黒葉は嬉々として、得意げに言った。「あのお客さん、いつも一番くじやお菓子を買っていくのですが、会計が終わったあと、店を出ながら女の子に向かって一度こう言ったことがあったのです。『これは、本当のパパには内緒だからね』と」

「……えっ？」

「パパです。パパ」

「……パトロンのことか？」

黒葉は拗《す》ねたようにこちらをジッと見つめてくる。

「いいえ、違います。社会的、または遺伝的な意味でのパパです。せんぱい、真面目に聞いていませんよね？」

「き、聞いてるって」

「それでですね」彼女は何事もなかったかのように話を戻した。「その女の子も『うん、パパには内緒』って示し合わせるように笑ったのです。そんなお二人が、ここ一週間で五、六回ほどご来店されました。……あ、あと、しかもですよ、ほぼ毎回決まった時間帯に買いに来るのです。五時から六時のあいだに！」

原瀬さんが腕時計を見ながら口を開く。

「五時というとやっぱり保育園帰りよね。保育園からここまで来ているのかしら」

「そういうことになりますね」黒葉はうつむきがちに言う。「ですが、本物のパパに内緒ということは、その男性客はつまり本物のパパではないということになってしまいます」

「うーん」俺は首肯しかねた。「聞き間違いか何かじゃないのか」

「それで、あのお客さん、いつも店を出てすぐの道路脇に車を路駐しているのですが、時々声が聞こえてくるのです。『送っていこうか』、『ううん一人で大丈夫』、『気をつけてね』と」

「やっぱり家族の会話とは思えないわね」と原瀬さん。

「ええ」黒葉は頷く。「私もそう思いました。ですから、少し気になっていたのです。二人はほぼ毎日買い物にくる——にもかかわらず、家族らしさがない。家族という形容が当てはまらないお二人だな……と。五歳か六歳の子が、父親ではない四十歳から五十歳くらいの男性とコンビニを出入りする姿って、あまり想像できないじゃないですか」

「でも、憶測の域は出ないだろう。親戚だって可能性もあるし……それに、だからどうしたって話だ。コンビニなんて、それこそ老若男女問わずいろんな人が来るんだし」

「ええ、その通りなのです。ですから、私も気になるだけに留まりました。しかしですね、先ほども言いましたが、今日、つい先ほど来たのは男性客だけだったのです。どうしてそのときは二人ではなく、一人だったのでしょう？」

「確か石国が言ってただろ。今日は昼間にも来たと。そのときに女の子との買い物は終えたんだよ。要するに、そのあと男性客だけたまたまコンビニに寄った」

「そういえば」原瀬さんは頬に手を添える。「朝のお見送りのとき、浜坂さんの子を少し見かけたんだけど……ちょっと体調が悪そうだったわ。もしかしたら、早退したのかもね」

しかし、黒葉は釈然としていない様子だ。

「ううむ、それでもやはり、変なのです。なぜならあの男性客は、いつものように一番くじを買っていったからです。あの人の趣味とはおそらく違うであろうアニメのグッズを」

「アニメなんて、年齢に関係なく誰だって観てるだろう」

「あっ、いえ、そういう意味ではなくてですね」彼女はやんわりとかぶりを振る。「『ラストワン賞はまだ残ってる？』と男性の方ではなく、女の子の方が尋ねてきたのです」

ラストワン賞とは、最後のくじを引いた人が特別にもらえる景品のことだ。今回の場合だと、アニメキャラクターの色違いの大きなぬいぐるみがそれに当たる。

「先日ご来店されたときは、女の子の方が興味を持っているように私には見えました。『景品はどこに置いてあるの？』と興味津々に尋ねてきましたし……つまり、あの男性客はそのアニメがそこまで好きではないように思うのです。ただ女の子に買って与えているだけという印象すらあります。ではどうして、あの女の子がいないときも男性客は一番くじを引いていかれたのでしょう？」

「体調不良だった女の子の代わりに引いたんじゃないか」

「くじ引きとは、引くことそれ自体にも楽しみを見出《みいだ》すものです。ましてや、ラストワン賞を気にされていた女の子の代わりに一枚引いたところで、彼女の代わりは務まらないでしょう。女の子の体調が回復してから、二人で引きに来店すればいいのですから」

そこまで言われると、確かに違和感を覚えなくもない。

「でも、あくまで推測だろ。レジカウンターから《こ》なら、いくらでも想像できる」

もしかしたら黒葉は、コンビニ店員の経験が浅いから、上手く線引きできていないのかもしれない。店員とお客さんのあいだにある深い溝《レジカウンター》の意味を、まだ――

そこで、センサーチャイムの音が店内に響き渡った。一斉に振り返り、出入り口を見る。

そこには先ほどの男性客――大きな体躯の男が、慌てて店に入ってくるのが見えた。

俺たちは目を合わせる。男はまた店内を見回し、やがて冷凍ケースからロックアイスをたくさん取り出した。そのままそれらを、レジに持ってやってくる。俺は戸惑いながらも対応にあたった。袋に詰めて手渡す。

男はすぐに店を出た。胸ポケットからイヤホンのようなものとスマートフォンを取り出し、店頭で立ち止まって誰かと通話し始める。

「えっと……」原瀬さんはぼやく。「今回は、くじ引いていかなかったわね」

そういえば、そうだ。

「し、しかしですね、こう頻繁に来店してくるのも妙な話ではありませんか？」

それもそうだ。……そうだが、具体的にどう変なのか、説明は難しい。

俺たち三人は黙り込む。店の窓ガラスの奥にいる男性客をぼんやりと眺めていると、ふいにまた来店音が鳴った。

長身の細い女性が颯爽《さっそう》とこちらへ向かってくる。

ダークブラウンに染められたベリーショートの髪。高い鼻筋に、健康的に映る小麦色の肌――大きな目に涙袋の目立つその女性は、しわ一つない黒色のスーツを着ている。

俺は固まった。同時に、大きく目を見開く。間違いない、彼女は――。

「灰野《はいの》さん……？」

俺のその呼びかけに、エリアマネージャーの灰野霧枝《きりえ》さんは口元を緩めた。手を挙げて言う。

「や、久しぶり。白秋ちゃん」

そこで、隣に立つ黒葉の息を呑む様子がかすかに伝わってきた。

3

エリアマネージャーと呼ばれている者は、ジューソンの加盟店（ここでいうところのソンロー）に頻繁に足を運び、その店のバックアップをする社員さんのことだ。地域の支店ごとに担当が分かれ、そこのジューソンをまとめて支援する助《すけ》っ人《と》的な存在。発注や商品陳列のアドバイスをしたり、現場で働くオーナー、店長、クルーなどに声をかけて売り場を活性化させることを主な目的としている、本部の人間。

「……へえ、そんなすごい方なのですね」

俺がそう簡単に説明すると、黒葉はまじまじと灰野さんを見上げた。

「はじめまして。黒葉と申します。最近ここで働くことになりました新人です」

彼女がペコリと頭を下げると、灰野さんは首をかしげた。低い声で言う。

「うん、はじめまして……かな？　黒葉ちゃん？　だったっけ？」

「ええ、黒葉です。黒い葉と書いて黒葉です。よろしくお願いいたします」

ポカーンとした様子でしばらく黒葉をじっくりと見る。やがて満面の笑みで、

「よろしく！　ずいぶんと丁寧だねえ。うーんかわいい！　ねえ白秋ちゃんっ」

「さ、さあ。知らないですよ」

すると灰野さんは俺に肘《ひじ》打ちしてくる。俺が避けると、今度は肩を組んでわざとらしく胸を当ててきた。相変わらずフランクで、フリーダムな人だ。

その様子を、なぜか黒葉がじとーっと退屈そうな目で見てくるのに気づく。

「それでさ、店長かオーナーはいる？」

灰野さんは思い出したように表情を切り替えた。俺から離れる。

「もう帰りましたよ」と俺は着衣の乱れを直しながら言う。

「無駄足踏んだかあ。残念ね……売り上げだけ見てもしょうがないしなあ」

バックルームに入ることすらせず、彼女はとぼとぼと引き返していく。

その背中に、いつの間にか気を取り直していた黒葉がハキハキと声をかけた。

「あ、あの、ちょっと聞いていただけますかっ！」

彼女はまたその場で華麗にくるっと回り、スカートと黒髪を揺らす。

まさか、この子――

「このコンビニに、世にも奇妙なお客さん《ミステリー》がお越しになったのです！」

俺の予想通り、黒葉は先ほどの奇妙な男性客について、灰野さんに相談し始めた。

聞き終えた灰野さんは、出入り口の方を一視する。

「あの人よね？　今、店の前にいる――そういえばあの人、私がさっき通りかかったときも、なんていうの……変な声っていうか、妙に高い声で話してたなあ」

黒葉はそこで、目を見張る。そのまま勢いよくレジカウンターを出て、出入り口へ向かう。ガラス越しからこっそりと男の様子を観察し、すぐに引き返してくる。

「せんぱい、あの方、ボイスチェンジャーを使って会話しているみたいなのですが」

「ボイスチェンジャーって……あの声を変える奴か？」

「はい」黒葉ははっきりと頷く。「銀色のイヤホンに、少し変な形をしたマイク付きの機器が繋がっていまして……まさしくそれは、ネットでよく見るような携帯端末に対応したボイスチェンジャーのそれと非常に酷似していました。つまり、声を機械で変えて、サツがどうとか車がどうとか……そのようなことをお話ししていました」

原瀬さんは怪訝《けげん》な顔をする。

「ちょ、ちょっと待って。なんだか、話が変な方向に行ってない？」

黒葉はあごに手を添えて、考えを進めていく。

「年齢差のある男女に、ボイスチェンジャー……サツ……消えた女の子は海外で活躍している社長の娘……あの、これって……まさか……」

その場の全員が驚きを隠せぬ中、俺はあっさりとその可能性を述べる。

「誘拐か」


六時十五分――出勤から一時間以上が経過した。外はもうすっかり暗くなり、ぽつぽつと会社帰りであろう社会人たちの姿が見えてくるようになった。

「誘拐……そんな……」原瀬さんは、茫然と外を見ながら、信じられないとばかりに首をしきりに横に振っている。「か、考え過ぎじゃない？　そんな都合よく誘拐犯がこのコンビニを何度も立て続けに利用するなんて……」

「きっとこのコンビニをダシにして、児童を油断させる口実に利用したのですよ」と黒葉。

「でも、それにしたって店員に目をつけられ過ぎじゃない？」

それも確かに、一理ある。俺のイメージでは、誘拐犯はもうちょっと人の目を気にする。こんなあからさまに動き回るなど、疑ってくれと言っているようなものだ。

やがて黒葉は、声を震わす。

「こんな噂話を聞いたことがあります。九〇年代後半、横浜市のどこかに、経営不振に陥《おちい》ったコンビニのオーナーさんがレジカウンターの真上で首を吊《つ》って自殺したという、いわくつきのコンビニがある——と。当然、そのコンビニは取り壊しが決定しました。しかしなぜか、工事に携わろうとした人は皆大けがを負って、なかなか着工できないのです。不気味に思ったのか取り壊しは結局中止され、そのまま放置されることになりました。それから二十年近く経ち、コンビニがたくさん軒を連ねるようになった現代——そのコンビニは何者かの手によって突然営業が再開されました。しかし不思議なことに、そのコンビニでは来店した児童が急に消えるという奇妙な状況が頻発したそうなのです」

俺たちは黙って彼女の話に聞き入る。

「つまり、神隠しが起きていたのです。そのコンビニでは、店に入った子どもが稀《まれ》に姿を消す。防犯カメラで確認しようにも、なぜかその瞬間狙《ねら》ったように映像が乱れてしまう。その店に入ったが最後、オーナーの呪《のろ》いによって子どもが消えてなくなる……実はオーナーは生前、大の子ども好きだったという話もあるそうなのです」

俺は言った。「まるでブティックの試着室みたいだな」

「はい、そうですね。あれの亜種かもしれません。実際、このコンビニの話の裏にも、実は別途の都市伝説があったというのをご存知でしょうか？」

ブティックの試着室……確かあれも、若い女性が誘拐されて、それで——

「えっと、試着室は実は地下施設に繋がっていて、そこを通じて人身……」俺の顔は青ざめる。「じ、人身売買……」

　原瀬さんと灰野さんが息を呑む。俺は、出勤する前のことを思い出していた。

「そういえば、ニュースでやってなかったっけ……人身売買ブローカーの一人が横浜で逮捕されたとかなんとかって……」

「あったわね、そういえば」灰野さんは目を見開く。「横浜港からアジアに流す仲介役が複数いて、ちょうど売春目的で数人を密航させようとしていたところを取り押さえたって」

「まだ仲間が横浜に潜伏している可能性が高く、警察は引き続き仲間の行方を追っている……そんなことも報道していましたよね」

　黒葉は目を伏せた。

「近年、日本人の人身売買被害が増えているという話はよく聞きますよね。保護した人数が増えているためそういう見解に至っているそうですが、保護できずに闇に流されてしまうケースも、きっとまだ多くあると思うのです」

　原瀬さんはうろたえる。「だけど、そ、それが今回の一件とどう関係しているの？」

　俺は一つ、仮説を立てた。

「このコンビニを利用して、人身売買の足がかりにしているブローカーの仲間がいる。そいつは女の子を誘拐し、売ろうとしている――ってことじゃないですか」

黒葉は首を縦に振り、流れるような勢いで言う。

「男性の今まで買ってきた商品に注目してみましょう。まず男性は、一番くじを多く買っていきました。それは当然、女の子の気をひくためです。女の子の好きなものを買い与えることで、警戒が解かれることを期待したのではないでしょうか。そして次に、ストッキング——これはサイズが小さかったことから、女の子に着用してもらうためだったんじゃないかと私は考えています。防寒あるいは、誘拐のカモフラージュの意図も組み込んで、気休め程度にコンビニで慌てて買っていったと推測します」

「そ、そんな……言いがかりみたいなものじゃない」

原瀬さんがそう苦言を呈する横で、黒葉は頑《かたく》なな表情で告げた。

「ロックアイスを大量に買っていったのは憶測でしかないですけど、先ほど私が聞いた『サツ』や『車』という言葉から考えますと、もしかしたらあの男性は女の子を誘拐し、運ぶ途中に過って殺《あや》めてしまったのではないかと思います。抵抗する女の子を気絶させるつもりが、打ちどころを悪くして死なせてしまった。ですから、死亡推定時刻や臭いをごまかすために大量のロックアイスを買い、慌てて氷漬けにしようとしている……以前、私が見た刑事ドラマにそういう話の流れがありました。コンビニで買っていった何気ないロックアイスが、実は突発的に人を殺めてしまったことを如実に物語っていたという……」

『『サツ』……すなわち警察になるべく見つからないように、これから女の子の遺体を始末するべく『車』で移動して……だから女の子は急に消えた……か」

俺のぼやきに、全員が驚愕《きょうがく》した面持ちで店の外に視線を移す。

そこに、あの大男はもういない。

「だったら、ど、どうするの……？」と原瀬さん。

黒葉は冷静な口ぶりで提案する。

「まずは防犯カメラで昼の時間帯まで遡って、女の子の姿を一度確認してみませんか？　その浜坂さんの子が本当に今回の女の子なのか、原瀬さんに見てもらってそれから警察に通報しましょう！」

灰野さんは頷く。「ちょっとここで待ってて。今、自由に見られるようにするから」

彼女はバックルームに一人で入っていく。一分も経たずに戻ってきて、俺たちを手招きしてくる。お客さんが店内にいないことを確認したあと、そのまま四人でバックルームへ。

「私に任せてください！」

黒葉は身を乗り出して、マウスを握り、画面を操作する。特に迷う様子も見せず、映像記録を石国が目撃したという今日の昼頃まで巻き戻す。

十二月七日。午後一時十五分——彼女はなぜかそこで一時停止ボタンを押した。そのままパンとリーチインケースのあいだの通路を映した映像を凝視し続ける。

「……なんだよ、どうかしたのか？　女の子はどこにもいないけど」

「あ、いえ――ここの画面、石国さんがいるじゃないですか」

彼女の言う通り、石国はそこにいた。パンを前陳しているのだろうか、しゃがみこみ、両手を棚の奥に入れている。

「それがなんなんだよ。今問題になってるのは女の子だろ」

「はい、そうなのですが、ここの部分――」

そこで、再度センサーチャイムが鳴った。

俺たちは肩をびくりと震わし、意識を店内へ向ける。そういえば、勤務中だった。

慌てて俺はレジカウンターに戻った。するとそこには、先ほどの大男が息を切らしてカウンターの前に立っていた。手にはロックアイスが詰められたコンビニ袋。

戦慄《せんりつ》する。思うように足が動かない。声が出ない。

この人が、人身売買していたブローカー？　その仲間で、女の子を殺した男？

やがて後ろから、灰野さんたちがやってくる。かばうように俺の前に立ち、

「お客様、つかぬことをお伺いしますが――」灰野さんは、緊張した声で言った。

「あなたは人身売買のブローカーですか？」

場の空気が、一瞬凍《こお》る。大男は目を見張り、しかし次にはもう眉間にしわを作っ

た。

「……な、何を言ってるんだね？　あなたは。俺はそんなんじゃない」

あっけなくそう言って、逆に尋ね返してきた。

「それより、ここに俺とよく一緒に来ていた小さな女の子を知らないかい？」

4

一瞬、彼が何を言ったのか判断がつかなかった。

それは俺だけじゃない。堂々と相対した灰野さんでさえ硬直している。

「五歳くらいの女の子が、このコンビニで消えたんだ。俺が目を離した隙に、どこかに行っちゃって……それでずっと探しているんだが、さっぱり見つからなくて」

男の腰は低かった。冗談を言っているようにはとても見えない。

「黄色い帽子に緑色の制服を着た、三つ編みの子なんだが……昼間くらいに、一度ここへ来たと思うんだ。あの、何か知っているかい？」

思わず俺たちは顔を見交《みか》わす。

「あの、その話本当なんですか？」俺は詰問した。「本当にあの女の子は――」

「親戚の子だよ。浜坂さんに頼まれて、二週間くらい前から保育園の送り迎えをしているんだ。それでそのついでに、このコンビニに寄って何か買うっていうのが俺たちの中で日課になってて……でも気づいたら、俺の傍からいなくなってて……おかしいな、先に一人で帰ったのかと思ってさっき浜坂さんの奥さんに電話したんだけどね、でもどうやら家にはまだ帰っていないらしい。それでよくよく考えてみると、やっぱり俺と一緒にこのコンビニに入ったっきり、どこかへ行ってしまった気がしてならないんだ。だから何回かここに来たんだけど、でもやっぱりあの子はいなくて……いったいどこに行っちまったんだか……」

つい俺は口調を少し荒くしてしまう。

「そ、そんな……！　でもあなたは、ボイスチェンジャーを使って『サツ』がどうこうって話していたじゃないですか！」

「ボ、ボイス……何？　なんだね？　そりゃ」

「そ、それですよ、それ」俺は彼の胸ポケットからその銀色に光るイヤホンを指差す。「それで、声を変えていたんじゃ……」

しかし、男は呆れ返ったような表情をする。

「これはただのイヤホンだよ。そんな機能ついてない」

……え？

俺は彼からそれを受け取って確かめてみる。すると、彼の言う通りそれは、通常のイヤホンのそれと変わりないものだった。イヤホンに繋がっていると思われた機器は、ただの音楽再生プレイヤーだった。

俺は黒葉の方を向く。黒葉は、申し訳なさそうな顔をして、俺から目を逸らす。

……おい。

男は弁明するような口調で言った。「緊張したら、俺、よく声が高くなるんだ。だからきっと、それをボイスチェンジャーだと勘違いしたんじゃないかな」

「じゃあ警察は？　車は？」

「警察？」男は当然とばかりに言う。「警察は、そりゃ呼ぼうとしたさ！　けど、まずはあの子がいそうなところを確かめておこうってことで、浜坂さんに電話越しで止められたんだ。浜坂さんがこっちに来るまで、ひとまずあの子を探してほしいって」

俺は再び黒葉の方を向く。彼女は気まずそうな様子のまま一向に目を合わせてくれない。

…………。

「……じゃ、じゃあストッキングは？　ロックアイスは？　どうしてあんなものを、何回も買っていったんですか？」

彼は頭を掻き、苦笑いする。

「コンビニに入ったら、何か買っていかないと気が済まないタチなんだ。だから商品を買ったのは気まぐれというか……ただの俺の浪費癖っていうか……ん？　というかストッキングってなんだ？　俺が今日買ったのは、ただの長い靴下だったような」

俺は黒葉の方をジッと見る。彼女は手を後ろで組みながら、顔を背けたまま知らんぷりしている。……おい。

ふと脱力感が押し寄せてきた。今まで考えてきたそのすべてが、ただの奇跡的な勘違いだった。まあだからといって、まだ事件が解決したわけではないけど……。

俺たちはひとまず売り場を見渡す。次にトイレの中を調べた。

だが、彼の言う「消えた女の子」はどこにもいない。

「本当にこのコンビニで消えたのですか？」と黒葉は何事もなかったかのように訊く。

「ああ。十四時前に一度ここへ来て、それでくじを俺が引いているあいだに……」

俺は深く頷いて、考える。隣から黒葉の恐々とした声。

「都市伝説通りなら、コンビニで消えるのはつまり……」

彼女はまだ誘拐ないし人身売買の線を疑っているのだろう。でも、おそらくは――。

「あの、どちらがそのくじを目当てに引いていたんですか？」

俺のその問いに、男はあっさりと挙手する。

「……ああ、それは俺だけど。俺、大好きなんだよあのアニメ」

やっぱりか。

「でも、ラストワン賞の有無を訊いていたのは女の子の方だったと伺っていますが」

「物怖《ものお》じする俺の代わりに訊いてくれたんだ。なかなか店員に声をかけられない俺を見兼ねて……ほら、なんていうか勇気が要るだろ？　この商品はありますかって店員に訊くの」

気持ちはわかる。だからこそ、女の子の行方についても彼は俺たちを頼れずにいたのだ。

でも、そうなると女の子は付き添いという形で店に来たとも言える。

なるほど、やっぱりそういうことだ。

「わかったかもしれません。女の子のいる場所」

全員の視線が俺に集中する中、俺は頰を掻きながら告げる。

「女の子はきっと、バックルームの中にいる」

俺の先導で、バックルームの奥――トイレに繋がる扉の前にみんなで移動してきた。そこには、段ボールの山に紛れて、一番くじの景品がプラスティックケースに積まれている。

俺はしばらく辺りを見渡したあと、そのケースの裏にあった段ボールの山に注目した。身体を前方に乗り出し、陰《かげ》になっているスペースを覗いてみる。

するといた。

そこには、女の子が膝を抱えてちょこんと座っていた。目を閉じて、寝息を立てている。

よく見ると、ラストワン賞の大きなぬいぐるみも大事そうに抱えている。

「こ、こんなところに……！　どうして!?」大男は安堵《あんど》したように叫んだ。

「なるほどー」灰野さんは、短い髪を掻き分けて、ニヤリと笑う。「そういうことね」

俺は振り返って、首を縦に振る。みんなにさっそく説明した。

「この子はきっと、ここに忍び込んで一番くじの景品を盗もうとしたんです。一向に当たりが来ないくじに業《ごう》を煮やして——だけどいざ盗んで出ようにも、バックルームから出られなくなってしまった。このバックルームから外に出るルートは二つしかなく、一つはレジの横からか、もう一つはトイレのある洗面ルームを経由するか——しかし後者は、そのとき扉の修繕業者がやってきて作業を始めてしまったため、使えなくなってしまった。かといってレジの横を堂々と通るのは女の子でもためらわれた。そうこうするうちに、眠気に襲われ、ここで寝てしまい現在に至る……こんな感じでしょうか」

石国の発言がヒントになった。十四時過ぎにやってきた業者と、十四時前にやってきた女の子——時間はきっと合致するのではないかと思った。そしてそれを証明するように、石国はそのときの会計で女の子だけいなかったと証言している。なおかつ黒葉に、景品はどこに保管されてあるのか尋ねたその様子からも、女の子がバックルームに忍び込む可能性が充分示唆《しさ》されている。年端《としは》も行かぬ少女なら、大胆に行動してきてもおかしくはない。

その後、黒葉の提案により防犯カメラで俺の推測を確かめる作業が始まった。

結果は俺の予想通りだった。十三時五十九分に来店した女の子と大男——直後、洗面ルームへと消えていった女の子に、やがてやってきた扉の修繕業者。

大男は、寝起きの女の子になぜこんなところにいるのかと尋ねた。

「う、うん……」女の子は目をこすりながら、ぼんやりと頷く。「いつも、ママの代わりにお迎えに来てくれたから……何か、おじさんにできることはあるかなって、思って……」

大男はうなだれ、俺たちに頭を下げた。迷惑をかけたことを実直に謝罪してくる。

原瀬さんは俺に耳打ちしてきた。

「もしかしたら、今までのA賞やB賞の紛失も、この子が——？」

どうだろうか。現時点では判断できないが、石国や店長が今回の一件を聞けば、そういう方向になっていく可能性はある。今さら通報はしないものの、一応の解決は見て、防犯カメラをバックルームにも取りつける――とか。

　大男と女の子は再三謝ったあと、店を出ていった。

　さて――存外、事件はあっけなく収拾した。

　なんとなくモヤモヤとした思いを抱えながらも、ＦＦの調理や、商品の前陳などをしながら、与えられた仕事を着々と終わらせていく。灰野さんはバックルームで映像記録を確認しており、原瀬さんは先ほど慌てて帰っていった。

　事件解決から一時間が経ち、ようやく手があき始めた頃、黒葉はその場でまたいつものようにくるっと回って、のんびりとした声で話しかけてくる。

「今日もこのコンビニに、新しいお客さん《ミステリー》がお越しになりましたねっ」

「だから……ミステリーはお客さんじゃない」

　そう言いながらも、このやりとりを段々と楽しんでいる自分がいることに、おぼろげながら気づいていく。なんだこの気分は。

　頬を膨らましていた黒葉は、ふいに何か思い出したような声を上げた。

「あっ、そうだせんぱい、実は私、ほかにも来店済みのお客さん《ミステリー》を知っているのですよ。連続盗難事件と関わりがありそうな事件を！」

「それは？」少し興味をひかれながら耳を傾ける。

「はい、この前、備品ボックスからスティックシュガーがなくなったのです！」

「……へえ」

「あっ、なんですか？　そのどうでもいいみたいな、無関心な反応は。なぜ補充されたはずのスティックシュガーがたったの数時間でなくなったのか、私もう不思議で不思議で……いてもたってもいられないのですよっ。防犯カメラの映像記録を確認しま――」

「……ほかの店のクルーが、タンブラーに隠して持ってったんじゃないのか」

「な、なぜわかったのですかっ!?」

えらい食いついてくる。俺は顔を背けた。

「そ、そういうケースが昔あったんだよ、実際にな。カメラで確認するまでもない。連続盗難事件とは無関係だろう」

黒葉は愕然としたかと思えば、また何か閃《ひらめ》いたように頬を緩めた。

「あ……そうです。ほかにもありました。先日、傘立てに放置された傘が誰かに盗られたそうなのです。防犯カメラで確認しませんか？　連続盗難事件の犯人を特定するのです！」

「……うーん、きっと犯人は周辺の居酒屋さんの店員だろうな。あの人たち、傘立てに放置された傘は朝方勝手に持って帰るんだ。店長も処分が大変だからってことでそれは黙認してる。だから防犯カメラで確認しても、どうにもならない」

「ど、どどどうしてわかったのですかっ!?」

やけに食いついてくる。俺は距離を取った。

「や、夜勤に入ってた頃、一緒に働いてたクルーがそんなこと言ってたんだよ」

彼女はあっけなく解決されたからか、がっくりと肩を落とした。

「……コンビニの謎《なぞ》なんて、所詮《しょせん》はこんなもんなんだよ。以前の強盗事件がおかしかっただけで……だいたいが、なんてことはない日常の延長線上の出来事でしかないんだって」

「で、でもですね! スティックシュガーにも、傘にも、もしかしたらまだ何か重大な謎が隠されてあるかもしれませんよ! そこで投げてもいいのですか?」

「い、いいんじゃないか、そこらへんにテキトーに投げちゃって」

彼女はしょんぼりとしてうなだれた。ふと、涙目で俺を見つめてくる。

なんだこの理不尽な罪悪感は。

気落ちした黒葉を横目で気まずく見ていると、バックルームから灰野さんが顔を出した。そのまま飄々《ひょうひょう》とカウンター内にやってきて、俺たちの元へ。

どうやらこの会話を聞いていたらしい。ニカッと笑って告げた。

「白秋ちゃんさ、しばらく見ないうちに、元気になったねえ。顔が明るくなったよ」

「うん。だってさ、白秋ちゃんが大学辞めて間もない頃に私はきみと出会ったわけだけどさ、当時はそりゃもう暗いのなんのって。手の施しようがなかったもん」

茶化すように笑って、彼女は身を乗り出し、俺の耳元に顔を近づけてきた。

「やっぱり、そこの女の子のおかげ？」

「なっ！」顔がカッと熱くなる。「なんでそうなるんですかっ！」

すべてを察したように灰野さんは高笑いを起こす。憎たらしい顔つきだった。

深い溜め息をつくと、なぜか隣の黒葉はすごくつまらなそうに口を尖らせていた。

「せんぱい、ずいぶんと楽しそうですね」

俺と黒葉を交互に見比べながら、そこで悠然と灰野さんは話題を変えた。

「そうそう、二人はさ、シフトたくさん入れられたりしてない？」

「どういうことでしょうか？」と黒葉は訊く。

「週に六日以上も働いていたりとか、休みたくても休めなかったりしてない？」

俺たちはお互い顔を見合わせて、同時にそれを否定した。

「えっと、どうしてでしょうか？」と黒葉は再度尋ねた。

灰野さんの表情は暗くなる。

「いや、ほら。なかなか言い出せないクルーもいるし……ここで働き過ぎちゃったことで私生活をおろそかにして、学校に通わなくなる子もいるから……鈴木《すずき》ちゃんみたいに」

俺は顔を強張らせる。全身に緊張が走った。

三ヵ月間、ずっとただなんとなく、ジューソンクルーの誰もが口にしなかったこと。

「鈴木……とは？」黒葉は空気を察し、いつになく神妙な声で、重ねて訊いた。「鈴木ちゃんって……誰なんですか？」

「灰野さん、その話は――」

「いや……これは黒葉ちゃんにも教えておくべきことだと思うな。もう二度と繰り返さないためにも」

そう言われると、もうこちらとしては黙るしかなくなる。

「鈴木大《だい》ちゃん。当時はまだ十五歳だったかな、高一で、ここの元クルーで……そして」

一呼吸分、間を空けてから告げた。

「連続盗難事件の犯人だって噂されてきた人」

黒葉は凍りついたように唖然として、そのまま立ち尽くす。

灰野さんは、構わず続けた。感情を押し殺したような言い方で、

「そして……」

なんのためらいもなく、それを言った。

「三ヵ月前に、亡くなった男の子」

第四章　モノクロコンビニズム

——過去があるからこそ

1

「研修生？」

「そうそう、鈴木くんっていう高校生。今さ、私が一から教えてあげてんだよね。いつかは白秋くんとシフト組むこともあるだろうから、そのときは優しくしてあげてよ？」

「……まるで保護者みたいだな」

「え？　もうそのつもりですけどっ？」

鈴木大という高校一年生が店に研修生としてやってきたと知ったのは、石国と一緒に入ったシフトでのことだった。

時期にして、春——ちょうど四月の中旬に差し掛かった頃だったと思う。そのとき俺は大学を中退してまだ間もない頃だったから、かなり精神的にもまいっていて、プライベートのときの自分とアルバイトのときの自分を上手く切り替えることができていなかった。

挨拶もセールストークもレジ打ちもその他の業務も、すべて俺はやりがいを見出せず、傍目にはそっけない店員として目に映ったことだと思う。実際そうだった。

そのため、お客さんから頻繁にその対応を注意された。当時、店に対するクレームのほとんどが俺に対するものだったという。FFを渡し忘れた回数など挙げればキリがなかったし、愛想のない態度がお客さんの怒りを買うことなんてまったく珍しくなかった。

地域密着型のコンビニは、まず何よりも周辺地域に住まうお客さんを大事にする。近隣住民からの信頼を勝ち得なければ、この過酷なコンビニ競争の世界で何年も店を開いていくことはできない。そしてその信頼は、商品の品揃えと店員の接客によるところが大きい。

当時の荒《すさ》んでいた俺は後者の要件を満たす人材としては、この上なく不適格だった。よって普段は温厚な店長にもこっぴどく叱られ、シフトの数も極端に減らされた。ほかのクルーからは腫《は》れ物《もの》のように扱われた。俺の塩対応をすでに知っている常連客からは、レジ打ちを拒否されたこともあった。

「今は人が足りないから即刻クビにはしないけどね、これ以上やる気出す気がないなら、さすがの僕ももうフォローしきれないからね。わかったかい？」

クレーム対応のあと、店長が俺に言ってきた言葉だ。それ自体あまり胸に響いてこなかったのもあると思う。そのときは「切るならさっさと切ればいいのに」と完全に内心では開き直っていたし、なんの危機感もなくその日のシフトを上がった。

しかし、そのクレーム対応にたまたま同席していた新しいエリアマネージャーの灰野さんは、ふてくされたように帰る俺のあとを走って追いかけてきて、わざわざ声をかけてくる。

「きみ、大学、辞めたんだって？　どうして辞めたの？」

「……なんで教えないといけないんですか」

今日が初対面の人に向けるような表情や言葉ではなかった。しかし、反抗心が口を衝いて出る。

「関係ないじゃないですか、あなたには」

エリアマネージャーという仕事は転勤が多いと聞く。ずっとその特定のコンビニをサポートすることはほとんどない。実際この健康的な肌をした長身の女性も、先週このエリアの支店に異動したばかりで、きっと一年以内にはまたどこか別のコンビニに行ってしまう。そんな相手になぜ俺自身のことをいちいち教えなければならないのか。

　だが彼女は、しかめっ面でこちらにまっすぐ近づいてくる。そのまま肩を揺すられた。

「私には関係ないけど、きみには関係あるじゃん」

「……え？」

「このままコンビニ店員も辞めて、きみは何かやりたいことでもあるの？　大学とコンビニ店員を辞めるほどの理由が、きみの夢見た将来にはあるのか？」

「そんなこと……」

「わからないのに、また投げ出すんだ？」

　そこまで言われて、ようやく気づく。

　自分が今どういう状況に立たされているのか。

　大学を辞め、このコンビニまで辞めさせられたら自分はどうなるのか。いつもご飯を作ってくれる母親は――家族はどう思うのか。

　想像しただけで怖かった。不安に押し潰《つぶ》されて、息苦しくなった。もうここでしか生きた心地がしないのにその場所すら失ったら――そう考えると、背筋に冷たいものが走った。足元がすくむ。今さら……そのたった数回の言葉のやりとりで、俺は思い知る。

あのコンビニがないと、俺はもう前に進むことも後戻りすることもできなくなる。

虫のいい焦りを、そのときやっと覚えた。

ここだけは死守しないといけない。せめて気持ちが落ち着くまでは、ここにいなきゃいけない。しがみついていなきゃならない――そんなことを、帰り道ずっとまるで自分に言い聞かせるように考えていた。大学を身勝手に辞めて、さらにアルバイトまで辞めたら、きっと俺はダメになる。家族の前でずっと恥をかき続けると。

ほとんど自分の体面と、家族の視線を気にしてのことだった。客に申し訳ないだとか、職場の仲間に失礼だとか、そんな綺麗な理由じゃなかった。正直、それらはどうでもいいとさえ思った。だってあんな店に、特別な関心などまったく寄せていなかったんだから。

そう、ただ俺は、コンビニで働く自分を壊したくなかっただけだったのだ。

そう思ってからは、実に簡単な日々だった。大学を辞める前の、無難《ぶなん》にそつなくこなすコンビニ店員を俺は再び演じることができた。それはきっと、灰野さんの存在が大きかったんだと思う。あれから頻繁に、彼女は俺のシフト入りしている時間帯に足を運んできてくれて、ひたすらコミュニケーションを図ってくれた。コンビニの業務のことよりも、彼女と雑談しているだけの時間の方が多かったが、不思議と気分は和らいでいった。

そんなふうにして、自分自身をかろうじて持ち直し始めたとき。

桜が散り春の陽気がピークを迎える時期、俺は初めて鈴木とシフトに入ることになる。

五月半《なか》ばの頃だった。


いつものように夜勤のシフトに入るため、勤務時間の十分前に俺はソンローに入店した。仮眠をとってきたのでまだ目は完全に開けられていなかったし、意識もぼんやりとしていた。そのため、最初はレジに見慣れない人物が立っていることに気づかなかった。バックルームに入るためのレジの横の通路を通ろうとして、そこでようやく視認する。

最初はタレント事務所に所属しているのではと疑うほど、綺麗なルックスを持った高校生に見えた。ミディアムな茶髪に、あどけなさの残る童顔。小柄な体格のためかっこいいというよりはかわいく、かわいいと言いきるにはどこかかっこいい雰囲気を持つ顔立ち。耳たぶにはピアスの穴があいており、少しだけジューソンのユニフォームを着崩した先に見える首元には、キスマークがこれ見よがしにつけられている。

俺はわずかに鼻白む。正直、第一印象はあまり良くなかった。

名札を見てそこに「鈴木（研修中）」とあるのをさりげなく確認する。この子が以前石国が太鼓判を押していた新人クルーかと思いながらも、俺は素知らぬ顔で挨拶をした。

「おはようございます」

勤務時間帯が人によって異なるコンビニでは、この挨拶が主流となっている。すでに働いている人に向けた丁寧な挨拶としてもっとも適当だ。

「……あ、ございまぁす」と彼は返した。

初対面のためか、俺が当たり前のように挨拶しそしてバックルームに入っていく様子を、彼はどこか狐《きつね》につままれたように見てきた。

レジを通り過ぎてバックルームへ。そこでは、石国が椅子に座ってスマートフォンを操作していた。ユニフォームを着ているのでおそらくは勤務中なのだろう。

「おっ、白秋くん」気づくなり、彼女は笑顔を向けてきた。「おっはー」

「……どうかしたのか？」

どうして勤務中に平然とスマートフォンをいじっているのか？　とは訊けなかった。

「なんか今日、店長が夜勤のシフト遅れるとかでー、店長が来るまでしばらく鈴木くんにシフト継続してもらうことになったんだよねー」

夜勤のシフトはいつも店長か会谷さんと共に入っている。会谷さんはよく顔を真っ赤にして遅刻してくるが、店長が遅刻というのは珍しい。

「……そうか。石国じゃなくて、その……あの子なのか？」

防犯カメラのモニターに視線を移すと、そこにはレジの前でお客さんの対応にあたる鈴木の後ろ姿が見えた。髪を少しだけ逆立《さかだ》てており、襟足も長い。

「うん。ごめんね」彼女はニヤリと笑う。「もしかして、私とが良かった？」

からかうような口ぶり。俺は面食らいながらも訂正する。

「そ、そういうつもりで言ったんじゃない。……研修中なんだろ？」

「レジ打ちはできるから大丈夫だって。彼も快諾してくれたし。それに私、九時からちょっと用事があるんだよね。ほら、あの所轄に飛ばされた刑事のドラマがさあ面白くて――」

宣言通り石国はすぐ帰っていった。店内には、初対面の俺と鈴木のみが残る。

さてどうするか。

レジ点検をとりあえず終わらせて、レジに立ち続ける鈴木になんて声をかけるべきか悩む。あまり人と接するのが得意ではないため、この場合の立ち振る舞いがよくわからない。

鈴木のいるレジとは反対側のレジの前に立ち、しばらく店内を見渡した。お客さんはそこまで多くない。主な仕事である納品の整理は普段十時過ぎからやるため、それ

までは レジカウンターでお客さんの対応にあたるのだが、肝心のお客さんが少ない。これではやることもなく、ただ棒立ちしているだけの勤務になってしまう。それはさすがにまずい。

慌てた俺は、さっそく売り場に出て、前陣を始めようとする。

すると、意外にも鈴木の方から先に声をかけてきた。うかがうような声の調子。

「あの……白秋さん」

なぜ俺の名前を知っている？　そう訝しむような目をすると、彼はまごまごして言う。

「その、絵美さんから聞いたんです。九時からは白秋って人と組むからと」

「絵美さんって……」

「あ、すみませんっ」しまったと言わんばかりに狼狽《ろうばい》して、鈴木は訂正した。「石国さんのことです。先ほどまでシフトに入っていた」

……ああ、そういえばそんな名前だったか。というかなんで——

鈴木は自身の胸ポケットについた名札を見せながら、あらためて自己紹介してきた。

「その、挨拶がまだでしたよね。僕、鈴木大といいます。研修生としてここで働かせていただくことになりました。よろしくお願いします」

その見た目からは想像もできないほど、かしこまった挨拶だった。

頭を下げて、俺を目だけで見上げてくる。

「白秋さん、すみません、僕はこの時間、何をしていればいいのでしょうか？」

「そう……だな。レジ打ちかな。俺は前陳してくるから、もし混んだら呼んでくれ」

「了解いたしましたっ。ありがとうございます！」

すると彼はポケットからメモ帳を取り出し、そこにペンを走らせる。「この時間帯は……」とつぶやきながら書いていることから、たった今言った俺の指示をしっかりとメモしているらしい。茶色く染められた前髪が目にかかり、それを手で邪魔だと言わんばかりにサイドに流しながらメモを取るそのさまは、実におかしな光景だった。想像していたのと違う。

人は見かけによらないんだな、と思いつつ、俺はしばらく売り場の前陳に時間を費やした。その間、彼の接客を何度か手伝ったが、そのたびに「手伝っていただきありがとうございます」と感謝された。

なんだろう、この感じ。調子が狂うっていうか。

前陳が終わり、洗い物を終え、そうこうするうちにやることがなくなった。

お客さんはずっと少ない。鈴木も、レジ周りの消耗品の補充はとうに終わらせていたらしく、手持《ても》ち無沙汰《ぶさた》な時間が続く。

そのため、俺と鈴木が暇を持て余し会話を始めるのにさほど時間はかからなかった。

「――へえ、コンビニでずっと働きたかったのか」

二人で一つのレジの前に立ち、がらんとした店内を見渡しながら喋《しゃべ》る。

「はい、そうなんです。僕、アルバイトをやるなら絶対コンビニだって決めてて」

「どうして？」

「楽しくないですか？　コンビニって。多分利用者のほとんどが自分の欲しいものを買うために来てると思うんです、コンビニ。でも、僕は違くて、特に用事もなく特に欲しいものがないのに来てしまう。棚を一つ一つじっくり見ていって、『あ、こんなものまで売ってあるんだ』って発見するのがもう楽しくて楽しくて、病みつきになっちゃうんすよね」

めちゃくちゃ嬉《うれ》しそうに話してくるので、こちらもつい笑顔になってしまう。

「もう一日一回は行かないと落ち着かないくらいです」鈴木は白い歯を見せる。「こんなに小さい店なのに、ここにはなんでも揃っていて、やろうと思えば数ヵ月は余裕で住めるじゃないですか。そんな店が日本全国に五万軒もあるって、すごいなあって思いません？」

「まあ、逆に増え過ぎな感じはするけど」

チェーン店ごとの縄張り争いが激化し、狭い地域にコンビニが乱立することはよくある。住民にとっては便利だが、増え過ぎて収拾がついていない感じはするが……。

「で、ほかの県の人は知らないですけど、ここら辺の人なんかは僕含めてコンビニを利用したことのない人ってほとんどいないと思うんですよね。多分、誰もがコンビニに一週間に一度は足を運んで、なんか買っていくと思うんです。スーパーの方が明らかに安く済むのに、それでも近くて便利だからって理由で、コンビニで買い物を済ませてしまったり」

「そうだな。そういう人は多いだろうな」

「だからこそ、思うんです。もしコンビニがこの国から一軒もなくなったら、どうなるんだろうって。こんだけ増えたコンビニが、たとえば一夜にしてすべて消えたら、人はどんな反応するんだろうって。……僕なら、どうするんだろうって」

彼はまるで夢想にふけるように、恍惚《こうこつ》とした表情を浮かべていた。

「そんなこと、あるわけないだろう」

現実的なことを俺は言った。しかしそれを見越してか、鈴木は笑みをこぼす。

「ええ、もちろんです。でも、もし白秋さんは、コンビニという概念が世界から突然消えたらどうしますか？　コンビニの始まりは一九二七年の、アメリカのテキサス州でオープンした氷小売店だと言われていますけど、もしもその歴史がなかったら？」

俺はしばらく考えて、

「……スーパーに行くんじゃないか？　あとは、自販機とか。コンビニが何かの代わりになるように、コンビニの代わりになるものだってたくさんあるだろうし、出てくるはず。それを利用してると思うよ」

自分自身、そこまでコンビニというものを神聖視していない。それこそ道端《みちばた》に溢れているのだから、すっかり日常に溶け込んだ存在となっている。でも、じゃあそれがなくなったとして、俺は生活を送ることが困難になるかといえば、そうとは思わない。不便だな、とは感じるだろうが、でも慣れればそれが当たり前になるのだろう
——とぼんやり考える。

まるで今の俺と同じだ。替えがきく存在。かけがえのないものではない何か。

「鈴木はどうなんだ？　もしもコンビニが世界からなくなったら」

何の気なしに訊いたことだった。特別な意図があったわけじゃない。しかし、当の鈴木は真剣な表情になった。それはほんの数秒のことだったが、その瞬間、彼が本気でその問いに向き合ったことを充分にうかがわせるものだった。

ただし鈴木は、次にはもう冗談半分といった口調でおどけてみせた。

「コンビニがなくなったら、僕、真っ先に死んじゃうと思います」

今にして思えば、本当に鈴木大という高校生は不思議な奴だった。多分、この感覚をもっとも正しく、そして軽率に表現するとしたなら、ギャップ萌《も》えという言葉が一番近いのだろう。男の俺から見ても整った顔立ちに、不良っぽい外見。チャラチャラしたそのイメージからは結びつかない言葉遣いや姿勢。そしてコンビニに対する愛情。

その日以来、時々こうして店長が遅刻した日には、彼が一時間ほど延長してシフトに入るということが当たり前になっていった。店長は遅刻するということに味を占めたのか、段々と毎週遅刻するようになっていく。そのためいつしかシフト予定表には、午後五時から十時までを鈴木が担うという表記がなされるようになる。

つまり六月の上旬にはもう、毎週日曜日の九時から十時が俺と鈴木の唯一の交流場となっていた。

鈴木とは実に色々なことを話した。コンビニのこと、世間話、好きな音楽、漫画、映画、学校での思い出など、一週間に一時間という制約もあってか話題が尽きることはなかった。

ある日、ひょんなことから話はそれぞれの夢になる。

「白秋さんには、将来の目標みたいなのってありますか」

ふと、灰野さんから言われたことが頭をよぎる。

「……いや。ないよ、まったく。そっちは？」

「僕ですか？　僕は……そうですね、コンビニを作りたいんです」

眉をひそめた俺に、彼はあたふたする。

「あー……えっとですね。今、コンビニの主要チェーンって合計で十店あるんです。一番店舗数が多いのがセファロウで、次にエフマ、三位に我らがジューソンと続くんですけど、僕はその中のコンビニチェーンじゃない、まったく新しいコンビニチェーンを作って、全国に展開できたらなって思うんです」

鈴木の口元は笑っていたが、しかし目には確かな熱を帯びていた。

「だから、人生のせんぱいである白秋さんに質問なんですけど、やっぱり大学は出るべきですよね？」

大学という言葉に、俺は顔をわずかに歪《ゆが》めた。

「……大学を出ていない俺のアドバイスなんか、なんの役にも立たないぞ」

「あれ、でもこの前、大学を出たって言ってたじゃないですか」

「いや、それは別の意味」俺は自分の不甲斐《ふがい》なさを鼻で笑う。「退学したってこと。中退」

「ああ……そういうことだったんですか」

なんとも微妙な空気になった。

「でもどうして中退したんですか？　白秋さん、僕の見た感じかなり冷静っていうか、ここぞってときにやれるタイプかと思ってたんですけど」

「ここぞってときにやれてたら、今俺はここにいないよ」

閉口してしまう。いくら話せる相手とはいえ、そこまで教える義理はない。

「どうしてなんですか？」

しかし、彼の目は澄みきっていた。ごまかすことを牽制《けんせい》するような。

店内を見渡し、お客さんが誰もいないことを確認してから俺は言った。

「深い理由は本当に何もない。……ただ周囲と合わなかっただけだよ」

「と言いますと……？」

「……簡単に言うと友だちができなかったんだ。最初の入学式やオリエンテーションからもう、気づいたら周囲はグループなんか作ったりしてて。そこに上手く割って入ろうとしても、反応はいまいちっていうか、なんか俺がすごい知り合い作るのに必死な奴って感じになっちゃって。それが、周りからしたら痛々しく見えたんだろうな。もう俺はそういう立場にさせられちゃってて、気づいたら……」

一人で過ごす時間が多くなった。

「一応一年間通ってみたけど、どうにも大学の連中と俺とじゃ何かが違うって気づいて、段々通うのもばからしくなって、辞めた」

自分で言って、あらためて思う。本当に、しょうもない理由だ。経済的な事情だとか、それこそ灰野さんの言ったようにやりたいことが見つかったとか、そういう立派なものではない。ただ友人が作れなかっただけ。友人だと思える相手が見つからなかっただけ。

鈴木は、どこか納得したように首を縦に振る。

「まあ、でも、気持ちはすごいわかります。要するに、なじめなかったってことですよね」

ドキリとした。無言のまま、不安げに彼を見る。

「本来、価値観が合わなくても友だちって作れるものじゃないですか？　というか、友だちって自分とは違う考えを持っていることの方が多いと思うんですよ。僕もあんまり人のこと言えないですけど、少なくとも小学校、中学校の頃はそうでしたね」

「今は違うのか？」

「ええ、まあ。僕も高校入って数ヵ月経とうとしてますけど、白秋さんと同じっす。クラスで若干孤立気味なんですよねえ、今」

俺とは違い、彼はそれをあまり気にしているふうには見えなかった。まるでその状況を受け入れているような。

「まあ、夢中になれる場所はもうできましたから、どうでもいいんですけどね」

「……コンビニか」

「はい」満足げに彼は笑う。「ここソンローの方が、学校より今は大事ですから」

　俺と鈴木は似ていた。自分の居場所を学校ではなくコンビニに求めるという点では。

　でも決定的に違う。俺は仕方なく、気づいたらもうここに追いやられていただけであって、鈴木のように前向きにここへやってきたわけではない。おそらく、彼は俺と違い、あえて学校ではそういう振る舞いをしているのではないかと思った。コンビニを作るという夢のために、学校で交友関係を深めないようにしているのではないかと。

　彼ほど礼儀正しくて明るいなら、見た目などほとんど関係なく友だちを作れたはずだ。それなのに今こうして俺寄りの発言をするということは、やはり彼は本気でコンビニを最優先に生活しているのだろう。将来の目標に近づくために、わずらわしい友だち付き合いや時間を消費する部活動、余計な勉学を避けて今ここに立っている。

　そう考えると、俺とはまったく違う。立場が、真逆だ。彼の話を聞いて、さらに自分がなぜここにいるのかわからなくなる。後ろめたい気持ちを、なぜか彼に抱いてしまう。それは、俺がコンビニを別の意味で必要としてしまっているから？　わからない。わからないけど、ただ一つはっきりとしていたのは、なぜかそれでもどこか安心している自分が同時に存在していたということ。

この感覚は初めてのことで、不思議と心地よかった。


鈴木の様子が変わっていったのは、七月に入ってからだった。時期ははっきりと憶《おぼ》えている。ちょうど、連続盗難事件が始まった辺りからだ。

会谷さんの財布がバックルームのロッカーから消えたということで、そのとき出勤していたクルーが総出で探すも、何も見つからなかった日――鈴木はかなり挙動不審で、青ざめた顔だったことを今でも覚えている。

七月の初旬にとうとうクルーのあいだで、奇妙な噂が流れ始める。

鈴木が店のものやクルーの私物を盗んでいる――。

それは、ほかでもない店長からのさりげない一言だった。「彼がシフトに入っている日に限って、店から何かしらなくなっているんだ」と。

最初は耳を疑うしかなかった。そんな単純な理由で鈴木を怪しむなんて、あまりに安直なんじゃないかと思った。しかし実際、鈴木は週に五日、昼勤と夕勤に駆り出されており、その五日のうち必ず毎週何かしらの物が紛失するというのは本当だった。

つまり言い換えるなら、彼がシフトに入っていない日、必ず物はなくならない。

ここソンローでは、シフトの取り決めに際して曜日固定制を採用しており、俺と鈴木のシフトがほぼ毎曜日かぶっていたことは誰の目にも明らかだった。したがって、もしも鈴木が疑われるのならば俺も疑われて然《しか》るべきなのだが、しかしシフト予定表にはやはり鈴木の方が多くシフト入りしており、俺が出勤していない曜日にも彼は出勤している。その日に一度、原瀬さんのポーチの中から音楽プレーヤーがなくなったことがあり、それによって俺は容疑者候補から外され、鈴木の疑いはより一層強まった。

鈴木はみるみる弱っていった。あんなにも人懐《ひとなつ》っこく、そして楽しそうに働いていた彼が常にマスクをするようになり、目にはクマが、髪色はどんどん黒い部分が目立っていき、接客態度も日に日に悪くなっていく。

そんな見かけの変貌《へんぼう》が、ほかのクルーにとってはかえって疑いを確信へと近づける結果となった。自身の行為がバレかけているから、図星だから、あんなふうになっているのではないか、何も言えないでいるのではないか。

そう、鈴木は何も言わなかった。クルーのあいだで囁かれているのは知っているはずなのに、彼は沈黙した。その沈黙は彼を孤立させた。

そのため、あれだけ彼がお気に入りだった石国でさえ彼と積極的に会話することがなくなり、どこか避けるような態度をとるようになる。バックルームの壁には大きな文字で「貴重品は自分で管理すること！」と目立つ貼り紙が貼られるようになった。

俺はいつもロッカーに財布やスマートフォンをしまう。しかしその貼り紙を見てからは、自分のポケットに入れるようになった。

俺もまた、鈴木のことを疑うという雰囲気に呑まれつつあった。


ただ、俺には納得いかない点があった。なぜ彼はあれだけコンビニが好きで好きでたまらないといった様子だったのに、そんなことをしたのか。将来を危ぶまれるほどのその行為は、彼にとってなんのメリットにもならないことは明らかだった。もしもお金やら音楽プレーヤーやらを盗みたいなら、それこそあまりなじめていないという学校でやればいい。わざわざ夢中になれる場所とまで言ったここソンローでやる利点が、彼にはないような気がした。

そのことを知りたくて、俺は鈴木と一緒に入った休日の昼勤の日に思いきって訊いてみることにした。

するとは、しばらく考えるような仕草をしてから短く答える。

「白秋さん、帰りご一緒しませんか」

五時過ぎにシフトを上がり、俺と鈴木は同時に店を出た。

ソンローから家へはいつも車道の併設された歩道を通って帰っているが、今回は鈴木と話しながら帰るということで途中の道からは彼の歩く方向に従って進んでいく。

彼は俺を自宅のマンションへと招いた。「スカビオサ」と館名板が入り口にかけられており、見た感じでは俺の住んでいるところよりかなり上質な建物という印象を受けた。

玄関の上がり框《がまち》を過ぎ、中へ通される。俺はリビングの方へ手招きされた。

一見して、一般的なマンションの一室という印象だ。物も散らかっておらず、むしろ簡素な気すらした。目に見える範囲で、際立った趣向はうかがえない。

リビングにあった置き時計で時刻を確認する。午後五時十分。

「家族はいないのか？」

そこは人の気配がまるでしなかった。実際、彼は鍵《かぎ》でエントランスホールの自動ドアのロックを解除し、家の鍵も自ら開けている。

鈴木はコートを脱ぎながら、こちらにくたびれたような笑みを向けた。

「ええ、出かけています。もうすぐ姉と母が帰ってくると思うんですけど……」

黒の目立つ髪を、くしゃくしゃと掻く。

「ま、とりあえず座ってください。すみません、今日はわざわざ呼んでしまい……迷惑でした？」

ソファに腰を下ろして、俺はかぶりを振った。

「いーや、まったく。俺も一度ちゃんと話したかったし」

鈴木は視線を外し、どこか気まずそうにしている。そのまま逃げるように台所へ行き、おぼんの上にガラスのコップを二つとジュースをのせて戻ってきた。

彼は疲れたような笑みを浮かべて、コップにジュースを注いでいく。

俺は軽い口ぶりで切り出す。

「……で、実際どうなんだ」

「……ここで僕が何を言っても、白秋さんは信じそうにないです」

「そんなことはない」きっぱりと言った。「もしお前の言ってることを最初から信じる気がないのなら、ここにはいないよ。噂を鵜《う》呑《の》みにして、そのままお前とは口なんかきかない」

そこで彼の暗くよどんだ目が、控えめな光を持った。構わず俺は続ける。

「店長とか石国たちはそういう空気に呑まれてるけど……俺もそういうのは正直あるけど、でも一向にお前の声が聞こえてこない。あんだけ騒ぎ立てられて、なんで何も言わないいんだ？　たとえ本当にやっていたとしても、嘘をついて否定くらいしてもいいと思うんだよ」

彼は俺に目を合わせぬまま、まるで拗ねるように言った。

「正直ですね、ほんと。白秋さんは僕を疑ってるんですか」

「それは鈴木がこのあと出す答え次第だな」

彼の逡巡《しゅんじゅん》するような間が続く。

何かをこらえながら、ついに口にした。

「僕はコンビニが好きです。あんな最高の場所どこにもないってくらい、ソンローが好きです。ソンローのクルーが好きです。その人たちと、そのコンビニで働く自分も好きです。ここしかないって決めて、そこで働けていた自分がやっといいなって思えました。でも」

俺と目を合わせる。

「……だからこそ、同じくらい大事なことも、あるんです」

その態度は、何かを諦めているみたいだった。自分が疑われても仕方がないと、そう言っているような。悟っているような。

「もっと具体的に喋れないのか？」

「喋れません。今喋るわけにはいきません」

やけに含みがある言い方だった。そして決意は固いとも思える。

「……わかったよ」俺は肩をすくめた。

「何がですか？」

「お前が犯人じゃないってことが」

「……えっ」瞬きする鈴木は重ねて訊いてくる。「こ、根拠は？」

根拠……根拠――

「いやまったくない。ただの勘だ」

「なんですかそれ。全然……論理的じゃないです」彼は呆れたように笑った。

「逆に訊くけど、同じ職場で働く友人を信じるのに論理云々《うんぬん》って必要か？」

うろたえる彼の口元は、自然と緩んでいく。やがてからかうように俺を見てきた。

「友人……僕たちっていつからそんな間柄になったんですか？」

俺は熱くなった顔を伏せて、言い直す。

「仲間って言ったんだよ！　そう聞こえなかったか？」

「はっきりと友人って聞こえました。友人……友人……ええ、間違いなく友人と」

「ああもうどうでもいいだろ！　どっちも変わらないっつの」

俺は額の汗を拭い、動揺をなんとか抑えようとする。しかしその姿がより一層鈴木を得意げにさせてしまった。したり顔で、しばらく俺を眺めてくる。明らかにバイト先の先輩に向ける眼差しじゃない。

「……そうだっ。忘れてました」

彼は席を外し、奥の部屋へ入っていく。戻ってくると、手には、プリントが一枚。

「白秋さん、これ、とっておいてくれますか？」

そこには表みたいなものが作られており、何かメモみたいな数字やら記号やらが書

CVS始まりの国にて、★は、私は私を逆から見る							
J	1(S) 8(S)	2(S)	3(M)	4(T)	5(W)	6(T)	7(F)
6-9	T O	T O	T WH	SM AF	KK AF	KK AF	SM WH
9-17	HM AY	HM SD	H SM	HM AY	HM AY	HM AY	HM AY
17-21	HM SD(~~〜22~~)	SE SD(~~〜22~~)	SD SE	SE SD(〜22)	SE SD(~~〜22~~)	H SD(〜22) ★	H SD(~~〜22~~)
21-6	SD(〜4) ★ T O(24〜)	SD(〜4) T O(4〜)	KK SM	KK SM(22〜)	KK(〜4) T SD(〜4)	KK SM(22〜)	SD(〜4) T O(4〜)

き込まれている。これは……なんだ？　漠然と、どこかで見たことがあるような気もする。

いや、熟考するまでもない。この時間の区切られ方は——

「シフト表……か？」

それに対し、しかし鈴木は首を縦にも横にも振らず、嫋《たお》やかに微笑むだけだった。

「大事に持っててください。もしかしたら、これを必要とする人がいるかもしれないので」

「必要って……こんなもん誰がなんのために？」

「白秋さんがもし僕と同じ状況に立たされたとき、わかるはずです」

それ以上俺が何度問いただして

も、結局その紙について彼は何も言わなかった。

帰り際、鈴木の母親らしき人物とマンションのエレベーターですれ違った。顔ははっきりと憶えていない。ただ、鈴木のようにどこか優しい雰囲気を放っているような気がした。顔立ちはかなり良い方だろう。上昇してきたエレベーターから降りた彼女は、先ほど俺がお邪魔していた一室に入っていく。それを見て、やはり母親なのだと確信する。

マンションから出ても、まだ日は暮れていなかった。夏真っ盛りということもあって日中ならうだるような暑さだが、この時間帯はだいぶ気温も落ち着いている。

帰路につきながら、俺は頭を抱えていた。なぜ鈴木のことを友人呼ばわりしてしまったのだろうと。コンビニという場所でしか関わりのない人間なのに、プライベートで話したのは今日が初めてだというのに、なぜ俺は咄嗟にそんな呼び方をしてしまったのか。

あまり、自分の気持ちに整理がつかない。でも一つだけわかることがある。

俺は鈴木のことを、まったくの赤の他人だとはもう思えないということ。親近感なんて言葉が一番正しいかもしれない。なんだっけ、こういうのを確か、かつて大学の講義で習ったような気がする。えっと、心理学でいうところの単純接触効果とかなんとか。

まあなんでもいいかと思いつつ、俺は今後のことばかりを考えていた。あのコンビニで俺は彼に対してどんな顔をすればいいのだろう、何を話せばいいのだろう、どれくらいの距離感で接すればいいのだろう——店長たちが鈴木を腫れ物のように扱っている中で、俺にできることはなんだろうと。

もしかしたら、今の俺なら彼の悩みを解消できるんじゃないか？

今コンビニで鈴木に降りかかっている不幸を、取り除いてあげられるのではないか？

そんなことばかりをずっと考えていた。

鈴木が自殺したのは、それから二ヵ月後のことだった。

高校の屋上からフェンスを乗り越え、飛び降りたらしい。即死だったという。

遺族の意向により密葬だったため、俺を含むソンロークルーは式には参列しなかった。しかし、鈴木の死がクルーに与えた衝撃は相当なものだった。石国がレジカウンターでずっと咽《むせ》び泣き、それを血の気の引いた顔の店長や原瀬さんがなだめているのが、今でも頭の片隅に、ずっとこびりつくように残っている。

遺書は見つからなかったらしい。報道によれば、市教育委員会の「横浜市いじめ問題専門委員会」は記者会見で、いじめの存在は「今のところ確認できていない」との見解を示した。しかし、クラスメートや教師の証言から、彼があまり高校生活になじめていなかったことや、夏休み前から徐々に学校にも顔を出さなくなったことが挙げられるにつれ、自殺の動機はやはり学校にあるのではないかとマスコミおよびコメンテーター、さらにはSNSサイト、インターネット掲示板が噂した。

それを受けた委員会は、具体的な調査内容・結果は年内にも発表したい意向を示し、騒動はいったん沈静化した。十月の末のことだった。

沈静化したといえば、ソンローで起こっていた連続盗難事件も、彼の自殺後すっかりと鳴りを潜めた。鈴木のことを悪く言う気のあるクルーはもう一人もいなくなっていたが、しかしその数週間ソンローでは特にこれといった事件は起きず、それは暗に鈴木が犯人だったことを裏づける何よりの根拠となりつつあった。何より彼は亡くなる直前、店長にはっきりと言ったらしい。「僕がやりました」と。それは彼の死後、店長たちから聞いた話ではあるが、とても作り話のような印象は受けられなかった。

しかし彼がいなくなってからまさに数週間経ち、もう十一月になろうかというところでそれは再び起こる。

その日、俺は会谷さんと一緒に夕勤のシフトに入っていた。おでんのセール中ということもあり、昼勤に入っていたクルーたちもしばらくは店内に留まり、お客さんからおでんの注文があったときにはその手伝いをしてもらっていた。

やがてシフトを上がりさあ帰ろうかというときに、ロッカーの前で会谷さんは呆然《ぼうぜん》と立ち尽くし続けていた。青ざめた顔をうつむかせ、頭を抱えている。どうしたのかと訊くと、彼は信じられないといった形相で言う。

「新しく買ったばかりの財布がなくなってるんだよ……」

2

「なんだかおかしな話ですね」

静まりかえった夜の住宅街——その一画にある小さな公園で、黒葉はぼそっと言った。公園といっても遊具があるわけではない。小さなスペースに、植木に囲まれたベンチが二つと古びた自販機が一つ、こぢんまりと設置されているだけだ。その五十平方メートルほどの憩いの場は、街路灯の白い光で照らされていたためかろうじて明るかったが、周辺の人通りは極めて少なかった。

「その過去のお話、どうにも引っかかります」

夕勤のシフトから上がった俺と黒葉は、帰りを共にしながら先ほど灰野さんが口にした過去について、深く掘り下げた話をしていた。夜の九時半のことだった。

ベンチに腰を下ろし薄く光る星空を見上げながら、隣の彼女の疑問に付き合う。

「まず、そもそもなぜ鈴木さんは自殺したのでしょう？」

「そりゃ、学校絡みの問題なんじゃないか。もうずっとしばらく社会問題にもなってるしな、学校のいじめは」

「いいえ」

横に座る彼女の横顔は、ただまっすぐ目の前の見知らぬ一軒家を見据えていた。

「話を聞く限り、鈴木さんは自分の居場所を学校には見出していないように思えました。あのニュースは私も記憶に新しいですが、彼が学校になじめていないからといってすなわちそれが自殺の理由というのは、短絡的じゃないですか？」

強くは否定しない。俺もそう思ったからだ。ただ、そうなるとどうしても不明な点が浮かび上がる。

「鈴木は学校の屋上から飛び降りた——とある。これがつまり学校と鈴木の因縁《いんねん》を象徴している気がするんだが、その辺はどう考えるんだ？」

実際灰野さんもそう思っていたからこそ、さっきはああ言って鈴木の名前を出した。

黒葉はスマートフォンを取り出してしばらく操作すると、ふとこちらにそれをよこしてきた。画面にはネットのニュースサイト——鈴木の自殺を取り上げた記事。

「ここのサイトによりますと、彼は夜の学校に忍び込んでそのまま命を絶ったとあります。そのことから学校で嫌なことがあり、衝動的にそのまま飛び降りたというよりは、ある程度考えたうえで、あるいは飛び降りる前に何かがあって、その反動で死に場所をそこに定めたということが推測できます。死亡推定時刻は午前五時二十分頃。彼はこの時間の前まで何をしていたと思いますか？」

　俺はあごに手を当てて考える。

「確か、火曜日だったよな。火曜日の夜……コンビニでバイトをしてたと思う」

「そういうことになります」

　やはりそうなるか。

「つまり黒葉は鈴木の自殺はソンローが関係していると、そう言いたいんだな？」

　黙ったまま、彼女はそれを肯定も否定もしてこなかった。

　沈黙が続く中、凍《い》てつくような風が吹いた。横の彼女の脚に視線を移す。黒タイツをはいているとはいえ、脚を露出させた姿はどことなく寒そうに見える。

「寒くないのか」

　彼女はそれに、にっこりと微笑む。

「寒いですね。でもせんぱいが傍にいてくれるので、とてもあったかいです」

　言われて気づく。いつの間にか彼女と俺の肩は寄り添うようにくっついていた。ベンチを二人で使用しているとはいえ、ここまで密着する必要は本来ないのに。

俺は動揺を悟られないよう、「寒いな」と言ってベンチから立ち上がり、彼女から離れるように自販機へ向かう。小銭を入れて、温かいお茶を二本買う。

うち一本をベンチにちょこんと座る黒葉へ手渡した。彼女は慌てて立ち上がり、それを返そうとしてくる。

「いいですってば。私、せんぱいが隣にいてくれるだけで、もう充分なのですから」

「そ、その紛らわしいセリフをいい加減やめてくれるか。俺じゃなきゃ、勘違いするぞ」

「勘違い……ですか？」思い当たる節がないと言わんばかりだ。「どのような勘違いを？」

「あ……あれだよ……ほら……こんなべったりしてくる奴がいたら、普通は——」

「普通は？」

「ふ、普通は自分のことが好きなんじゃないかって思うだろ。俺は思ってないけど」

黒葉はくすくすと微笑んでくる。

「では、どうしてせんぱいはそう思わないのですか？」

俺は不服だと言わんばかりの眼差しで黒葉を見る。口角を上げたまま首をかしげる彼女に、つっけんどんな口調で告げた。

「魅力のない俺を好きになる理由が、お前みたいな女子高生にはまったくないからだ」

　黒葉は不満そうに俺と目を合わせてくる。

「……そうでしょうか。人の魅力とは、自分自身ではなく他人が見出すことの方がずっと多いと——そう私は思うのですが」

　絶妙に会話が嚙《か》み合ってない気がする。

　俺は無言で再度お茶を彼女に渡し、そのまま突っぱねるような態度をとる。対する黒葉は頰を膨らまし、わずかに抵抗を示した。

　だがやがてようやく諦めたような素振りを見せ、それを素直に受け取った。「ありがとうございます」と小声で囁いて、控えめにお辞儀してくる。

　彼女から少し距離をあけてベンチに座り直し、ようやく本題に戻る。

「あれだけコンビニが好きだったあいつが、特に思い入れもなさそうだった学校での悩みに振り回されるなんて、どうにも腑に落ちない——俺もそう思うよ」

「一概には言いたくないですが」黒葉もすぐ真顔になった。「たとえば学校にしか居場所がなくて、そこでつらい目に遭った方は、確かに学校生活で問題を抱えていたと言えます。ですが鈴木さんの場合、コンビニにも居場所がありました。そんな選択肢を複数持った方は、学校生活の問題をそこまで苦にしないと思います。なんていうのでしょうか、抱える必要がないというか、嫌なら投げ出せばいいというか。実際、夏休み前から学校に通わなくなったことがそれを示している気がするのです」

「あいつにはコンビニに夢があった。学校絡みで袋小路《ふくろこうじ》に陥ったわけじゃない——か」

俺はお茶のキャップを開け、一口飲む。ほのかな渋味《しぶみ》が体の中に広がっていく。

一方で黒葉は、俺が渡したお茶を手で大事そうに握って、パッケージの部分を指でいたわるように優しく撫でている。目線もそこへ落とした。

「ほかにも……わからないことがあります。もしも鈴木さんが連続盗難事件の犯人だったとして、なぜ事件は再開されたのでしょう？」

それには何も言えず、眉をひそめる。彼女は続けた。

「犯人の思惑はともかく、結果的には表面化した事件のすべてを鈴木さんに押しつける形になったわけじゃないですか。つまり、犯行のすべてが実は自分だったと露見せずに運よく収束したのです。なのに、また再開させたら鈴木さんが実は犯人じゃなかったと言っているようなものです。それはすなわち、犯人がまた容疑者になりかねないということです」

「……そうだな。そうなる」

「ケースとしては二通り考えられます。まず一つ目に、そのリスクを冒してまで成し遂げたいことがあった。あるいはやめられないわけがあった場合です。たとえば、よく物を盗む人ってそれが癖になっていて、なかなかやめられないことが多いと聞きます。クレプトマニア――窃盗症ですね」

やめたくてもやめられないという病《やまい》――コンビニやスーパーで万引きする者の中にはこの症状を抱えている者も多いと聞く。

「二つ目は、やはり鈴木さんは犯人だったという可能性です」

「どういうことだ？」

「鈴木さんは盗難行為を繰り返し、亡くなりました。そして彼の死後に彼の犯行を引き継いだ方がいるという場合です」

「模倣犯ってことか」

「そうなれば、鈴木さんの死後も事件は起き続けます」

「いや、でもそれはない。そもそも鈴木は、そんなことしてないからな」

即座に言った。根拠は今もない。だが、今もちゃんとあらためてそれを言える。

「鈴木は犯人じゃない」

黒葉はどこか安心したように微笑む。

「ええ、私もそう思います。すると可能性はさらに絞られます。そう――鈴木さんの生前に事件を起こしていた人物と、鈴木さんの死後に事件を起こした人物が別人の場合です」

一度じゃ理解できなかったので、再度視線で問い返す。

「えっとですね、つまり、鈴木さんがソンローで働いていたとき、Aという人物が犯人だったとします。それはもちろん鈴木さんではありません。そして、鈴木さんがいなくなったあとに事件を起こしているのが、Aじゃない別の――Bという人物だった場合です。最初に事件を重ねた犯人Aは、鈴木さんの死を経て事件を起こすのを控えるようになった。しかしそれはつまり鈴木さんに罪を着せるということですから、それを許せなかった真実を知る人物Bが新しく事件を起こし、あたかも盗難事件が続いていると見せかけることで、鈴木さんの無実を証明しようとしたといったところでしょうか」

俺は目を見開く。驚きを隠すことができなかった。

「……確かに、それはあるかもな。いや、その可能性は間違いなくありそうだ」

その同調に、なぜか当の彼女は顔をしかめた。

「ですがそうなってしまいますと、一番怪しいのは白秋せんぱいですよね」

突拍子もなく言及されて、俺は言葉に詰まる。

「鈴木さんの無念を晴らそうという気概を持つクルーは、そう多くはいません。その中で、話を聞く限り一番純粋に鈴木さんと親しい仲になっていたのはせんぱいだとお見受けしました。もしも先ほどの私の考えが正しければ、鈴木さんと交流のあったせんぱいが犯人Bの可能性は極めて高いのです」

「まさか」俺はそっぽを向いて答える。「俺が犯人なわけないだろ」

俺は彼女の座る位置とは真逆の方へと顔を背けた。しかしその目の先に、ふいに黒葉は身体ごと移動してきた。強引に俺と目を合わせてくる。

「せんぱいは、鈴木さんのことをどう思っていますか？　どんな思いを寄せていますか？」

「だから、妙な言い回しはやめろって」

「せんぱい」釘をさすような言い方だった。「私は本気で訊いています」

いたく真面目な口調に、俺は観念して口を開く。

「本当に俺はやってない。結局俺はあのとき鈴木が犯人じゃないっていう決定的な証拠は摑めなかったし、それはあいつが死んでも変わらなかった。そんな状況で……あいつ以外の真犯人がいるかどうかもよくわかっていない状態で『鈴木以外の誰か』を嵌《は》めるための盗難事件なんて起こせるわけがない。もしもわかっていたら、そんなことはせずに灰野さんに報告してる。あの人なら、きっとなんとかしてくれるだろうから」

「灰野さんは、せんぱいにとって頼りになる女性なのですか」

「……そりゃあな。もしも鈴木が犯人じゃないって知ったら、きっと彼のために動く人だよ。良くも悪くも正義感が強いから、あの人は」

大学を辞めた一アルバイトでしかない俺に、声をかけるくらいにはお人よしだ。今まで色々なエリアマネージャーを見てきたが、ほとんどの人は俺みたいなアルバイトなんて眼中にないみたいな態度だった。しかし、灰野さんは違った。

俺は首を横に振って、話を元に戻す。

「鈴木が死んだって聞かされたとき、しばらく茫然としたよ。黒葉の言う通り、少なくとも俺にとっては、あいつと親しい仲にあるって思ってた。家に招かれてから、周囲の目を気にせず鈴木とはよく話すようにした。あいつのシフトがいつも長引いていてなかなか一緒には帰れなかったが、それでもいつも通りたくさん……話してた。でも、それなのに鈴木はどんどん顔色が悪くなって、接客態度とかそれ以外での様子とかも最初に比べたらかなり悪化してた。それは俺でもどうにもならなかった」

拳を握りしめて、俺は足元に視線を移す。

「限界があったのかもしれない。俺と鈴木はジューソンクルーっていう肩書が前提の、ただの友人でしかなかった。するとどうしても知るのには限界がある。俺の前ではわりと明るかったあいつが、実はどこでどんな顔をしていたかなんて俺は知りたくても知ることができなかった。みっともないことに、それを理由にして俺は諦めたよ。俺とは関係ないところで、あいつは悩んでいたんだって……思うことにしたんだ。じゃないと俺は今でもあいつが自殺したことを信じきれない……信じたくない」

　夜空を見上げる。星はあまり綺麗には見えない。

　結局、逃げただけだ――そう内心で自嘲《じちょう》しながら、俺は白い息を吐く。

　黒葉はしばらく黙っていた。横顔をうかがうと憑《つ》き物《もの》が落ちたような顔。

「わかりました」彼女は唐突に言った。「ありがとうございます。話していただいて」

「……俺が犯人じゃないって、納得してくれたのか？」

　そこで彼女は胸に手を当てて、誇らしそうな顔つきに変わる。

「私はせんぱいが犯人じゃないと信じきっています」

「さっきは疑ってるような目だったじゃねえか。なんで急に信じきってるんだ」

　彼女はいたずらっぽい表情で俺を見てくる。ふと、口ずさむように言った。

「同じ職場で働くせんぱいを信じるのに、論理云々って必要なのですか？」

　顔がカッと熱くなる。俺は勢いよく立ち上がって、しどろもどろになる。

　黒葉はのほほんとして笑ってきた。彼女はそのまま両手でお茶を飲む。ほのかに白い息を吐いて、「あったかい」と自然につぶやいた。

　そんな素朴な様子を見て、俺までどこか温かい気持ちになっていた。

　俺は、彼女に――彼女の……いや。

　うぬぼれを、寸前で払う。俺みたいな落ちこぼれが、勘違いしちゃいけない。

「……帰るか」

そう俺が言うと、行儀良く座ったままの黒葉はこちらに手を伸ばしてきた。目の前に立つ俺は、眉を寄せる。彼女はいじけたようにつぶやいた。

「寒くて立てません」

口元には、そのやりとりを楽しむような笑み。もしかしたら、俺も似たような表情だったかもしれない。

「嘘つけ」

わざとらしく溜め息をついて、俺は仕方なく彼女の手をこちらへと引っ張った。

第五章　黒幕の向こうの会計

――ここが踏ん張りどころなのです

1

クリスマスまで残り一週間を切った。

コンビニにおいて、クリスマスシーズンというのは勝負の一時《いっとき》である。ケーキを中心としたデザート、店頭のチキンを主としたＦＦの売り上げをいつも以上に意識するのはもちろん、店内、店外の飾りつけ――その見栄えも、店によってはかなりのこだわりを見せる。

ソンローも例外ではなかった。

十二月二十日の午後五時半。平日の夕方だというのに、現在店内にはお客さんよりも店員の数の方が多かった。

店員の人数は六人。本来この時間にシフト入りしているのは、俺と黒葉、石国だけのはずなのだが、来週のクリスマスに向けた売り場作りやら発注準備やらで、そこに店長、会谷さん、原瀬さんの三人が加わったことになる。

当然、六人全員がレジ打ちのためにカウンターにいるわけじゃない。店長の指示のもと、それぞれの役割を与えられ、一定の場所を行き来して仕事に取り組んでいる。

俺と黒葉はそもそもシフト入りしていたということもあり、ずっとカウンターに立って接客をするよう命じられた。同じくシフト入りしていた石国は、絵が上手いというそのセンスを買われ、バックルームでクリスマス用のPOP《購買時点広告》作りを任された。

臨時で駆り出されたクルーたちは、主に売り場での飾りつけや、バックルームでの作業を命じられた。会谷さんと原瀬さんは、金ぴかのモールや松かさ、華やかなリース、ベルなどを店の内外を行き来して飾りつけしている。店長は二人の作業をちょくちょく見守りながらも、基本的にはバックルームで石国の手伝いをしていた。楽しそうに雑談しながら作業をしているため、なんとなくバックルームは近寄りがたい雰囲気だ。

俺と黒葉はしばらくレジ周辺の作業に追われた。FFの調理や、消耗品の補充をしながらレジ打ちをする。最初の方はそれなりに混雑したため、そのたびにバックルームから石国を呼んでレジを手伝ってもらった。作業を中断させ、そのたびに洗面台でインクのついた手を洗わせることには若干の躊躇があったけど、彼女自身そこまで気にしている様子は見せなかったので、こちらもその点は安心だった。

六時を過ぎると、店内は落ち着きを取り戻していった。お客さんは減少傾向にあり、暇な時間が増えてくる。したがって、俺と黒葉はレジの前で隣り合いながら店内のほかの店員たちをただなんとなく、ぼんやりと眺めていた。

店内のほかの店員――原瀬さんと会谷さんは、クリスマスに向けた売り場作りをしていた。といっても要するにただの飾りつけなのだが、それでも脚立を用意して上部の壁を明るく彩《いろど》ったり、元々貼られていたポスターの位置を移し替えたりと忙《せわ》しない。二人はほとんど一緒に行動し、それなりに談笑しながらやっていたので、特別仲が悪いというわけもないのだろう。あまり見ない組み合わせだったので、新鮮に目に映った。

しばらくして、ロングスカートをはいた原瀬さんがカウンターにやってきた。

「セロハンテープ、ちょっとだけ貸してもらえる？　飾りつけで必要になって」

優しい声だった。

「いいですよ」俺はレジの下の棚にあるセロハンテープをそのまま渡した。ふと気になっていたことを訊く。「原瀬さんが夕勤の時間まで居残るって珍しいですね」

「そう？」セロハンテープを受け取った彼女は、わずかに不思議そうな顔をする。

「ええ。だっていつも早くお帰りになるじゃないですか」

先日の誘拐誤認事件では俺たちが変に煽《あお》り立てたせいで彼女は帰るに帰れなかった。しかし普段何もなければ、やはり原瀬さんとは退勤後すぐに帰るクルーなのだ。

少しだけ、原瀬さんは照れたような表情になる。

「よく見てるわねぇ。もしかして、おばさんのこと好きなのかしら」

「ええっ！」

なぜか大きく反応したのは隣の黒葉だった。目を大きく開いて、俺から露骨に離れ、色眼鏡で見てくる。

「そんなんじゃないです」俺は呆れるように言った。「冗談はやめてくださいよ」

口元に手を当てて、原瀬さんはしてやったりという顔で穏やかに微笑する。

黒葉はホッと一息ついて、また俺の隣にピタリとくっつく。どうやら誤解は解けたらしい。やがて彼女も落ち着きを払って尋ねる。

「原瀬さん、毎回何か用事みたいなのがあるのですか？　子どものお迎えとか？」

「ええ、そうよ。なるべくさ、ああいうのは待たせたくないじゃない」

彼女には彼女なりの居場所がここ以外にもしっかりあるのだと思った。しかも、ちゃんと守る者もいる。きっとこの店から退勤したあとも、原瀬さんは立派な主婦なんだろう。

……でも、まただ。ふと胸の辺りがざわつく。なんだろうか、これは。

「では、今日はどうして残って作業を手伝ってくださっているのですか？」

黒葉のその問いに、彼女はバックルームを一瞥した。ちょっとだけ困ったように笑う。

「今日は主人が迎えに行くことになっていたから、たまにはね。断るのも忍びないし」

見るからに残業が嫌そうではあったが、そういう場合なかなか断れない気持ちはわかるので、俺はひそかに同情する。

「どしたの原瀬さん、テープは見つかったかい？」

なかなか売り場に戻ってこない原瀬さんを案じてか、会谷さんもふらふらとこちらへやってくる。いつもよりは顔は赤くない。

「会谷さん、ようやくお酒を控えてくれるようになったんですね」俺は皮肉っぽく言った。

「夜勤終わってからすぐ寝てきたからね。飲む暇がなかったのさ」

「その調子で断酒していてくださいね」と原瀬さん。なかなか棘《とげ》のある態度だ。

「えー、嫌だよ」会谷さんは媚《こ》びるような声色になる。「これが終わって上がったらすぐ飲みに行くつもりなんだけどさあ、原瀬さん、どう？　一緒に行かない？」

「お断りします」

会谷さんはうなだれ、あっさりと撃沈した。

「人妻を誘うなんて、サイテーだなあ」

そこで、バックルームから石国がけらけらと笑いながらやってくる。

「会計さん、酒癖悪いからなー。直さないと誰もついてこないですよー」

鼻をつまむ仕草をして、見るからに酒の臭いを嫌悪している。石国はそのままカウンターの内側にある洗面台で念入りに手を洗って、カウンターの奥へ行った。店を入ってすぐのホットドリンクコーナーの裏側からペットボトルを二本取り出す。ソンローでは、温かい飲み物は店の出入り口近くのカウンターに用意されてあるのだ。

おそらく店長と自分の分を買おうとしているのだろう。

しかし直後、石国はすぐ傍にあったレジで固まってしまう。

彼女はこちらにそれとなく視線を配った。助けてほしいと言っているみたいだ。

「ごめん、私さー、このあいだ、名札なくしちゃったんだよね」

「名札?」俺は目を細めた。「名札って……これのことか?」

ジューソンのユニフォームの胸ポケットにつけられた名札には、自分の苗字と顔写真、従業員コードがあり、これは簡易的な身分を明かす大事なカードだ。これがないと出退勤やレジのロックを解除するのにわざわざコード番号を数字で手打ちしなければならず、とても手間がかかってしまう。そうでなくても、接客業が主であるコンビニ店員にとって、名札をつけずに勤務に臨むというのはお客さんの立場としてもあまり好ましいとは言えない。

「そうそう再発行の手続き中で……今は持ってないの。コード番号覚えてもないし」

そのコード番号は八桁だった。確かに、覚えていないのも無理はない。俺も覚えていない。そしてレジは一定時間（正確には五分）操作しないと、自動的にロックされる。そのロックを解くためには、従業員コードの番号をレジ機器に読み込ませなければ操作することができない。つまり石国のいる方のレジは会計どころか、ドロアすら開かない。

「だから、悪いけどこっちのレジ開けてくれる？」

石国はそう言って、レジの近くにいるお客さんを気にする素振りを見せる。

ここソンローにおいては、勤務時間中のクルーが私的に商品を買う場合お客さんの会計を考慮し、使われていない方のレジで速やかに買うことが暗黙の了解となっている。だから彼女が休止板の立てかけられている方のレジの利用を望むのは、無理もなかった。

俺は頷いてそれに従った。反対側のレジへ赴《おもむ》き、スキャナーを自分の胸部に寄せ、従業員コードを読み込ませる。直後ピッという音と共にロックは解除された。

彼女は「ありがと」と大げさにウィンクして、財布から千円札を取り出し三百五十ミリリットルのホットティーを二本買う。釣り銭を財布にしまい、そのままバックルームへと戻っていく。

それを眺めていた会谷さんと原瀬さんは、やがて売り場に戻って作業を再開させた。

俺と黒葉も、レジ打ちにしばらく時間を費やす。一時間に数回ほど混雑することもあった。そのたびに石国をレジに呼び、ときには彼女に代わって従業員コードをスキャンし、反対側の使われていないレジのロックを解除する。彼女はその都度《つど》申し訳なさそうにしていたが、呼んでいるのは俺たちの方なのでお互い気にしてもしょうがない。

俺たちはそれからも三十分近くレジを打ち続ける。途中一人のお客さんが唐揚げを大量に購入していったため、俺は業務用冷凍庫のあるバックルームに行くことを余儀《よぎ》なくされた。FFの在庫は基本的にバックルームの冷凍庫で保管してあるのだ。

一パックを五つ……これだけあれば充分だろう——そう思って、これらをカウンター付近の冷凍庫に安全に移動させるべく、黒葉の名前を口にした。

「なあ、黒葉……ちょっと手伝ってくれるか」

ボーっとレジの前に立っていた彼女を呼ぶ。売り場に設置された時計をぼんやりと眺めているみたいだったが、こちらに気づくとスカートを揺らしながら慌ててやってくる。

　ＦＦの袋をすべて黒葉に手渡しして、そのまま開けた冷凍庫の扉を閉めた。よほど重かったのか、彼女が今にも倒れそうなくらいふらふらと移動するのを見て、たまらなく不安になった俺はすかさず彼女の肩を少し支える。

「あ、ありがとうございます……」

　黒葉はどこか申し訳なさそうにして、顔をみるみる赤くしていく。俺もまた変な緊張を覚えてしまうが、勤務中であることを自身に言い聞かせる。

　無事に別の冷凍庫へ移動させたタイミングで、レジはまた段々と混雑していく。黒葉と、また彼女に呼び出された石国は二人で一つのレジに入り、俺は反対側のレジに入ってそれぞれ対応にあたった。効率的に対応するため、ドロアは開けっ放しにしておく。一列に並んでいるお客さんに「よろしければこちらのレジへどうぞ」と声をかけて誘導した。

　何人か捌《さば》いたあとにやってきたのは、四十代前半くらいの主婦っぽい綺麗なおばさんだった。白色のハイネックセーターを着ており、肩には手提げ袋をかけ、手には紙切れのようなものを持っている。紙切れ――コンビニの場合、すぐ連想されるのは公共料金の支払い用紙だ。ここソンローでも収納代行はもちろん受けつけている。

「いらっしゃいませ。失礼いたします」

俺は休止板を外しながら、その用紙を受け取る。スズキミサエ、横浜市西区東部、ハイツ・スカビオサ——それはまぎれもなく公共料金の支払いで、そこには氏名、住所およびマンション名が記されてあった。さっそくこちら側のオペレーターディスプレイを操作し、記載されたバーコードを読み取る。直後、お客さん側のカスタマーディスプレイに表示された内容と支払い金額を確認してもらい、指で承認ボタンのタッチを促す。

「はい、ありがとうございます。一点で、四千五百二十円になります」

すかさずお客さんはキャッシュトレイに一万円札を出してきた。俺がその一万円札を手に取ろうとしたそのとき、突然声を上げる。

「あ、牛乳忘れてた」

するといきなりレジから離れ、売り場の奥へ向かっていってしまう。

こういうお客さんは実際多い。一度レジに来て会計を始めたのに、また売り場に戻って商品を取ってくる人。後ろで行列ができていないときは構わないのだが、行列ができているときはほかのお客さんの時間をロスすることになるので、その場合少しひやひやする。

ドロアに目を落とした。待機している今のうちにお釣りを用意しておこう。

と思ったが、しかしちょうどお釣りの五千円札はレジのドロアに一枚も残っていなかった。これではお客さんが会計を済まそうとした際、五千円札を渡すのにタイムロスが生じてしまう。反対側のレジか釣り銭ボックスに、五千円札の予備がしまわれてあるが……。

カウンター上のキャッシュトレイを見る。お客さんが置いた一万円札があった。あんまりこの場を離れるのはよくないけど――まあどうせ一瞬のことだしいいかな。何かあれば、あとから防犯カメラで確認すればいいわけだから。ここは効率を優先しよう。

俺はレジを離れ、まずはすぐ歩いた先――七、八メートルほど横にある釣り銭ボックスを確認した。そのすぐ奥にあった片方のレジは現在黒葉たちが使っており、ドアが開いていないため、会計中に取り出すのは難しいという判断だった。

釣り銭ボックスには、予備の一円玉や十円玉などの硬貨がケースに入れられているのはもちろん、千円札、五千円札といった高額紙幣も束《たば》になって置いてある。そこから俺は五千円札の束を取り出し、レジに持っていこうとする。しかし、

「あ、白秋せんぱいっ」

黒葉が反対側のレジから俺の腕を掴んできた。ひそめるような声で言う。

「あの、この申し込み券に書いていただくお客様のサインって、カタカナで書いていただくんですか？」

彼女は俺の手のひらをぎゅっと握り、申し込み券を見せてくる。

「ば、何を……おまっ……」動揺を抑えきれないまま、やんわりと手を払おうとする。「そ、それは前も言ったろ。フルネームかつカタカナで書いてもらうんだ。チケット系は全部な。っていうか、なんで俺に訊くんだ？　石国はどこに――」

「どうしたの？」

その横から石国がやってきた。手には発券したばかりのチケットを持っており、それを黒葉に渡している。黒葉の代わりに、カウンターの奥にある発券機から取ってきたのか。

「きみたち仲良しだね」石国はにやけ顔を見せた。「勤務中に手なんか握っちゃってさ」

俺は自身の手を見た。なぜかまだ黒葉の白い手の先が、重なるように添えられている。

黒葉をうかがう。彼女はきょとんとして首をかしげた。

「ち、ちが、違うって！」

俺は彼女の手を丁寧にどかし、逃げるように五千円札の束を持ってレジに戻る。

なんだ、なんなんだこの変な感じは。勤務中なのに！

深呼吸して気を静める。レジに戻ると、ちょうどお客さんもレジに戻ってきた。

お客さんは牛乳をカウンターに置く。俺はその商品のバーコードもスキャンし、

「二点で四千七百十八円になります」

合計金額を読み上げ、袋詰めをし検収印を準備しておく。お客さんは財布から一万円札と十円玉を二枚、キャッシュトレイに速やかに出した。

……ん。

今度は違和感だ。なんだろう。この感じ。あれ、なんか引っかかる。えっと……

「どうしたの？　早く会計してちょうだい」

お客さんは急《せ》かすように言ってきた。俺は慌てて頭を下げる。

「あ、はい、すみません」

気を取り直し、ポイントカードの有無を訊いたあと、キーを押して会計を済ます。挨拶をしてお辞儀をする。ドロアを閉め、こちら側のレジに再度休止板を立てかける。お客さんはもう並んでいないし、レジに来る気配もない。

気づくと時刻は八時半――お客さんの数は落ち着いてきた。

あと三十分で勤務が終わる――

そんな最中に、彼女は再度訪れた。

レジまでやってきたのは、先ほど――ほんの十分くらい前に公共料金を支払いにきたお客さんだった。誰もが口を揃えて美人だというだろう黒髪の女性。

彼女は俺たちに向かって、切実に言ってきた。

「あの、このお店でさっき一万円札をなくしてしまったんですけど……」

2

俺と黒葉は目を合わせて、同時に、カウンター越しにいる彼女をまじまじと見た。

「その……なくしたというのは？」

俺のその問いに、彼女は手提げ袋から財布を取り出した。そこからさらにレシートと公共料金の支払いに際して渡した受領書を取り出し、こちらへと手渡してくる。

先ほど俺が捺《お》したばかりの検収印がそこにあるのを確認して、やはり彼女はあのお客さんであることを確信する。

「さっきあっちのレジで買い物と支払いをしたんだけど、いつの間にか財布から一万円札が一枚なくなっちゃったの。ここへ来るときは確かに一万円札を二枚持ってきたはずなんだけど、店を出たときはもう一枚もなくて」

「二万円分なくなったということでしょうか？」と黒葉は首をひねる。

「いや、そのうち一万円は支払いのときに出したからいいんだけどね、でも、もう一万円がどこかにいっちゃったのよ。紛失したということになるのかしら」

さて、困った。彼女が本当にここで一万円札をなくしたのか、そもそも一万円札を二枚持ってきていたのかちゃんと確かめられない以上、下手なことは言えない。もしも本当になくしたとして、あるとすれば店内に落とした可能性だが——。

「では、少々お待ちください。ただいま、店内を店員で捜しますので」

俺と黒葉は頷き合って、さっそく売り場に出ていた会谷さん、原瀬さんに協力をお願いした。二人は基本的にずっと売り場を行き来していたので、もしかしたら一万円札を拾っているかもしれない。

しかし二人はそんな高額紙幣を見ていないという。すぐに二人は自分たちが着るユニフォームのポケットをまさぐり始めたが、そういったものは出てこなかった。俺と黒葉も、拾ったものをうっかりポケットに入れていないか同じようにユニフォームのポケットを確認したが、やはりなかった。仕方がないので、四人で店内の床や什器《じゅうき》の棚を手あたり次第捜し回ったが、とうとうそれらしきお金は見つからない。

「一応、石国さんと店長にも伺ってみましょう？」

黒葉の提案により、バックルームでPOP作りをしていた二人にも話を聞く。間違えてユニフォームのポケットに入れていないか確認したが、しかし二人のポケットからも一万円札は出てこなかった。当然ながら、一万円札に心当たりはないようだ。

どういうことだろう。もう一度雑誌コーナーの前にいたお客さんに話を聞く。

「そういえば確か、会計中になくなったような気がするのよね」

会計中……彼女の会計をしたのは俺だ。しかしそんな奇妙なこと……ん？

確かこのおばさんは最初に一万円札を出して公共料金を支払おうとした。ただ、途中で牛乳を買い忘れたのに気づいて、一度レジから離れ、それで戻ってきて一万円札を――

……あれ。ちょっと待てよ。

俺とお客さんはほとんど同時に「ああっ！」と叫んだ。

「そういえば、私、一万円札を一枚多く出していたわ！」

「お客さんは、一万円札を二回キャッシュトレイに出した！」

二人で顔を見合わせる。違和感の正体はこれだ。このお客さんは最初の方で一万円札を出した。だからこそ俺はお釣りに五千円札が必要だと考え、あらかじめ用意しておこうとしたそのとき、ドロアにお釣りの五千円札が一枚もないことに気がついたのだ。

そして五千円札を用意しレジに戻ってくると、お客さんはまた一万円札をキャッシュトレイに置いた。その行為を見たのは、一度の会計で二回目だった。

「私は一万円札をキャッシュトレイに置いたまま、レジを離れた。なのに、戻ってきたとき一万円札はもうそこに置かれていなかったわ」

石国は俺とお客さんの顔を順番に見て、ふと疑問を口にする。

「どうして一万円札が消えていることに二人はすぐ気づかなかったのかな？」

お客さんは頬に手を当てて、困り果てたような顔をする。

「最初は、あれ？　おかしいな？　くらいに思ってて、やり過ごしちゃったんだけど、でも店を出て財布の中をあらためて、やっぱりおかしいって気づいて」

黒葉は一定の理解を示すように、小首を振る。

「まあ、よくありますよね。私もスーパーで値引き商品を値引きされずにそのまま会計されてしまったとき、指摘するのをためらってしまうことがよくありますし」

「そうそう、そのとき本当に一万円札を出したかどうか、なかなか判断つかなくて……言い出しにくいタイミングだったたし」

二人は同調し合う。まあ、そういう経験が俺にもないわけではない。コンビニで店頭の肉まんを買ったつもりが、いざ店を出て袋から取り出してみれば中には粒あんまんが入っていたときなんか、取り換えてもらうか真剣に悩んだほどだ。結局そのときは言い出せなかったが。

「じゃあ白秋くんは？」石国は眉を寄せる。「きみはずっとレジにいたんじゃないの？」

「俺はお釣りで渡す五千円札がレジになかったから、その補充をしにレジを離れてたんだ。石国もそれは見てるだろ」

「ああ、そういえばそっか。でも、会計中にレジから目を離すなんて軽率だね？」

からかうようにおどけられて、俺もつい言い返してしまう。

「離れるのは一瞬だったし、いいかなって思ったんだよ。コンビニ店員ならスピードや効率を重視する方が利口だろうし。何かあれば防犯カメラだってあるわけだしな」

黒葉は「そうでしたっ」と言って、何か閃いたように手を叩いた。

「防犯カメラを確認してみましょうよ。会計中になくなったということは、きっと防犯カメラの映像記録にも、なくなった経緯が映っていると思うのです」

「だ、だがねぇ、そんな些細《ささい》なことでいちいち――」

店長はそこまで言って、ふとお客さんの姿を見る。お客さんが眉をひそめると、彼は慌てて視線を逸らした。どこからどう聞いても失言だ。

「ま、いーんじゃない？　店長、早く確認しよーよ」

気まずそうにする店長の背中を押して、石国はバックルームへ入っていく。黒葉はお客さんに「少々お待ちください」と言って丁寧に頭を下げ、二人のあとを追う。

俺と会谷さんと原瀬さんもバックルームに行くと、すでに店長は設置されたモニターの前へ行き、マウスをしばらく操作していた。だがすぐ彼は何かの異変に気づいたらしい。

「あれ……妙だな。番号が通らないよ」

「通らない？　どういうこと？」

石国の問いに、店長は渋面で応じる。

「録画された映像記録を見ようとすると、機密上の観点から必ず暗証番号を入力しないといけない。でも、その番号がなぜか通らないんだよ。ほら、パスワードが違う、と出る」

本当だった。テテン、と、この先の操作を拒《こば》むような音が響いてくる。

「パスワードが書き換えられたってこと？」

石国は店長に代わってマウスを操作し、番号を入力していく。しかし、同じく番号が違うという表示が出てくる。

「おそらくそうだろう。どうやら誰かに書き換えられたっぽいね」

「そんなこと、いったい誰が？」と石国は一人つぶやいた。

黒葉は全員の顔を見回す。

「ジューソンクルーで、その暗証番号を知っていた方はどれくらいいるのでしょう？」

石国は指を一つずつ折る。

「えっと、まず私じゃん。店長に、エリアマネージャーに、あとは……会計さんもだっけ?」

会谷さんは突然呼ばれたからか、びっくりしたように身体をのけぞらせた。

「え? そうだった……かな?」

店長は嘆息した。「ほら、かなり昔に教えたじゃないか。忘れたのか?」

そのまま彼は気怠そうにマウスでしばらくモニターの映像を操作する。

「最後に暗証番号が通ったのはいつだったかなあ……確か、この前の誘拐誤認のときだから、二週間くらい前だったと思うのだけど……でも、それだけじゃなー」

バックルームの中には防犯カメラが設置されていない。つまり、それだけの期間があいてしまっていたら、事実上誰がパスワードを書き換えたのか特定は難しいのだろう。

「じゃあ、確認はもう一生できないのですか?」

黒葉は焦るように訊く。しかし店長は笑って「大丈夫だよ」と言った。

「一度リセットして、パスワードを新たに作り直せば多分いける。それでもまあ、今すぐには無理だけど、来週までには確認できるんじゃないかな」

「来週……ですか」

黒葉の視線の先は、モニターの映像——雑誌コーナーに移った。一万円札をなくしたというお客さんは腕を組み、厳しい表情でカウンターの方を見つめている。

「なるべく早く解決したいです。お客さんのためにも」

たかが一万円、されど一万円だ。なかったことにするような金額じゃない。

店長は難しそうな顔をした。

「状況的に、その一万円札は誰かの手によって会計中になくなったと見るべきだろうね。店内にはそれらしい一万円札は落ちていなかったようだし、問題はお金だからね。人の手を介していないとはとても信じられない」

つまり店長は、「誰かが盗んだ」と言いたいのだろう。俺もそれには異存がない。

「……一つ訊いていいかい」店長はためらいがちに言った。「そのときお客さんの対応にあたったクルーは誰なんだい？」

沈黙。まるで示し合わせたような、奇妙な間ができる。

しばらくして、我慢できないとばかりに石国と黒葉は俺を見た。

「白秋くんだったよね。店の外側の方のレジで……」石国は慎重に問う。

「……ああ。そう……だな」

俺は認め、そこでようやく気づいた。自分の状況を。

「え？　うそ。じゃあ、まさか――」

原瀬さんの声を遮《さえぎ》って、俺は否定した。

「ま、まさか。俺じゃないですって！」

すぐにポケットから財布とスマートフォンを取り出し、ほかに何も入っていないことを確かめてもらう。財布を開けると、そこには千円札数枚しか入っていなかった。

しかし店長の表情は晴れない。

「どこかに一時的に隠した……とかか……あるいはパンツの中とか」

「そ、そんなことするわけないでしょう！」

あまり良い気分はしなかった。というか、はっきりと不快だった。なんで自分がただお客さんの対応をしたというだけで疑われなきゃいけないのか。

「そういえば」店長は思い起こすような口ぶりだった。「白秋くんは、以前起きていた盗難事件でも、その事件の起こった日によくシフト入りしていたね。まあ、それは会計さんもだけどさ」

会計さんと呼ばれた当の本人の会谷さんはたじろいで、勢いよくかぶりを振る。

「いや、僕はそのとき売り場にいたから、そんな、お客さんの一万円札を盗むなんて……」

「うーん……どうだろう」石国はうつむきがちに言う。「お客さんが置いたのはカウンターの上にあるキャッシュトレイだったんでしょう？　そこから一万円札をひょっこり盗るだけなら、売り場側からもできる……よね？」

黒葉はあごに手を当てて、思案顔で頷いた。

「ですがそうなりますと、容疑者はこの場の全員ということになります。当時カウンター内にいた私と白秋せんぱい、石国さんはもちろん、売り場にいた会谷さんと原瀬さん、さらにバックルームに一人でいた店長にも、こっそりとキャッシュトレイの前に行く機会はあってもおかしくなかったはずですから」

「もちろん、ほかのお客さんにもそれは当てはまるわけだしねえ」と原瀬さん。

無言が続く。険悪になりかけた雰囲気の中、黒葉が深刻な口ぶりで切り出す。

「……私、今回お越しになったお客さん《ミステリー》、特に気がかりなんです。ですから、なんの根拠もなく決めつけてしまうのではなく、少しだけ調べたいのですが……いいですか？」

「だが来週になったら、カメラの映像記録ですぐにわかることだろう？」店長は難色を示す。「じゃあ今そんなことする必要ないんじゃないか」

「必要なら、あります。もしも今日中に解決しなければ、もう二度と取り返しがつかなくなるような気がするんです。だからどうか調査をお許しください。お願いします」

頭を下げた黒葉の目は、かつて見たことがないくらい真剣そのものだった。

店長はその真摯《しんし》な姿から目を逸らした。黙り込み、やがて渋々と了承する。

「……まあ、別に僕は構わないけどね。でも、それは勤務が終わってからだよ」

ね？」

「はい」すると黒葉は穏やかな表情を浮かべた。「ならば、もう始めてもいいです
全員、ストアコンピューターに視線を移す。ちょうど九時になったところだった。

今日の夜勤は会谷さんと店長だったらしく、慌てて二人はカウンターに出た。それ以外のクルーは上がっても構わないと店長に言われるも、全員はバックルームに留まり続ける。

どこか重い空気。そりゃそうだ。ただでさえ連続盗難事件が再開している店内で、またこうして、しかも今度はお客さんのお金がなくなったとあれば、自然と閉口していく。今回の一件と、かつての盗難事件を結びつけるのは早計かもしれないが、嫌でも関連づけてしまう。だからこそ、段階を踏む前に店長はお客さんではなくクルーが盗んだと即断したし、俺たちも即座に理解したのだ。

誰がこんなことをやっているのか――そう思いながら、しかし状況的には自分が一番疑われているという現実に嫌気がさす。

うつむく俺に黒葉が声をかけてきた。

「せんぱい、落ち込まないでください。一緒に調べましょう！」

「調べるって……」

お前も本当は俺のことを疑っているんじゃないのか？　そう言おうとして、

「前にも言ったじゃないですか。せんぱいは犯人じゃないって、私、信じきっていますって！」

一声が、不安を払った。俺は放心状態に陥る。なぜそこまで俺を信用してくれるのか、まったくわからずにいた。わからないまま、胸が高鳴るのを自覚する。

互いに何かを確かめ合うように頷いて、俺たちはバックルームを出た。

3

まずはレジ点検をした。もしかしたらレジの中に一万円が誤って入ったかもしれない。もしも入っていたのなら、精算上で一万円分プラスしている可能性が高い。

しかし違算はなく、プラスもマイナスもまったくなかった。ということは、お客さんのお金は彼女が嘘をついていない限り、あるいは俺の認識に誤りがない限り間違いなく消えたということで、ほぼ確実に誰かの手に渡ったということだ。

俺はレジ点検の結果を示した画面を印刷して、やたらと見たがる黒葉に渡した。

最初のプリント（①）は、俺たちが出勤する前のレジ内状況を確かめたもので、あとのプリント（②）は、先ほど俺が行ったレジ点検によって確かめられたレジ内状況だ。

12月20日	13時２分〜17時	
レジ内貨幣	レジ１	レジ２
1円玉	24枚	47枚
5円玉	19枚	31枚
10円玉	34枚	39枚
100円玉	72枚	83枚
500円玉	45枚	50枚
1,000円札	15枚	40枚
2,000円札	0枚	0枚
5,000円札	30枚	14枚
10,000円札	5枚	1枚
違算（総計）	0	0
違算（今回）	0	0

①

12月20日	17時〜21時５分	
レジ内貨幣	レジ１	レジ２
1円玉	22枚	45枚
5円玉	23枚	34枚
10円玉	32枚	35枚
100円玉	68枚	77枚
500円玉	50枚	56枚
1,000円札	13枚	36枚
2,000円札	0枚	0枚
5,000円札	7枚	13枚
10,000円札	5枚	3枚
違算（総計）	0	0
違算（今回）	0	0

②

表の中にある〝レジ1〟とは、一万円札をなくしたお客さんに俺が接客した方のレジで、店の外側に位置している。あまり使われない方のレジとも言われ、お客さんがたくさん来ない限りはずっと休止板が立てかけられている。実際、一万円札をなくしたおばさんの接客以降、そちらのレジは一切使われておらず、まさに事件当時のレジの状態が克明に記される結果となった。

表の中にある〝レジ2〟は、常時開放されているレジとされ、バックルーム側にある方のレジだ。当時は黒葉と石国がこのレジの前に立ち、お客さんの対応にあたっていた。

さて、ここで押さえておくべき点

はなんといっても数字だ。表内の数字はどれも、レジの中にある釣り銭の枚数を示している。そして、この二つの表を見比べて、その増減具合——レジの中のお金の動きがはっきりとわかる。たとえば、十七時時点でレジ内の一円玉はレジ1で二十四枚、レジ2で四十七枚あったのが、二十一時五分の時点で、レジ1では二枚、レジ2でも二枚減ったことがわかる。これらお金の枚数は、十七時から二十一時五分までのあいだにお客さんが出した支払い分のお金や、店側がお客さんに出した釣り銭の数によって増減し、それはレジ点検によって、あらかじめレジ内に記録された会計の電子データと照合される。つまり、会計での渡し間違いがあったり、会計以外でレジの中からお金が不当に持ち出されたら、レジに記録されたデータの数とは当然差異が生じることになる。その差異——〝売上金額を度外視したうえで、その時間帯に、レジの中でどれくらいの損得が生まれたのか〟——すなわちその〝違算〟を確かめるのがレジ点検の本来の目的と言える。

俺と黒葉は顔を近づけて、その二つの結果をしばらく眺める。

「特に気になるところはないな」

俺がそうぼやく横で、黒葉は黙りこくったまま、ただ視線をそこにジッと固定している。何か考えているのだろうか。俺にはさっぱりわからないが、一つだけはっきりさせておく。

「とりあえず、レジ1の一万円札は十三時から二十一時までずっと数字上の動きはなかった。要はレジの中にお客さんの一万円は紛れていなかったってことだ。あとは——」

「まだ帰ってないの？」

石国は洗面ルームからバックルームへとやってきた。すでにジューソンのユニフォームは脱ぎ、濃紺のコートを着ている。

「そんだけ捜して見つからないなら、もうこの店にはないんだよ、きっと。当時、一万円札はキャッシュトレイにあったんでしょ？　ならさ、店内にいた別のお客さんにだって手を伸ばす機会はあるわけじゃん？」

「その場に居合わせたお客さんが犯人ということですか？」

黒葉の言葉に、石国は首肯する。当時の状況を俺は振り返った。

「……俺は五千円札を補充しに、お客さんは牛乳を取りにその場から離れていた。そのとき、レジのことは誰も意識下になかっただろうから、まあ、そういう可能性もなくはないな」

ただ、お客さんがその瞬間、状況を飲み込んですぐに一万円札に手を伸ばせるかというと、どうにも信じがたい。防犯カメラの監視下で、そんなことをするメリットがない。

黒葉も俺と同じ考えだったらしい。なだめるような口ぶりで言った。

「一万円札は、石国さんの言う通り誰にでも盗むチャンスはあったと思います。ですが、その後どうやってバレずにやり過ごそうとしたのか？　と考えると、防犯カメラの映像がすぐに確認できないという事情を知らないお客さんは、やはり心理的には難しいんじゃないでしょうか？」

たとえば、もしも俺がほかのコンビニに来店して、近くのレジのキャッシュトレイに一万円札が置いてあったのを見たとする。店員も、それを置いたと思しきお客さんも周囲にはいない。さて、その一万円札に手を伸ばそうと思えるか？

無理だ。天井には防犯カメラもあるし、出自が不鮮明な一万円札を最初から「お客さんがまだ出していないと誤解させよう」なんて目論《もくろ》めるわけがない。せいぜい目論めるのは、その一万円札がどういう状況で出されたか知っていて、かつその一万円札に手を伸ばしても周囲から不思議だとは思われない者——そう、普通は店員くらいなものなのだ。

「じゃあさ、本当はここでなくなったんじゃないんだよ」石国は飄々と言った。「あのお客さんが事件をでっちあげてるだけかもしれないって可能性もあるでしょ？　お金が欲しいがために、なかった事実をあたかもあるように仕向けてさ」

「けど、俺は確かにあの人が一万円札を出すのを二回見たぞ」

「そんなの出したふりをすればいいんだよ。マジックでよくあるようなさ……というか、あのおばさん、どこかで見たことあるなって思ったら、うちの常連客じゃんね」

「常連？　そうなのか？」

「うん、だって最近、毎日私のレジに来るもん。そういえば、そのときも一万円札ばっかり出してきてたなあー。ほんとあれ、なんなんだろね」

一万円札で会計することが多いお客さんというのは珍しくもなんともない。いわゆる万札を崩したいがために、あえて一万円札を出す人は何人も店にやってくる。

「さすがに『両替して』って直接言われはしなかったけどさ、でもあそこまであからさまに一万円で会計され続けると、コンビニ《ここ》は両替機か何かなのか？　って思っちゃうよねえ」

石国の言葉が気になったということで、俺と黒葉は雑誌コーナーでなおも待機しているお客さんに話しかけた。今までの経緯をあらためて伝え、来週中には一万円札の行方がわかる旨を伝えると、「それでもなるべく早く」と急かされた。

黒葉はその透き通るような白い頬に、指を添えながら訊く。

「そのなくした一万円札に、何か心当たりはございますか？」

おばさんは何かを思い出そうとするように唸った。

「うーん、どうだったかなあ……えっとねえ……うーん……」

何も思い浮かばないのかと思いきや、彼女は急にハッとして、何か思いついたようだ。財布を取り出して、中身をあらため始める。お札を一枚ずつ凝視して、ふいに顔を上げた。

「そういえば、お札の裏側に小さな赤いスタンプがあったかもしれない――」

「スタンプ……ですか」俺は頬を掻きながら訊く。「どういうスタンプですか？」

すると彼女は財布から千円札を取り出し、俺たちに見せてくる。確かにそこには、ペンギンのデフォルメされた顔のスタンプが表裏両面に捺されてあった。

「間違いないと思うわ。昨日、親戚の女の子が家に来て、目を離した隙に私の財布を勝手にいじっちゃって。そのとき、アニメか何かのグッズのスタンプを、こんなふうに財布の中のお札全部にぺたぺた捺されちゃったのよ」

……なるほど。それさえわかるのならば、その一万円が彼女のものかどうか判別はつきそうだ。肝心なのはそれが今どこにあるのかだが……。

黒葉はスカートの裾を握りしめながら、切り出した。

「では、皆さんの財布の中をあらためるというのはどうでしょうか？　……少し気後れしますが、この店の外に出られる前に、確認すべきことは確認しておくべきだと思います」

彼女のその案に従って、俺たちは再びバックルームに集まった。勤務中ということで、会谷さんと店長にはなるべく早めに確認を取っていく。

「僕は財布を持っていないからね。これだけを持ってきてるんだ。ほら」

会谷さんは、ユニフォームの下に着たシャツの胸ポケットから、一枚のクレジットカードを取り出した。財布やスマートフォンなどは持っていないという。

そう、彼は普段手にかさばるような貴重品の類いを持ち歩いていない。よって、はいてくるズボンはいつもポケットレスだし、カバンの類いもない。

「どうして財布をお持ちにならないのですか？」黒葉は率直に訊く。

「そりゃ、前までは持ち歩いてたけどさ、でも二回も立て続けに紛失したら僕だって懲《こ》りるよ。あの財布、高かったしね……だから今はこの通りさ」

彼はもうずっと連続盗難事件の被害者だった。だから、クレジットカードしか持ち歩かないというのは彼に限っては無理もないことと言えた。

今度は店長の財布を確認する。一万円札が十枚ほど入っていたが、しかしスタンプが捺された形跡は表裏どこにも見当たらず、その多くが破れかけていたり、折れたりしていて、状態はあまり良くなかった。五千円札、千円札は持っていないようで、小銭も少なかった。

二人がカウンターに戻ったあと、俺たちはほかのクルーの財布も確認した。

石国は五千円札を二枚と千円札を二枚持っていただけで、一万円札はそもそも持っていなかった。五千円札には赤色の指紋が真新しく滲《にじ》んでおり、これは何かと尋ねると、先ほどPOP作りをしていて、そのときに水性ペンの赤いインクを指につけてしまったとのことらしい。それ以外に目立ったものは見つからない。

原瀬さんの財布には千円札が数枚入っていた。大人の割には少ないかと思いきや、その代わりと言わんばかりに百円玉などの小銭はなぜか数十枚ほど入っていた。しかしそれ以外に気になる点はどこにも見当たらない。

驚いたのは、言い出しっぺの黒葉だった。彼女は守礼門《しゅれいもん》が描かれているそこそこ貴重な二千円札を三枚も財布にしまっていた。ただしほかに紙幣は持っていなかった。

俺についてはすでに全員に確かめてもらっていたので、あらためて財布を出す必要はなかった。よって、再び議論は一万円札の行方に戻る。

「一万円札はどこにいったんだかねえ」途方に暮れたように石国は嘆いた。「もしかしたら誰も犯人じゃないのかも。何かふとした拍子にみたいなさー」

そうであればどれだけ楽か。しかし、店内が当時強風に煽られていたという記憶はない。

あらためて店内全体をくまなく行き来して、一万円札を捜そうとするも、結局は徒労に終わった。床、棚、ゴンドラの裏、奥、雑誌のページのあいだ――どこにも一万円はないし、レジに収納された一万円札にもスタンプの跡はなく、無関係だとわかる。

意気消沈——万事休す——そんなときに彼女は姿を現した。

「やあ、おはよー……って、あれ、どうした？　こんなにたくさん」

赤いジャケットを着てスタイリッシュにきめた女性——灰野さんが、飄々とバックルームにやってきた。まるでハンドルが高いバイクにまたがって海沿いを颯爽と走ってきたみたいな風貌《ふうぼう》だ。

「灰野さん！」黒葉はその場で元気よく身体をターンさせた。「実はですね、このコンビニに、深刻なお客さん《ミステリー》がお越しになられたのですよっ！　直ちに聞いてください！」

黒葉は嬉々として、さっそく灰野さんに今回の一件を話し始めた。おそらく店長に発注業務のアドバイスをしにわざわざやってきたのだろうが、いざ来てみればいきなり店で紛失した一万円札の話をされるとは、灰野さんも不憫《ふびん》である。思えば前回の誘拐誤認事件のときも、灰野さんは彼女の話に無理やり付き合わされていた。

「なるほどねえ」

ところが思いのほか、灰野さんは興味津々だった。

「まあ、このコンビニに限っては物がなくなればどうしても例の事件を想起させちゃうわよねえ。それもお客さんの一万円札って。レジ内の一万円札ならわかるんだけどさ」

それは俺も思っていたことだ。前提を重ねたうえで憶測するなら、もしも一万円札がクルーの手によって盗まれたとして、でも一万円札自体はこの店にたくさんあるのだ。一万円札そのものを盗みたいのなら、今までもレジから盗む機会は山ほどあった。もしかしたら実際に盗まれていたのかもしれないが、しかし今回はお客さんの一万円札を盗むという荒業をやってのけている。それはレジから抜き取るだけで手に入る一万円札より、かなり入手難度が高いように思える。

「計画的犯行だったのか、それとも偶然が重なって、ひょんなことで犯行に及ぶことができたのか――私は多分、後者だと思うけど」

「私もそう思います」灰野さんの意見に、黒葉は首肯する。「もしも計画的犯行なら、盗みやすいのはレジのお金です。お客さんのお金を盗むのは、リスキーです」

「そうよね。……ん？　じゃあ別のお客さんが一万円札をこっそり盗った可能性は？」

「いえ、それはあんまり考えられないんです」

俺は先ほど黒葉たちと話し合った内容を灰野さんに伝えた。彼女はしみじみと納得した。

「……そっか。鈴木くんがいたときの事件も、最初の方はお客さんがやってるんじゃないかって話もあったんだけどね。まあ裏で物が盗まれてからは、そういうのもなくなったけど」

石国は顔をしかめた。もうその話はしたくないと言わんばかりに、目を伏せる。

だが黒葉はそれを意に介さず、疑問をどんどん放ってくる。

「ですが私が聞いたところによりますと、最初の事件——すなわち、端を発したのは会谷さんの財布がロッカーから消えたことだと……」

「それは厳密には違うんだ」俺は訂正した。「その前も、ちょくちょく店の物は消えてたんだよ。ただの万引きって可能性もあったから盗難事件としてはあまり認識されてなかったが、店内から備品や商品が消えてなくなるなんてこと、珍しくもなんともなかった」

だからこそ鈴木が疑われ始めたときは何かの間違いだと思った。お客さんのせいにできればどんなに良かったかと、会谷さんの財布が消えた一件を呪った。もしもバックルームにまで犯人の手が及ばなければ彼は疑われることがなかったのだから。

そして、俺が今こうして疑われることもなかった。最初からクルーの誰かがやったのだという先入観はそもそもクルーのあいだに生まれなかった。

「そんなこと、どうでもいいよ」

石国は冷淡な口ぶりで、鈴木にまつわる過去の話を遮った。

「クルーの誰かが犯人だとして、じゃあ状況的に一番犯行に及びやすかった人って誰なの？　灰野さん的にはさ」

「私？　私は……うーん、そうだなあ」

彼女は誰にも目線を傾けなかった。自身の足元にその視線を落として、

「うーん、そのとき不審な感じでレジに近づく人はいなかったんでしょ？」

俺たちはそれぞれ犯行時間と思しき時間帯を思い出そうとしたが、明らかに妙な行動を起こしていたと確信できるような人物はとうとう浮上してこなかった。

「でも、そうなるとさ」石国は、思いつめた表情でぼそっと言う。「客観的な難易度だけで考えるなら、そのときレジ対応——いや……なんでもない……ごめん」

言いたくはないけど、という遠慮が見て取れた。俺はやっぱりこの中で誰よりも疑われているのだ。これじゃ、かつての鈴木と同じ立場じゃないか。

——ん？

ふと、俺は思い出した。

直後ユニフォームを脱ぎ、灰色のピーコートを着てバックルームを出る。

店を出ようというところで、後ろから黒葉の声がした。

「せ、せんぱい？　どこに行くんですか？」

振り返って俺は言う。

「家だ。ちょっと検討したいものがある」

そのまま店を出て、早歩きで家に向かった。もう外はとっくに暗くなっており、今夜も一段と冷え込んでいることが身に染《し》みてわかる。

しばらく歩道を進んでいくと、またしても後ろから黒葉の声。

「ま、待っていただけますかっ……せ、せんぱい！」

振り向くと、そこには膝に手をつく黒葉の姿があった。インナーシャツの上から制服のブレザーを着て、スカートと黒タイツははいたままの格好。

「私もお供します。検討とは……あの紙のことですよね？」

俺の家には、十五分もせずに着いた。住宅街の一画に建てられたマンション。エントランスホールを過ぎて、そのままエレベーターに乗る。三階で降りてつきあたりを右に曲がり、まっすぐ進んだ先に俺の家はある。

鍵はかかっていないので、そのまま入る。黒葉を中に入れるか迷ったが、この寒い中を彼女一人で待たすわけにはいかない。というか、個人的に彼女は待たせたくない。さすがに部屋の中には入れなかったが、せめて玄関で待ってもらうことにした。

「ただいま」と言いながら、まずはリビングへ。そこではいつものように母親がソファに座り、文庫本を読んでいた。

「あら、おかえり。遅かったわね」

俺は黒葉が玄関にしばらくいることをとりあえず言おうとした。しかし、なぜか母親は俺ではなく、俺の背後に視線を釘付けにさせている。

「後ろの子、どなたかしら？」

「え？」

俺は後ろを向く。すると、彼女はまるでそれが当たり前のことであるかのように俺の背後にぴったりとくっついて立っていた。靴はしっかりと玄関で脱いできたのか、靴下の姿で家に上がっている。

「お前っなんで――」

「お邪魔しております、お母さん。私、白秋せんぱいのバイト先で研修中の、黒葉深咲と申します。せんぱいには、日頃から大変お世話になっておりまして、今回こうしてご挨拶に伺わせていただきました。今後とも何卒《なにとぞ》よろしくお願い申し上げます」

俺の隣に堂々と立ち、ペコリと頭を下げた。

俺は彼女の肩をやんわりと摑んで、玄関へ押しこむようにして引き返させた。

「ここで待っててくれって言ったよな？　なんで勝手についてきた？」

「先手必勝ですから」

意味がわからない。

俺は彼女に玄関で待つよう散々言い聞かせてから、自分の部屋へ。確かあの紙は、ファイルに入れてどこかに保管していたはず——

思ったほど時間はかけずに、目当てのものを見つけることができた。

部屋を出て玄関へ戻る。

するとそこには黒葉だけでなく母親もいた。二人で何か話し込んでいる。

「あっ、私もその本読みました。とても面白かったです。あの主人公の船室にヒロインが夜訪ねに行くところのくだりは、見ているこちらがニヤニヤしちゃいました」

「ああ、わかるわぁ。あのシーンいいわよね。あの、ヒロインの子が自分は拒まれないって確信しながらも、夜、船室を訪ねることに正当性を見出すべく述懐しているところとか」

「はい！　船医や給仕にあらぬ誤解を受けて慌てるところとか、もうたまりませんっ！」

「そうそう！　深咲ちゃん、いいわねえ！」

なぜかもう下の名前で呼ばれている。

「あとさ、あの羊羹《ようかん》の——」

すごい熱量だった。二人は今にも手を取り合って踊り始めそうなほど共感している。母親の手には文庫本が強く握られており、表紙は海と甲板、その上で背中を向ける人々が描かれている。俺にはよくわからないが、おそらくは何かの小説なのだろう。

「久しぶりに夢中になって読んだ本なのよねえ。ほかにさ、深咲ちゃんのオススメはある？」

「そうですねえ、同じ作者のですとやはりオススメなのはデビュー作の――」

俺は無理やり話を中断させ、彼女の腕を掴み玄関から外へ引っ張り出した。とりあえず母親に向かって告げる。

「ごめん、ちょっとまた出かける。ご飯は……今日はいいや」

そう言って扉を閉めようとすると、母親は手を短く振ってきて、

「そう、わかったわ。よろしくね、深咲ちゃんに」

そこでなぜか心底安堵したように、柔らかく微笑んだ。

エレベーターに乗り、下へ降りていく。その間、黒葉はどこか満足そうに口元を緩めていた。もじもじしながら言う。

「はあ、とうとう挨拶しちゃいました。摑みはばっちりですかね？」

「知るか」

「でも、まさかお母さんが推理小説を読むお方だったとは思いませんでした。私も実は日常の謎とか大好きですので、趣味が合ってとっても嬉しいです。もしかして、せんぱいも結構いける口だったりするのですか？」

お酒が飲めるかみたいな言い方で訊いてくる。なるほど、彼女がやたら些細な謎にもこだわっているのは、その読書体験にともなう憧憬《しょうけい》からきているのか。

「さっぱり読まないな」あしらうように一応答えておく。

「ええー、もったいないです。せんぱいも読みましょうよ。……あ、そうだ。今度、私が読み聞かせしてあげますね」

「俺は夜に寝かしつけられる子どもか何かか？」

口元に手を当てて彼女は笑ってくる。俺は呆れながらも、先ほどの母親のどこか安心したような顔がずっと脳裏に焼きついて離れなかった。

それを察したのか、あるいはただの偶然か、黒葉は頰をほころばせて訊く。

「とても温かい雰囲気のある方でした。せんぱいはいつもお母さんの料理を？」

「……まあ、な。そろそろ自立しないととは思うんだけど……なかなかな」

俺の年齢くらいならもう正規雇用として働いている者も多いし、たとえ働いてなくても、大学や専門学校でスキルを身につけているだろう。彼らは自立し、あるいは自立するために生活している。正社員として、大学生として、そういった肩書があるだけで毎日に意味があるし、どことなく後ろめたいような、モヤモヤとした気持ちはせずに済む。

でも、現在俺にはコンビニアルバイトという肩書しかない。それを俺は、何より家族に誇ることができない。

「やりたいこともないのに大学を勝手に辞めた。その理由だって、本来なら怒ってもいいはずなんだよ。なのに、親は何も言ってこない。むしろ受け入れてくれている節すらあって、なぜか毎日俺によくしてくれる。……だからこそ、居心地が悪い」

黒葉は無言のまま、ただ俺の言葉に耳を傾けてくれる。先ほどまで興奮気味だった彼女は、もうどこにもいない。

「まあその話は今は関係ない。……そうだ」

俺はポケットから例の紙を取り出す。黒葉は神妙にこくりと首を振った。

「やはり取ってきたのは、鈴木さんの家に上がった際に、鈴木さんから受け取った紙だったのですね」

「最初これを鈴木からもらったとき、シフト表ってことくらいしか見当がつかなかったんだ。でもあいつは確かに言ってた。『もしも自分と同じ状況に立ったらわかる』って」

「同じ状況……まさに、今の白秋せんぱいの立場ですよね」

CVS始まりの国にて、★は、私は私を逆から見る							
J	1(S) 8(S)	2(S)	3(M)	4(T)	5(W)	6(T)	7(F)
6-9	T O	T O	T WH	SM AF	KK AF	KK AF	SM WH
9-17	HM AY	HM SD	H SM	HM AY	HM AY	HM AY	HM AY
17-21	HM SD(〜22)	SE SD(〜22)	SD SE	SE SD(〜22)	SE SD(〜22)	H SD(〜22) ★	H SD(〜22)
21-6	SD(〜4) ★ T O(24〜)	SD(〜4) T O(4〜)	KK SM	KK SM(22〜)	KK(〜4) T SD(〜4)	KK SM(22〜)	SD(〜4) T O(4〜)

黒葉は柳眉を寄せながら、それをじっくりと眺めている。

「何か黒葉は、これを見て気づいたことはあるか？」

「そう……ですね。確かにこれはシフト表に見えます。でもこの『★《ホシ》は〜』の一文が……ええ、あまり穏便な内容ではないことをうかがわせます。というのも、★《ホシ》とはつまり、警察用語でいうところの容疑者や犯人に該当しますから……」

　俺たちはエレベーターを降りて、エントランスホールを抜ける。夜風にあたりながら、来た道をゆっくり戻っていく。

　黒葉は白い息を吐きながら言った。

「とりあえず、この一文は置いておきましょう。まずはこの表が何を表しているのか──その整理をしていきますね。まず左上隅のJというアルファベット文字と、その横の行の1から8までの数字、括弧のアルファベット……これは、七月一日から八日までの日付を示していると私は思います」

「ああ、それは俺もすぐにわかったよ。七月は英語でＪｕｌｙ。その頭文字はＪ──は、ちょうど月曜日から日曜日の英語の頭文字と同じなんだよな」

「ええ。そしてもちろん、一日と土曜日が重なって始まっているという点で、この表が今年の七月の一週目と二週目を表していることは明白です」

黒葉はこちらを向く。

「そしてJの下の数字──6－9……9－17……17－21……21－6……ソンローにおける、朝勤、昼勤、夕勤、夜勤それぞれの勤務時間ですね」

そう──ここまでは俺でもぼんやりとわかった。だけど問題はこの先だ。

「じゃあ、このマスの中のアルファベットの意味はわかるか？」

「そうですね。ソンローのシフト表だと仮定して……」黒葉は目を見開く。「あっ、もしかしてソンロークルーの苗字と名前の頭文字ではないでしょうか？　たとえばＫＫとは会谷計さんのことを指し、ＳＥは石国絵美さんのことを示していますよね」

「ああ、そうか。でもそうなると……えっと、ＨＭは昼勤ばかり入っているから原瀬道子さんか？　ＳＤはきっと鈴木大で……うん、ＡＹもＷＨもＡＦにも当てはまるクルーがいる……ん？　でも、アルファベットが一文字しかないのもあるけど……Ｈって誰だ？」

　黒葉は呆れたように口を尖らせる。

「白秋せんぱい以外に誰がいるのですか、もう。きっと鈴木さんは白秋せんぱいの名前を知らなかったのですよ。……あれ、そういえば私も知りませんよっ!?」

「言わなかったっけ、名前」

「伺っておりません。教えてください。いずれ呼ばせていただきたいので！」

　冗談なのか本気で言っているのかわからない。わからないが……でも、なんでだろう。自分の名前を、俺自身すらも久しく忘れていたような気がして……。

「俺の名前は……」言いかけて、ふと疑問に思う。「ん？　あれ……だがその論理でいくならこのＴって誰なんだ？」

　Ｔから始まる苗字の人なんて、それこそうちにはいなかったような気がする。

「Ｔはおそらく、ｔｅｍｐで派遣社員じゃないですか？　Ｏはそのままオーナーで」

「ああ、なるほど」

　そういえば、この頃は人手不足でアルバイトだけじゃまかないきれていなかったんだ。

「じゃあSMは？　それに該当する苗字と名前の人なんていないように思うんだが」

「一人残っているじゃないですか。店長です。店長それ自体が、コンビニの業界用語でSMと呼ばれているのです。確か、ストアマネージャーだったような」

そうか。店長は普段「店長」と呼ばれている。オーナーもオーナー。派遣社員も派遣さんと、そうみんなから呼ばれている。役職が名前に直結している人に対しては、そういう表し方というわけか。店長がTではなくSMという表現であることからも、それは読み取れる。

「でも、そうなるとなんか……変だな」

おぼろげな記憶を辿りながら、このシフトは俺の知っているようなシフトじゃないと薄々勘付いていく。おそらく黒葉もそれを見抜いたのだろうか。表情は険しい。

「今年の七月の上旬に、鈴木さんの周りで何があったか覚えていますか？」

「ちょうど連続盗難事件が周知されたときだな。会谷さんの財布が盗まれた」

「具体的な日付、曜日は覚えていますか？」

「どうだっただろう。ただ、鈴木が疑われるくらいだったからきっと鈴木がシフトに入っていた日だとは思う。夕勤で……俺と同じシフトだったから多分――」

「木曜日……六日ですか？」

「……うん、多分、そうだったような」俺は素直に驚いていた。「でも、よくわかったな」

「いえ、簡単な話です。なぜならここに……ほら」

彼女が指をさした先は6（T）の下のマス——ちょうど★という印がある部分だった。

俺は顔をしかめ、説明を求める。

「六日の木曜日、さらに一日あるいは八日の土曜日に、この★マークはついています。星——すなわち犯人とも置き換えられているこのマークは、つまり、このときに犯人が犯行に及んだ可能性を推測できます。土曜日に、何か盗難事件は起きましたか？」

「……七夕の日辺りに、確か原瀬さんの音楽プレーヤーがなくなったような記憶がある」

「すると、一致しましたね。さて、さっそくこの★は犯人および犯行時間だと仮定して、ではそれは誰なのでしょうか？　鈴木さんを示すSDの下に、それはありますけど……」

鈴木は犯人じゃない。しかし犯人について、あるいは事件についてどこか知っているような口ぶりだった。無関係ではないだろう。だが……。

「そこまで読み解いたうえで、この一文をどうにかできないでしょうか？　『ＣＶＳ始まりの国にて、犯人は、私は私を逆から見る』」

「ＣＶＳはコンビニエンスストアのことだろう？　その始まりの国――コンビニが誕生した国ってことか？　よくわからんな……ん？　いや――」

俺はかつての鈴木の言葉を思い出した。

「そういや、コンビニの発祥ってアメリカのどこかだって前に聞いたことがあるな」

「サウスランド・アイスというカンパニーが開いた氷小売店ですね」

そうだった。でも、じゃあつまり……どういうことだろうか？

「えーと」黒葉は独り言のように言った。「犯人は、私は私を……アメリカ……」

住宅街から、大きな通りまで戻った。居酒屋と街路灯の明かりを頼りに、コンビニまでまっすぐ引き返す。彼女はその間、俺の横でずっと紙と睨《にら》み合っていた。

ふと黒葉は顔を上げる。その閃きは、突然訪れたみたいだった。

「あ……もしかして、そんな簡単なことでいいのでしょうか」

「えっ、わかったのか？」

「はい、きっと。本当にそのままの解釈です。それこそ、クイズやなぞなぞのような」

「……というと？　私は私を逆から見れば、犯人がわかるのか？」

「そうですね、そういうことです」

黒葉は指先で示しながら考えを口にした。

「アメリカ合衆国の公用語は、事実上英語とされています。すなわち英語で『私は私を』を『逆から見る』と犯人が浮かび上がるということです。さて、この一文を試しに英語にしてみましょう『私は私を』——英語で言うならなんて言いましょうか？」

「さあな。大学中退に訊かないでくれ」

黒葉はムッとした。まるで自分のことのように拗ねる。

「自分を卑下し過ぎると、周囲はあまりいい顔をしませんよ」

彼女はぷいっとして目を逸らす。

俺は埒《らち》が明かないと思って、英語の授業で教わったことを思い出してみる。

「アイ……アム……マイン？」

突如、隣でくすくす笑う声が聞こえてくる。俺はヘソを曲げた。

黒葉は笑いながら、あっさりと答えを教えてくれる。最初からやれ。

「どちらも人称代名詞ですから、『私は』は主格のI、『私を』は目的格のｍｅにそれぞれ置き換えられます。これを繋げると——」

さすがにそこまで言われたら、俺でも理解できた。

「そうか……そうなるな。でもそれって、本当にただのクイズじゃないか？　それが正しい保証もないし、もっと言うならこのクイズを出してきた鈴木のその考えだって、正しいとは限らない。あまり言いたくはないが、あいつの思い込みや勘違いって場合もある。要するに、俺たちは確証のない犯人の名前をただ知っただけに過ぎないんじゃないか」

「充分じゃないですか」

黒葉はどこか安心しきったような笑みを浮かべていた。

「あらかじめその人物が犯人かもしれないと教えてもらってから読み始める推理小説ほど、簡単なものはないのですよ。それと同じです。その人物のかつての行動、発言のみに注目したうえで、あのコンビニで起きた一連の事件を今一度思い返してみてください。すると、驚くくらいあの人物はあからさまに自分が犯人だと告白しているじゃないですか」

「そ、そんな……」

「鈴木さんがくれたヒントの中にも、それはあります。かつての事件の中にもそれを示唆する手がかりはありました。今回の一万円札の一件に限っては、あの人にしか犯行は無理だったでしょうね」

「あの人にしかって……いや、でもその人物って、そもそも――」

そこで、スッと何かが頭に降ってきた。思いもよらないところから、ふいに訪れた発想。突然、冴《さ》えた考えが俺をその場で立ち止まらせる。熱が内側からこみあげてくる。どんどん頭の中に流れ込んでくる情報、記憶の断片を繋ぎ合わせて形にしていく。

あの人物のみに焦点を合わせて、考える。辻褄《つじつま》を合わせていく。

やがて、俺もまたその答えに到達した。

「そうか……そういうことか」

「そういうことです」

くたびれたように口元を緩め合って、それでも俺はふと疑問に思った。

「なんで鈴木は、こんなものを俺に？」

「それは……友人だからじゃないですか」

「そ、そういうことじゃない。なんでこんなまどろっこしい表し方にしたんだってこと。告発だけしたいなら、もっと直接ここに書き記せばよかっただろう？」

たとえ書き記さずとも、あの人物のことを含めた真実を告げたかっただけならば、なぜ最初からはっきりとあのとき俺に言ってこなかったのか。

「……もしかしたら、鈴木さんは家族に隠したかったのではないでしょうか」

「家族？」と俺は訊き直した。脳裏には鈴木の家に訪れたときにすれ違った母親の後ろ姿。

「この紙に表されたすべては、とても許しがたいものです。ですが鈴木さんもある程度それを容認する部分がなければ、きっとこんなことにはなっていなかったと思います。なぜなら一般的な選択肢の中には『投げ出す』『逃げる』もあったはずなんですから……」

俺は顔をうつむかせる。耳が痛い。

「しかしそれをせず、一般人には一見わからないような紙を作った。そうこれはコンビニ店員の……それもソンローの店員にしか伝わらない表なのです。このシフト表はあのソンローで働く私たちだからこそ、解読できたと言えます。きっと家族という肩書だけじゃ、解けない——そんなふうに彼は考えたのではないでしょうか」

「どうしてソンローのクルーにだけ、この事実を？」

「鈴木さん自身、何か後ろめたい部分があって、自分の自殺に家族を深入りさせたくなかったから。そしてせんぱいを自分と同じ目に遭わせたくなかったから——」

「だから、俺に渡したってことか」

けど、俺は今の今まで気づけなかった。どうしてだろう。思えばこのシフトは、あからさまなほどソンローと鈴木の状況を表していたのに……俺は気づくことができなかった。

違う。気づけなかったんじゃない。気づこうとしなかっただけだ。俺はあいつを

——顔をうつむかせる。歪んだ感情と表情を、隣の彼女に見られたくなかった。

しばらく無言のまま、並んで歩き続ける。

やがてソンローのある通りまで出たところで、俺は話題を変えた。まだ自分の中で飲み込みきれていない部分があったのだ。

「でも、肝心の一万円札はどこに消えたんだ？　どこからも出てこなかったぞ」

「簡単ですよ」

黒葉は腕を伸ばし、指先を十メートル先の青白く光る店へと向けた。どこよりも慣れ親しんだ俺たちの帰る場所。

「コンビニ店員だからこそ、隠せる場所があるじゃないですか」


俺たちは店に戻るなり、すぐに灰野さんにお願いして、例の場所を確認させてもらった。すると、そこには読み通りスタンプのついた一万円札が一枚見つかった。おまけに、その犯人を如実に表す証拠も付着していた。

バックルームに戻ってすぐ、灰野さんは胸ぐらを摑むような勢いで訊いてくる。

「ど、どうしてあんなところにあるってわかったの!?」

彼女の手に握られた一万円札を見て、その場の全員が驚きの声を上げた。よかった、見つかったんだ、やっと帰れる……安心しきるクルーたちに、しかし俺たちは目で合図する。

そして、冷や水を浴びせるように、淡々と告げた。

「事件の犯人が」

「わかったからです」

4

犯人がわかった——その俺たちの一方的な宣言にその場の全員が目を丸くした。

それは次第に、嫌気がさしたようなうんざりとした目の色に変わっていく。

「もうさ、見つかったんだしいいんじゃないかな」

石国は帰りの準備を整えながら言った。原瀬さんも、腕時計で時間を気にし始めた。店長や会谷さんも、防犯カメラのモニターを見ながら、レジにお客さんが来ないかをしきりに気にしている。

全員、もう疲れていた。それもそうだ。あれだけ店の中を捜し回ったのだから。おまけに連続盗難事件との繋がりを疑われていた状況下で、これ以上の追及は心身ともに抵抗が生まれるのも当然と言える。

しかし、ここまでわかったうえでなあなあにするわけにはいかない。

「そういえば、あのお客さんはどこへ行ったんだ？」

俺は彼らと共に防犯カメラのモニターを注視した。現在店内にお客さんは数人しかいなく、その中に一万円札をなくしたというお客さんはいない。

「もう帰ったよ」会谷さんはあくびをしながら言った。「もし見つかったら連絡してって言われた。きみたちが店を出てすぐのことだったかな」

俺は時間を確認した。十時過ぎ――事件からもう二時間近く経過している。

「灰野さん、その一万円札はどこで見つかりましたか？」

黒葉は話を元に戻した。灰野さんはポケットから鍵を取り出して、見せびらかす。

「現金収納ボックスからだよ。わざわざ開錠してね、そこにあったのを取り出したの」

「ああ！」原瀬さんは納得したような声を上げた。

現金収納ボックス――それは、お客さんとの売買過程でレジの中に溜まっていった一万円札を収納しておくための金庫みたいなもので、クルーは頻繁に溜まった一万円札をそこに入れて防犯対策をする。

そしてその金庫はレジの真下の棚にあり、クルーであるならば誰でもそこに一万円札を入れることができる。今回はスタンプのついた一万円札がそこに収納されてあった。

俺は身を乗り出す。

「一万円札は現金収納ボックスにあった。ということは、お客さんの一万円札は誰かの財布ではなくそのまま現金収納ボックスに隠されたってことだ」

「しかしだねえ」店長はうんざりとした口調で言い返す。「レジ点検では違算は生じなかったんだろう？　マイナスはもちろん、プラスだって出ていないじゃないか」

石国は思案顔で言葉を継ぐ。

「もしもお客さんから多くお金をいただいたなら、レジ点検では一万円プラスの違算が出るってことだよね……どういうことなの？」

「お客さんの一万円札を盗み、それをレジにしまったからといって、レジ点検で一万円の違算が出るとは限りません」

そう敢然と言ったのは黒葉だった。今度は彼女が前に出る。

「コンビニ強盗の一件を思い出してみてください」

「えっと」会谷さんは腕を組む。「あれは確か、黒葉ちゃんが十万円分の千円札を――」

そこで彼は何か気づいたように、「まさか……」と口にした。

黒葉は小首を振った。

「そうです、両替です。お客さんの一万円札を一度レジにしまい、代わりに一万円分の貨幣を自分のお金にすれば違算は生じません」

両替という言葉に、その場の全員が驚愕する。

「……そうか。今までずっと一万円札のことばかりに気を取られていたけど、その手があったのか！」

会谷さんはあごをさすりながら、驚きをあらわにする。俺は補足した。

「つまり、財布にスタンプのついた一万円札を持っていなかったからといって、すなわちそれが犯人じゃない証拠にはなりえない。たとえば別の一万円札一枚や、千円札十枚、五千円札二枚などをレジから持ち出せば、スタンプのついた一万円札分のお金は犯人の懐《ふところ》に入る。そしてその一万円札は現金収納し、現金収納ボックスにしまえばいい」

「で、でもそれってつまり、そのときレジの近くにいた人じゃないと無理だよねえ」

原瀬さんは俺を一瞥した。俺は首を動かして否定する。

「いえ、一万円札を現金収納ボックスに入れるのはその瞬間じゃなくても良かったはずです。大目に見ても、俺がレジ点検を終える九時までは誰にでも機会はあったと思います」

つまり、この場における灰野さん以外の全員のことだ。

店長は「うーん」と難しい顔をした。

「誰にでも犯行は可能だったなら、防犯カメラの映像を確認できない今日中に犯人を断定するのは難しいんじゃないかね」

「そんなことはないですよ」黒葉はしたたかに微笑む。「少なくともこの時点で、この犯行方法がわかった時点で、容疑者は二人までに絞られるのですから」

クルーたちは固唾《かたず》を呑んで、彼女の主張に耳を傾けた。

「まず、こんな用意周到なことをしてまで一万円札を両替し自分の財布にしまったのですから、その財布には必ず一万円相当のお金がないとおかしいです。違算が出ないからこそ、犯人はちゃんと一万円分のお金を財布に入れたのです」

一万円札が現金収納ボックスから見つかったことからも、それはうかがえる。

「ところで、全員の手持ちのお金を先ほど確認しましたね。会谷さんはクレジットカードしか持っておらず、そもそも現金自体を持ち歩いてはいませんでした。原瀬さんと白秋せんぱいは千円札が数枚と、とても一万円分のお金を持っているようには見えません。そして私もまた二千円札を三枚と、一万円には遠く及ばないお金しか持っておらず、少なくともこの四人には両替したというあからさまな形跡はありませんでした」

彼女の視線は、残る二人へと向けられる。

「店長は一万円札を複数枚、石国さんは五千円札を二枚持っています。つまり一万円分のお金をお二人は持っているということです」

「ちょっと待ってよ！」石国は不服を漏らす。「財布に一万円分のお金がある＝一万円札を両替した犯人っていうのは安直じゃない？　たとえば店のどこかに隠しておいて、あとで盗もうと思ったりしてもいいじゃんか」

俺は首を横に振る。「それは見つからなかったし、一万円札をレジにしまって無関係のお金を盗るあたり、そんなまどろっこしいことはしないんじゃないか。そんなすぐ見つかるような場所に置くより、財布にしまった方が早いし確実だ」

「じゃあポケットにしまえばいいんだよ！」

「ジューソンのユニフォームはすでに調べただろう？　調べて、誰も持ってなかったとすでに——」

「いや、違うって。私服の方のポケットだよ。ズボンとか、胸ポケットとか！」

黒葉と目で合図して、一人一人の服について所見を述べる。

「石国、よく見てみろ。会谷さんはポケットトレスのズボン、原瀬さんはロングスカート、黒葉は制服のスカートでインナーにも胸ポケットはない。つまり、まずこの三人の服装には、ポケット自体がないんだ」

石国は茫然と、その場の全員の服装を見る。

「残りは俺、店長、石国だが、俺についてはさっきもみんなに見せた通り――」

俺は、はいているズボンのポケットの中をあらためて見せびらかした。

「一万円分のお金は入っていない」

「わ、私だってそうだよ！」

「僕もだねえ」

石国と店長も普段からズボン姿だ。持っていないことをすかさずアピールする。

しかし二人がそれを主張したところで、大きな意味はない。

黒葉は重ねて言う。

「全員の私服に一万円相当のお金は見つからなかった。すると、なおさらお二人にしかレジからお金は引き出せなかったですよね」

「で、でも、い、いや、と、というか！　そんなの証明しようがないじゃん！　私たちが持ってるお金が、レジから移されたかどうかなんて！」

「そんなことはない」俺はストアコンピューターの上の棚から、一つのファイルを取り出した。「俺が九時前後にレジ点検をしてその当時のレジの状況を確かめたとき、違算自体は出なかったんだが、ほら、でもここには五千円札が七枚しかないことになってる」

「ど、どういうこと？」

12月20日	13時２分〜17時	
レジ内貨幣	レジ１	レジ２
1円玉	24枚	47枚
5円玉	19枚	31枚
10円玉	34枚	39枚
100円玉	72枚	83枚
500円玉	45枚	50枚
1,000円札	15枚	40枚
2,000円札	0枚	0枚
5,000円札	30枚	14枚
10,000円札	5枚	1枚
違算（総計）	0	0
違算（今回）	0	0

①

12月20日	17時〜21時５分	
レジ内貨幣	レジ１	レジ２
1円玉	22枚	45枚
5円玉	23枚	34枚
10円玉	32枚	35枚
100円玉	68枚	77枚
500円玉	50枚	56枚
1,000円札	13枚	36枚
2,000円札	0枚	0枚
5,000円札	7枚	13枚
10,000円札	5枚	3枚
違算（総計）	0	0
違算（今回）	0	0

②

「俺は事件の前後でレジから離れて釣り銭ボックスの前にいた。覚えているだろう？」

石国の表情はみるみる青くなっていく。

「そのとき五千円札を十枚補充したのに、なぜか三枚も減っている。一枚はあのお客さんに渡した。でも残る二枚は誰にも渡していない。それから一度もレジは使われていなかったのに、九枚ないといけないはずの五千円札が、なぜか七枚になっている」

黒葉が彼女を視界に捉えた。

「一万円分減っている、ということです。たとえば五千円札が多過ぎて、あるいは片方のレジの釣り銭が足りなくてお金を移動することはありますが、当時五千円札は移動するほどの量はありませんでしたし、移動するほかの理由も特にありませんでした」

直前に俺が補充したのだから、当然だろう。

「ところで」俺はしらじらしく彼女に提案した。「石国は五千円札をちょうど二枚持ってたよな。見せてくれるか？」

「い、嫌よ」石国は後ずさった。顔が強張っている。「嫌に決まってる！」

「だめだ。見せろ」

「嫌だ！」

黒葉は無言で、彼女のバッグから財布を勝手に取り出した。

「ちょっと、やめ——っ！」

「ありましたよ。五千円札二枚。赤いインクの指紋付き」

彼女はひらひらと五千円札を上にかざし、そのまま俺へ渡す。石国は無理やり奪おうとする動作こそ見せたものの、もう取り返せないと察するや、その場で立ち尽くした。

俺は赤いインクの指紋を指差した。

「この指紋は、お前の指についたインクが付着したものだって言ったよな。さすがにもう乾いているけど、でもこの五千円札にも付着したってことは、そのペンのインクを触って間もなく、五千円札にも手を伸ばしたということ」

「ち、違う！　きっと、さっき財布を調べたときに、私がつけちゃって――」

「この財布は私が調べました。あなたは、お札を触ってすらいませんでしたよ」

細工される懸念があったため、それぞれが自分以外の財布をあらためたのだ。

「じゃ、じゃあ勤務中ふとした拍子に間違えてつけちゃったんだよ」

石国の口ぶりはもうほとんど自棄《やけ》だったが、黒葉は丁寧に反論していく。

「勤務中の、それも自分の指が汚れているタイミングにわざわざ自身の財布を取り出してそこの五千円札を触る理由って、いったいなんなのでしょうか？」

「飲み物を買おうとして！　ほらあのとき！　ホットドリンクを買ったとき――」

「そのとき石国さんは、洗面台で入念に手を洗ってから購入していたじゃないですか」

石国の瞳が揺れる。黒葉は当然のように言う。

「赤いインクなんて、そもそもつくはずがないのですよ」

「で、でもだよ!?　私には今日レジを開ける手段がなかった！　名札を持ってなかったんだからね！　だからレジの中の五千円札を二枚とるなんて、私には――」

「あのとき俺はレジのドロアをすでに開けたままその場を離れた。だから関係ない」

石国は勢いを削《そ》がれ黙り込んだ。

「仮に開いていなかったとしても、従業員コードをスキャンして五分以内であれば、誰でも『両替キー』を押せばレジのドロアは開けられますしね」

黒葉の追撃は止まらない。

「そういえば、現金収納ボックスの中にあった一万円札にもほんのわずかですが赤色の指紋がうっすらついていましたよね。これをどこか民間の鑑定所にでも出して調べてもらえれば、誰がつけたのかわかるのではないでしょうか？」

無言。そのダメ押しの一言に、誰も何も言葉を返せず重い沈黙を選んだ。

全員の視線が彼女へと注がれる中、総括するように俺は告げた。

「まず石国は、黒葉に呼び出されてレジを手伝おうとカウンターに出てきた。そこで、黒葉の方のレジで精算したチケット用紙を彼女の代わりに取りにいこうとして、レジ1を横切って奥の発券機に向かった。ふとその不在のレジの方に意識を向けると、キャッシュトレイに一万円札が置いてあるのに気づいた。俺がレジ2の方の釣銭ボックス前にいることから誰も見ていないだろうと高を括《くく》り、ドロアの中にあった五千円札二枚と一緒にポケットに入れた。バックルームに戻り、店長の隙をついてそれを財布にしまった。そのとき指についた赤いインクが、お札に付着した。その後、レジ点検をする前にこっそり現金収納キーを押して、現金収納ボックスにお客さんの一万円札をしまった」

静寂にしばらく包まれる。その間、石国はずっとうつむいていた。そして、

「……よく、わかったね」

やがて、小ばかにするような笑みをそっとこぼした。

5

傍には作りかけのPOPがあった。赤いペンでサンタクロースの帽子と服が丁寧に描かれている。しかしそれを彼女は裏返しにして、どうでもいいとばかりに遠くへ追いやる。

「なぜこんなことをしたの？」

原瀬さんのその信じられないと言わんばかりの言葉に、彼女ではなく俺が答えた。

「盗み癖――クレプトマニアじゃないのか」

そこで石国は顔を赤くした。

「違う！　そんなんじゃない！　今回だけだよっ！」

あまりの怒声に場は静まりかえる。その空気に気づくと、彼女は冷静さを取り戻した。

「ごめんなさい……」

石国は頭を深々と下げる。店長と原瀬さんは戸惑いながらも、頭を上げるよう言う。

しかし――

「それだけじゃないはずです」

黒葉は厳しく告げた。

「あなたの犯行は、今回だけに限りません。あなたが連続盗難事件の犯人です」

「なんでそこまで飛躍するんだ」

店長はもううんざりとばかりに言った。しかし、黒葉は意に介さない。

「鈴木大さんは、石国さんに濡《ぬ》れ衣《ぎぬ》を着せられた被害者だったってことです」

彼女は制服のポケットから、一枚の紙を取り出す。それは、俺が先ほど家から持ってきた鈴木の遺品だった。

事情を知らない全員にこの紙のことを説明する。

「……つまり、この紙に記された表は、今年の七月一日から八日までの、ソンローで働くクルーのシフトの実態を表したものです。さて、ここで働く皆さんならもうお気づきでしょう？　このシフト表の明らかにおかしな点を」

石国以外の全員が、その紙を取り合って、紙面に目を走らせる。

「ちょっと待って！　これってて」

CVS始まりの国にて、★は、私は私を逆から見る							
J	1(S) 8(S)	2(S)	3(M)	4(T)	5(W)	6(T)	7(F)
6-9	T O	T O	T WH	SM AF	KK AF	KK AF	SM WH
9-17	HM AY	HM SD	H SM	HM AY	HM AY	HM AY	HM AY
17-21	HM SD(~~〜22~~)	SE SD(~~〜22~~)	SD SE	SE SD(〜22)	SE SD(~~〜22~~)	H SD(〜22) ★	H SD(~~〜22~~)
21-6	SD(〜4) ★ T O(24〜)	SD(〜4) T O(4〜)	KK SM	KK SM(22〜)	KK(〜4) T SD(〜4)	KK SM(22〜)	SD(〜4) T O(4〜)

最初に気づいたのは、灰野さんだった。

「SDのシフト数が多過ぎるわ」

「そうです」黒葉は憤慨《ふんがい》するように言った。「SD——すなわち鈴木さんの勤務時間が、このシフト表だけで六十時間を超えているのです。高校一年生なのに、深夜まで働かされて」

「明らかに、労働基準法に違反しているわよ、これ……！」

灰野さんの目は、店長へと鋭く向かった。

「な、何かの間違いだ！　こんなの！」と店長は慌てて言い返す。

彼女は頭を抱え、ジッと下を見た。灰野さんらしくない悲痛な面持ちだった。

原瀬さんが「そういえば」とたった今思い出したような口調で言う。

「私も思ってたことだけど、あのときやけに鈴木くんの顔をよく見るなって思ったわ。シフトに入っていないのに、なぜか出勤してきたこともある」

「僕もおかしいなとは思った」会谷さんはカウンターから顔を出した。どうやら話を聞いていたらしい。「思い返してみると、彼、よく店長の代わりにシフト入りしてたような」

全員の視線は店長へ向かう。彼はもはや誰とも目を合わせず、ひたすら独り言のように、「違う」と嘆いていた。

俺は下唇を噛む。容赦なく告げた。

「鈴木の自殺はただの自殺じゃなかった。過労自殺とも呼べるものだった。店長、そうなんですか」

「僕はそんなこと――そ、そもそも彼をそんな働かせる理由がない。人手が足りないなら派遣を使えばいいんだから」

「派遣社員を呼ぶというのは、店にとっては本当に一時的な急ごしらえみたいなもので、普通にアルバイトを雇うより多く賃金を支払わないといけないし、何より仕事の覚えが悪い人もいるから店が回らないと聞いたことがあります。そんな人を使うくらいなら、仕事のできる彼を入れさせた方がいい——そう考えたんじゃないですか」

黒葉の厳しい推測に店長は閉口した。代わりに石国が声を上げる。

「そうね、そうかもしれない。それは店長が追及を受けるべき問題。でも、それがどうしたの。なんでそれがすなわち連続盗難事件に繋がって、私が犯人にされなきゃならないの？」

黒葉は鈴木の遺《のこ》した表を片手に持って、無感動に言う。

「この表でさらに注目してほしい点はここ——SD……すなわち鈴木大さんの下の星印です。これは犯人が犯行に及んだ時間を示していると仮定できますが、この時間って、あ、あなたが出勤以外の目的で店に来た日でもあるんじゃないですか？」

「な、何を言って！」

「鈴木さんは自分以外にも事件当時店内にいて、しかも自分よりフリーだった人物をこれで指摘していたんじゃないですか。石国さんは数々の事件が起きたとき、店にいたと。勤務時間外に彼女が犯行に及んだと」

「ふざけないで！」石国は怒鳴《どな》った。「勤務時間外に、なんで私がこの店にいなくちゃいけないのよっ？」

「鈴木さんと一緒に帰るためです。店長と同じ理由でしょう？」

店長は口をポカンと開けて、そのまま静止している。

ムッとした石国は、ほとんど挑発するような笑みをこぼした。

「なんで私が鈴木くんと一緒に帰るの？　意味わかんないんだけど！」

「付き合っていたんだろう？」俺は冷ややかに言う。「付き合っていたら一緒に帰るために待ち合わせしていても不思議じゃない」

なんとなく、俺は二人が交際関係にあるのを察していた。彼がソンローにやってきてまだ日が浅いのに、なぜかもう石国のことを下の名前で呼んでいたこと。

おそらく二人にとって、それはあえて隠していたわけではないのだろう。だからこそ、彼女はあっさりと認めた。

「付き合ってたから、何？　なんで私が彼氏に濡れ衣を着せなきゃいけないのよ？」

「彼氏だからこそ、濡れ衣を着せやすかったんだろ。自分のことをかばってくれるのを期待して、あいつを見捨てたんじゃないのか」

石国は上手く言葉を返せず、ただ俺に蔑《さげす》むような眼差しを向けてくる。

黙る彼女に黒葉はなおも追及した。

「おそらく鈴木さんは、すでにあなたが犯人だと気づいていました。だけどそれを言えませんでした。年上の彼女ですからね、そう簡単に言える方がおかしいです。だからその行為が露見するのを恐れて、何も言わないという選択をしたのではないでしょうか」

好きな人がそういう悪事を働いていたとして、それを「だめだ」と正せる人は、もちろんいる。だけど、それを見て見ぬふりをする人も当然たくさんいる。

黒葉は首を横に振って、二人に向けて交互に目を配った。

「ですが、その好意につけこんだあなたは、彼に責任を押しつけるために店長を利用した。鈴木さんを素直に見られない店長が鈴木さんを犯人だとすることをよしとした——違いますか？」

「な、なぜだ！　なぜ僕が鈴木くんを……？」

「店長は当時から石国さんのことがお気に入りで、一方で、だからこそ彼女と交際している鈴木さんを疎《うと》ましく思っていても不思議ではありませんから」

店長の顔が歪むのを、俺は物憂《ものう》げに見る。

「つまり二人を同じシフトに入れたくなく、また同じタイミングで帰らせたくないから、わざと出勤を遅らせたりシフトを九時から十時までに変えたりして、彼の時間外労働をより強いたのではありませんか」

鈴木から渡されたあのシフト表には、～22時という記載が多くあった。しかしその変則的なシフトは、彼が入ってから彼にのみもたらされた労働時間だったのだ。

鈴木はそれを断れなかった。シフト表には書かれていない日に出勤することが多く、それによって学校に行けなくなったりした。

彼は学校に通いたくなくて通わなかったんじゃない。通う気力を削がれて、通えなくなっていったんだ。

黒葉は毅然《きぜん》として続ける。

「石国さんは自身の行為を揉み消したい、店長は今まで彼女の面倒を見てきた自分を差し置いて石国さんと仲良くなる鈴木さんが面白くない――そういう醜《みにく》い思いが、この悲劇を生んだのです。鈴木さんが自殺した原因は、学校や過労だけに留まりません。あなたたちです。あなたたちが鈴木さんを蔑《ないがし》ろにしたから、彼は命を絶たざるをえなくなったのです」

ある日を境に石国が鈴木を避けるようになったのを思い出す。そういえば、そのときから鈴木の態度はより悪化していかなかったか？

「まさか」俺は思いつくまま言った。「別れを切り出したのか？　事件を理由に」

石国はたじろいだ。図星だったようだ。

彼女の盗難行為をかばうために無言を貫いたのにもかかわらず、彼女までも自分に責任を押しつけようとし、さらにそれを理由にして別れようとした――そのショックに加え、日頃の違法な時間外労働――考えただけで、胸が痛くなった。

そして、それを今まで気づくことができなかった自分自身に俺は深く失望する。

「でもなんでせっかく一度は収まったのに、また事件なんて起こしたの？」

原瀬さんの疑問に、黒葉は深刻に首肯した。

「そうなのです。しかも今度は、なぜかその事件を匂わせるようになりました。誘拐誤認事件の前に、彼女は棚の上に並べられた菓子パンや、栄養ドリンクがなくなっていると、わざわざ私たちに教えてくれました」

「そんな……自分の犯行をわざわざひけらかす意味なんてないのに……どうして？」

「それもまた誰かに濡れ衣を着せるつもりだったのですよ」

「だ、誰に？」原瀬さんは表情が硬くなる。

「おそらく」黒葉はふいにカウンターの方を向いた。「会谷さんじゃないですか？」

いきなり名前を呼ばれた彼は、自分のことを指差す。

「ぼ、僕？　なぜ？」

「夜勤で、あと飲酒がお好きだからです。パンコーナー、栄養ドリンクコーナーは、リーチインケースからほど近いですからね」

その場にいるほとんどの者が、彼女の言っている意味がいまいちわからないといった顔をする。ただ一人石国だけが極度に動揺している。

「会谷さんは普段からお酒を飲んでいます。出勤の際も少し酔いが抜けていないときもあります。勤務中に飲んでいても不思議じゃありません。いえ、実際そうだったからこそ、石国さんはその弱みを突こうとしたんじゃないですか？」

黒葉の言葉に、彼女は顔を引きつらせながらゆっくりと頷く。

「ええ、そう。すごい……よくわかったわね。彼は三ヵ月くらい前の深夜——私がここに買い物に来た際、あろうことか裏で飲酒していたの。ワンオペだからバレないと踏んだんでしょうね。最近は知らないけど、どうせ今も隠れてこそこそやっているんでしょ？」

会谷さんは血の気の失《う》せた顔をしている。灰野さんは、「はあ」と溜め息をついた。

「問題児ばかりじゃない、このコンビニ」

「今さらだよ」石国は悪びれもせず続ける。「だからその勤務中の飲酒行為を示唆する行動を収めた防犯カメラの映像を、店長に確認させたかった。確認させて、辞めさせてほしかったの」

唖然とする。一番動揺しているのは、まぎれもない会谷さん自身だった。

黒葉はさらに言う。「位置関係上、パンコーナーや栄養ドリンクコーナーを映した防犯カメラの映像記録は、同時にリーチインケースも映しています。もしも会谷さんが勤務中にお酒を買っていたとしたら、それは防犯カメラの映像記録に残っている可能性が高い。だから、パンやドリンクを盗んで連続盗難事件をそこで起こすことで、あとで事件について確かめようとした店長が、会谷さんの行為を目視することを期待したんですよね」

「で、でもだよ？」店長はようやく反論した。「パンやドリンクを盗んだらそれもカメラに映るじゃないか！」

「いや」灰野さんが即座に切り返す。「カメラの真下でわざわざ盗むことはないでしょ。バックルームに移してからそのまま盗んじゃえばいいし。まあその論調だと、もしかしたら盗難自体起きてなくて、ただの彼女の虚言だった可能性もあるけど……」

「ですがそんなことをしなくても、店長と親しい関係にある石国さんなら、直接密告すればよかったのではと思いました。しかしそれをあえてやらずに、こんなまどろっこしいことをした——いえ、そうせざるをえなかったと言うべきですか？」

黒葉の投げかけた問いに、彼女は何も答える気はないとばかりに口を閉じた。しかし、依然として石国に皆の強い視線が注がれる。

「な、何？　そんなことも言わないといけないの？」

無言の圧力とはまさにこのことなのだろう。こらえきれず、とうとう言った。

「……見られたのよ、会計さんに」

石国は、何かを諦めたような眼差しで吐露する。

「いつだったか夕勤から夜勤へ引き継ぎの際に、私がバックルームで……その……」

「ストックされた商品を盗んだのですね」

あっけない口ぶりで言う黒葉を、彼女は一瞬だけ睨みつけた。

「それで、そのとき偶然やってきたから……見られたって思ったの。その瞬間、私は会計さんに……弱みを握られた」

会谷さんは「そんな……」とこれ以上ないくらい狼狽している。

「私の秘密を知っている彼には、直ちにこのコンビニから消えてほしかった。でも、そのもっともらしい理由は限られている。会計さんの場合だと、勤務中の飲酒。それならすぐにでも辞めさせられる。だけど、もしも私がなんの前触れもなく店長を通して彼に勤務中の飲酒を問い詰めたら、会計さん的には『飲酒を私がチクったのでは？』ってなるでしょう？　わざわざ理由なく防犯カメラのチェックなんてうちはしないんだから。そうなったら、自棄を起こした彼が私のことまで全クルーにバラしちゃうかもしれないじゃない！」

「つまり――」黒葉は峻厳《しゅんげん》な態度で先の言葉を継いだ。「ワンクッション置いたというわけですね。石国さん自身の情報源からではなく、連続盗難事件の被害をチェックしていた店長が、たまたま防犯カメラの映像記録で会谷さんがお酒を買われるのを確認したという言い分ならば、自分の罪は露見しないと考えた」

「そう。私はその一連の流れには関係ないんだから、私のせいで辞めさせられたと会計さんは思わない」

原瀬さんは今にも泡《あわ》を吹いて倒れそうなくらいの形相で言った。

「つ、つまりあれかい？　連続盗難事件はただの口実だった……隠《かく》れ蓑《みの》だったってこと？」

石国は何も言わない。その沈黙が、すなわち肯定を示していた。

「会谷さん」黒葉はカウンターの方を振り返った。「実際、彼女の今の証言の中には、あなたが脅したという文言は含まれていませんでした。どちらかというと、思い込んだという印象を受けましたが、会谷さんは彼女の窃盗行為に気づいていたのですか？」

もしも気づいて看過していたのなら、それは彼女の行為を増長させたことになる。

しかし彼は、これでもかというくらいかぶりを振った。

「そ、そんな弱みを握った気なんてまったくなかったさ。むしろ――」

ばつが悪そうに告白した。

「僕が常習的に飲酒していることを、彼女は確実に知っていると思ってて……それで最近頻発している盗難事件も併せて、なんだか急に怖くなって……その……防犯カメラの暗証番号を変えた」

全員が驚きの声を漏らす。

「き、きみが勝手に変えたのかい！」と店長。

「も、申し訳ない。最近パンコーナーや栄養ドリンクコーナーで盗難事件が起きてるって一昨日くらいに耳にして、それで三週間くらい前にもこっそり飲んでいたのがバレるかなって思って……怖くなって……その……あと一週間しのげればよかったから、一昨日、慌てて誰にも確認できないように……申し訳ない」

コンビニの防犯カメラ映像記録は、容量の関係からここでは一ヵ月分保存されて、ひと月ごとにリセットされている。店によって管理方法、保存期間は違うが、だいたいうちでは一ヵ月が目途《めど》だ。彼がコンビニ強盗の一件の際パスワードを知らないと嘘をついたのは、こうなることを見越して自身がパスワードを自由に変えられる立場であることを下手に吹聴《ふいちょう》したくなかったからか。

ふと気がつくと、石国は涙目になっていた。それがどんな意味を持つ表情なのか、俺にはわからない。ただ涙ぐむ彼女は、そのすべてを諦めたように溜め息をついた。腕を伸ばして、何かから解放されたように——そう、まるで定期試験を終えた女子大生のように清々しい笑みを浮かべて、

「もう少しで、私の理想のコンビニだったのにな。残念」

目からこぼれ落ちた涙を指で拭《ふ》き、その場にいる一人一人の顔をじっくりと眺めた。

「ここ、髪色も服装も仕事内容も緩いじゃん？　なんかフランクっていうか、楽だったんだけどな。この場所にずっといたいって思えるバイト先なんて、なかなかないの

に」

それについては、俺も同じ思いだった。このコンビニはどこかひきつけるものがあった。進んで辞めたいと思わない何かがあった。

「自分に不都合な人を辞めさせてまで、居続けたいと思える場所だったんですか」

黒葉の遠回しの非難に、にべもなく彼女は頷いた。

「間違いなく、居心地の良い場所だったよ。ここは。そうね、たとえば――」

石国は自嘲気味にくすくすと笑って、告げた。

「このコンビニがないと生きられないって思えるくらい。どう？　おかしい？」

それに反応する者は誰もいなかった。俺にとってそれはまったく笑えなかった。

「鈴木のことは、なんとも思わないのか」俺は憤りを隠せぬ口調で言った。「あいつはなんのためにお前に――」

「申し訳ないとは……思ってるよ」

涙を流したまま、石国は顔をうつむかせた。目線はずっと逸らしたまま、

「でも私は〝かばって〟なんて、一言も言ってない。彼の遺志を、尊重したに過ぎないの」

表情とは対照的に、冷酷な声色だった。暗示をかけられたように、目が据わっている。

まるで自分に言い聞かせるように、彼女は勢いよく言った。

「だからこそ、バレるわけにはいかなかった。彼がかばってくれたからこそ、私はずっとここのコンビニ店員であり続けなきゃいけなかったのよ！　わかる!?　わからないか！　なんの責任もないフリーターの白秋くんには、わからなくても仕方ないよね……！」

頭が真っ白になる。愕然として何も言い返せなかった。

俺……？　俺が……俺は――。

「意味がわからない。おかしいわよ、何それ」灰野さんはよろめく俺の前に立ち、石国と店長を睨みつけた。「きみたちのことは、私がきっちり問題にするからね。本部にも報告させてもらうし、遺族の方にも……私が伝える。もちろん、本部にとっては隠したい事実も含まれているから、そこまで期待はできないけど……でも、やらなきゃいけない」

不気味なほど静かなバックルーム。

黒葉が、まだ終わっていないとばかりに抑揚《よくよう》なく告げた。

「コンビニ強盗、百ウォン、誘拐誤認……これらはすべて、私がここへ研修生としてやってきてから向かい合った謎です。その事件の謎はすべて解けましたが、でもよく考えてみてください。石国さんという存在を念頭に、皆さん、もう一度よく考えてみてください」

「な、何を言ってるんだね？」店長は戸惑う。「ま、まだ何かあるのかね？」

「たとえばコンビニ強盗のとき、強盗犯は事件後の供述で『自分が奪ったのは七万円くらい。十万二千円も盗んでいない』と一部の容疑を否認しています。そしてその三万二千円分の行方は警察も未だ摑めていません。つまり、強盗事件は依然として終わってない」

俺は息を呑む。彼女はあくまで冷たく言う。

「たとえば百ウォンのとき、あのおばあさんは確かに百ウォンを取り戻すためにレジに何度も来られました。しかし、肝心のおばあさんが百ウォンをちゃんと手中に収めたかどうかについては未だはっきりしていません。すなわち、事件はまだ終わっていない」

石国は無表情のまま、黙ってそれを聞いている。

「コンビニ強盗、百ウォン――そしてパン、栄養ドリンク、スティックシュガー、傘――これらの盗難事件のすべては、防犯カメラの真下で行われていましたよね。そしてその事件の前後には必ず石国さんがいましたよね」

石国は顔をうつむかせた。俺たちは、ただただ啞然とするほかなかった。

「極めつけは誘拐誤認事件です。あの一件では、一番くじの景品を盗んでいたのが実はこっそり忍び込んだ女の子だと憶測が広がっていましたが、それはよくよく考えてみればおかしいのです。なぜなら、当時、くじの景品の盗難事件は一ヵ月前から起こっていたからです。少なくとも二週間前から店に通うようになった男性と女の子が、それ以前に景品を頻繁に盗めるとは、とても考えられません。……ところで、誰かが盗んでいるかもしれないという理由で、防犯カメラをバックルームにも設置しようと店長に提案していましたよね、石国さんが」

「まさか……」俺は目を見張る。黒葉は泰然と振る舞った。

「はい。つまりこれらの事件もまた、やはり彼女の起こした連続盗難事件だった可能性が高いのです。会谷さんの怠慢行為を店長に確認させるため、防犯カメラの下であえて起こした事件——あるいは防犯カメラを取りつけるために起こした事件だったとしたら？」

「そ、そんなはずない！」店長は未だ彼女を擁護《ようご》した。「コンビニ強盗は、強盗犯が——」

「石国さんが」黒葉は大きな声で、彼の反論を掻き消した。「強盗犯の仕業に見せかけてどさくさに紛れてお金を盗んだ事件です、私欲を満たし、かつ会谷さんの勤務中の様子を防犯カメラで確認させるために」

「で、でも百ウォンの件は？　あれはおばあさんが——」

「石国さんが」黒葉は強い口調で続ける。「おばあさんが取り戻そうとした百ウォンをレジからこっそり取り除いて、おばあさんの奇異な行動をあとで店長に報告するために起こした事件です。おばあさんの意図をいち早く理解して、彼女を何度もレジに来させることで、会谷さんが勤務中にレジでお酒を買う様子を防犯カメラで確認させる口実を作るために」

今にして思えば、あの事故――いや、あの事件は確かに妙だった。もしもコインストッカーの中に百ウォンが紛れ込んだのなら、普通は上部の方に置かれるという形になる。つまり、釣り銭としてすぐおばあさんの手に戻る可能性は極めて高い。にもかかわらず、俺は言われるまで一切気づかなかったし、おばあさんも十数回もレジに来る必要に迫られた。

もしもそれが、誰かの作為によって生じた違和感だったとしたら？

「ま、待って」原瀬さんは困り果てた顔で言う。「誘拐の一件も、まさか――」

「石国さんが」黒葉は真顔のまま告げた。「バックルームにも防犯カメラを取りつけるために一番くじの景品を盗んで、それを女の子のせいにした事件です。バックルームでこっそりお酒を飲む会谷さんの様子をカメラ越しから確実に店長に確認してもらうために」

黒葉は店長を一瞬だけ見て、溜め息をつく。

「スティックシュガーの消失はレジカウンターを見下ろす防犯カメラのために、傘の消失はゴミ箱を見下ろす防犯カメラのために——そうやって事件を作り、それを店長に知らせることで、コンビニの内外に設置された防犯カメラの映像から、彼がこっそりお酒を買って飲んで、外のゴミ箱に捨てている様子を偶然視認させたかったのではないですか？」

その場のほとんどの者が愕然とする。黒葉のその別の解釈に、なんとも言えない面持ちで——しかし、彼女だけは不遜《ふそん》な態度のまま、黒葉を淡々と見つめていた。あれだけ仲が良さそうだったまるで姉妹のようにも思えた二人の空気が、今では見るのもおぞましいくらい冷え込んでいる。

やがて彼女は綺麗に巻かれたミルクティー色の髪を指でくるくるいじりながら、その場の全員の横を通り過ぎ、カウンターの方へ足を傾ける。彼女から、香水の匂いがわずかに漂う。着ているピンクのコートは場違いなほど明るかった。

バックルームから出る間際、ふいに石国はこちらを振り返り、

「ごめんね……ばいばい」

寂しそうに、微笑んだ。

6

石国絵美が解雇処分となったのは、次の日——クリスマスイブまであと三日を切った寒い日のことだった。事業場内における盗取、横領、傷害などの刑法犯に該当する行為による懲戒解雇——労働基準監督署の過去の事例に基づいたその処分は、クルーの誰もが妥当と判断し、彼女自身も納得して店を去っていった。

店長もまた、労働基準法違反に抵触する行為をしていたとして、近く本部から呼び出され、事が公になるのであれば、当署および労働局に事情聴取を受けることになるとか。こっちはかなり大事になりそうだが、いったい彼はどうなるのだろう。とにかく店長自身もすでに辞職の意を示しており、現在は店に出勤していない。

おそらく二人は、もう二度と店に来ることはないのだろう。

よって現在、店長が放棄したこの店の経営権利を、誰か別の人が譲り受けるまではエリアマネージャーの灰野さんが代理で店を回していくらしい。本来はオーナーが店長の代わりに指揮を執るはずなのだが、どうやらオーナーも鈴木の時間外労働を黙認していたと判明するにつれ、彼も経営権利を手放し、現場から完全に退くことを表明した。

思えばあの鈴木が遺したシフト表には、オーナーのOが鈴木と不自然な時間帯に入れ替わってシフト入りしていた。おそらくオーナーも店長と同じ責任を問われることだろう。

そして十二月二十二日の金曜日。すなわち今日。

時刻は昼の二時過ぎ——石国の代わりにシフト入りしていた俺は、あらかじめ灰野さんから頼まれたおつかいのために、三時間早くシフトを上がらせてもらっていた。

その足で、歩いて三十分ほどのところにある駅へと向かう。

俺はコートに手を入れながら駅ビルの雑貨店に入り、不足していた備品を購入していく。

つつがなく買い物を終え、駅を出る。

乾燥した空気だった。足元に落ちた枯れ葉は、吹き荒れた冷たい風に乗って遠くへ散っていく。マフラーにコートとそれなりに着込んでもかなり寒い一日だった。なんでも天気予報によると、今週末は雪が降るかもしれないとか。

商店街近くの大通りに差し掛かると、見慣れた看板が見えてくる。俺の知っているジューソンより少しだけ小さなその店は、駅からやや外れた通りに悠然と建っていた。俺が働くソンローからも、ここはそこそこ近い位置にあるジューソン。

気まぐれで、その店へ足を運んでみる気になった。

店に入ると、女性の元気な挨拶が店内に響き渡った。

俺はしばらく店内をテキトーに歩き回り、そのあと、何も買っていかないのはまずいと思って、目についたお菓子やジュースを手に取ってレジカウンターへ。

レジでは、高校生くらいの女の子がテキパキと対応してくれた。

お釣りをもらうタイミングで、ふと聞き慣れた声が耳に入ってくる。

「――あれ、白秋ちゃん」

バックルームの方から、ジャケットを着た灰野さんの姿が見えた。

「え？　どうして……？」

灰野さんがここにいるんだ？　そう言いきる前に、灰野さんは破顔した。

「奇遇だねえ。どうしたの？　もしかして、私が頼んでた買い物の――？」

「帰りです。帰りに立ち寄ったんです」俺は手に抱えたビニール袋を見せびらかした。「それより、どうして灰野さんが、別のジューソンに？」

店員の女の子は、俺と灰野さんを交互に見ながら目をパチパチとする。見るからに状況を飲み込めていない。

灰野さんは当然とばかりに言った。

「私はエリアマネージャーなんだから、ほかのお店に出入りしているのは当然でしょう？　エリアごとに担当が分かれるから、私の場合はソンローとこのお店が掛け持ちなのよ」

そうか。エリアマネージャーは店舗数に比べて人数が少ないから、地域ごとにいくつか受け持って同時にバックアップしていくんだった。なら何も不思議じゃない。しかし、なんとなくモヤモヤする。この気持ちはなんなんだ本当。

「紹介するわ」灰野さんはまず俺に向かって言った。「この子は、高校の終業式をサボってわざわざ店に出勤してきた高校一年生のハルちゃん。確か旧庭生だったわよね？」

「そ、そうですけど……サボってるという言い回しにはいささか不服です！　意味がないから、あえて休んでるだけです！」

旧庭高校……終業式……そういえば、もうそんな時期か。

「それで」灰野さんは次に店員の女の子に向かって言った。「この男の子はほかのジューソンで働いていて、私がそっちの方で知り合った子なの。知ってる？　ソンローって店」

「ああ、はい。知ってますよ。あれですよね、何ヵ月か前にここにやってきた強盗が、そっちで現行犯逮捕されて……」

そういえば、そんな話があったな。あの強盗犯はほかの店でも悪事を働いていて。

「ほんと不思議な強盗だったわね」灰野さんは懐かしむような口ぶりで言う。「二度もやってきて、二回目にいたっては夕方の時間に来たんでしょう？」

「そうらしいですね。しかも、防犯カメラがたまたまそのとき故障中だったらしくて、そのときお金を渡したアルバイトの証言でしか犯人の特徴がわからなかったみたいで……」

「あー、そういえばそんなことあったね。結局、カメラ自体はすぐ直ったんだよね、確か」

女の子は呆れるような笑みをこぼした。

「はい。ケーブルが初歩的な接触不良を起こしていたとかなんとか……今でこそ平和そのものですけど、あの時期は本当に変なことばかり起こっていました。灰野さんは知っていますか？　補充されたばかりのスティックシュガーが突然なくなったり、傘立てに放置された傘が、いつの間にか消えてたり、あと……なんでしたっけ、なんか百円に似たコインがよく紛れるようになって、一時期問題になったりもして……」

「え、うそ、そんなことあったの？　私、初耳かも」

「あっ、そうでしたね。どれもエリアマネージャーの巡回時間外で起こっていましたから……」

……ん？

そこで灰野さんは何かに気づいたように目を見開く。

「あ……そうそう。そういえば、このコンビニから消えた女の子を覚えてる？」

「……女の子？　ですか」

「そう、えっと……」灰野さんは人差し指を立てた。「ほら、ミサキちゃん」

ミサキ？

「……あれ、覚えてない？　ほら、前までここで働いてた、サラッサラな黒い髪をしたかわいいお嬢さんみたいな子。週に二日しかシフトに入ってなかったから、あんまりこの店では目立つ方じゃなかったけどさ。確か、きみと同じ高校だったでしょう？」

女の子は合点がいったように、

「——ああ、覚えていますよ。ミサキせんぱいですよね。一度目に強盗が入ったとき、対応にあたったせんぱいが強盗を一人で追いかけ回したのは……今でも鮮烈ですねー」

「そうそう。結局逃げられちゃったみたいだけどね。しかも二回目に強盗が押し入ったときも、運悪くあの子が対応して……」

「確か二回目は、店に被害をこれ以上出したくないからって、自分の財布からお金を出して強盗に渡したんでしたよね」

「うん。そうらしいわね。でもさすがに二回連続となるとショックだったのかな、そのあとすぐに辞めちゃって……」

「はい……とても残念でした……えっと、そのせんぱいが……どうかしたんですか？」

「いや、ほら、その子がね」灰野さんは俺を指して言う。「今、彼のいる店で働いてるのよ」

……？

「いやー、あっちで最初会ったときは気づかなかったんだけどさ、苗字も変わってたし、雰囲気もちょっと違うなって感じてたから、なんとなく別人かなって。でもあとでこっちに残ってる履歴書とかと見比べたら、やっぱり同じで」

「へえ、そうなんですかー！　せんぱいはお元気ですか？」

「そりゃもちろん元気だよ！　そこの白秋ちゃんのおかげでね」

「えぇっ!?　なるほど！　そういうご関係だったんですね！　ビバ青春ですねっ」

茶化すように笑い、二人してニヤニヤとこちらを見てくる。

ただこの場で俺一人だけが、事態を理解できずにいた。気づけば、額から汗が出ていた。

背筋が凍る。なんだこの違和感。このどこかしっくりこない感覚——

事件は解決したはずなのに、何かまだ足りないような、見逃している点があるような。

どういうことだ？　まて、落ち着け。さっき灰野さんはなんて言った？

ここで元々働いていていて、そのあとに苗字が変わっただと？

ばかな。そんなはずはない。いや、でも——確か……。

「ミ、ミサキは——」俺は唾を飲み込んで、神妙に訊く。「黒葉深咲は、黒葉じゃなかったんですか？　ここではいったい？」

二人は眉を寄せて俺を見た。

灰野さんは、特に大きな意味はないといった声の調子であっさりとそれに答えた。

「ええ。あの子のここでの苗字は——」


店を飛び出した俺は、一目散に彼女の元へ走る。

走る最中、俺はひたすら考えていた。自分の中で勝手に消化した気になっていた些細な点のそれらがすべて、もしもまったく別の解釈ができるのだとしたら？

息を切らしながら、俺は目指した。自分の考えを確かめるためだけに——。

事件は——あのときの会計はまだ終わっていない。


気づくと俺は、自分の母校の校門の前に一人辿り着いていた。

第六章　黒白《こくはく》の時間

——さあ、白黒はっきりつけましょう？

1

最初に彼女がソンローに来店してきて俺に挨拶をしたとき、なぜ高校生だと俺はすぐにわかったのか。

たとえば私立の小中学校では、制服での登校が義務づけられているところはたくさんある。あるのに俺はすぐに彼女が高校生だと見抜いた。それは彼女が大人びて見えたというだけではない。その制服姿——特にスカートの柄に見覚えがあったからなのだ。

旧庭高校——高い丘の上に建てられた横浜市有数の名門校。

そして、俺の母校。

校門の柵《さく》の部分にもたれかかり、周辺を見渡す。目の前の交差点の大通りを無数の自動車がかなりのスピードで走っている。十字路にはそれぞれ信号と横断歩道が設置されており、その各通りは駅の方にもソンローの方にも延びているのが見えた。正面には、ハンバーグ店、古本屋が軒を連ねており、その奥には高層マンションがそびえ立っていた。

もう懐かしさすら感じるその校門からの景色をぼんやりと見ながら、しばらく待つ。敷地《しきち》を出て帰路につく生徒たちから少し不審な目で見られたが、ほとんど気にしない。俺は目を走らせ、彼女の姿を探す。すると五分ほどして、昇降口からこちらへぞろぞろ歩いてくる一つの集団があった。

男女六人。全員制服姿で、中には派手な髪色や服装をしている者も多くいた。

そしてその中に、黒葉の姿があった。

俺は身体を彼らの方へ傾ける。

その集団の前に立つと、黒葉は顔を一瞬だけ強張らせた。しかし、すぐ笑みに変わる。

「せ、せんぱいっ……？」

彼女はその集団から抜け、小走りで近寄ってくる。

背後の――おそらくは彼女の友だち数人が、「誰？」とひそひそ声で話しているのが聞こえる。突然、一人のギャルっぽい子が、何か思いついたように、

「え、もしかして……彼氏っ？」

黒葉は振り向き、露骨にたじろいだ。

「ち、違うよ！　もうっ！」

「うわっ、怪しい！　顔真っ赤！」

派手めの格好をした男子生徒たちが、俺に鋭い双眸《そうぼう》を向ける。黒葉は慌てて、

「もうやめてよね！　せんぱいはバイト先のせんぱいで――」

彼女はため口で友だちと仲良さそうにやりとりしている。それは決して今まで俺に見せたことのなかった表情で、言葉遣いで……。

全然、別人のように思えた。あのコンビニで働いているときにも、俺といるときにも、覗かせたことのない一面だった。

なんだ……これ。

胸の辺りが、ざわつく。こんなこと、そういえば前にも――。

なんだ？　なんなんだ？

むかむかする。まったく面白くない。楽しいと、思わない。

「ちょっと話がある。時間、あるか」

ぶっきらぼうに言うと、黒葉はほんの一瞬真顔になった。そのまま背後を振り向いて、友人たちに取り繕《つくろ》ったような笑みを浮かべる。

「あ、私今日用事できたから、ここでバイバイ！　じゃあねっ！　また今度！」

その友人らは戸惑いながらも、別れ際、口々に彼女に話を持ちかける。

「わかった。おつおつ！　あ、そうだ。クリスマスイブさ、もし暇なら一緒に――」

「大晦日《おおみそか》とか、初詣《はつもうで》とかも、また集まったりして――」

――。――。――。

何かが、プツリと切れたような気がした。

俺は逃げるようにその場から離れ、校門前の横断歩道を一人で渡る。

黒葉は赤信号に変わる直前で、ようやく俺の元まで走ってやってきた。すでに友人らには別れを告げたらしく、友人らは十字路の反対側の大通りへと消えていくのが見えた。

「ちょ、ちょっと待ってくださいよ、せんぱい」

肩で息をしながら、黒葉は俺の真横に並んだ。からかうような笑みが視界に入る。

「どうかしたのですか、もう。……あ、もしかして、私が彼女面していたことが気に障《さわ》ったのですか？」

軽口で返そうと思った。いつものように、呆れたような口調で。

しかし、肝心の言葉が上手く出てこない。むしろ彼女へのひどく醜い言葉が喉元まで出かかる。違う。そんなことを俺は言いにきたんじゃないのに――。

なのに――。

なんだこれは。なんで俺は？

「……せんぱい？」

さすがに黒葉もおかしいと思ったのだろう。俺の表情をうかがうなり、笑みを消した。

「えっと……」神妙に尋ねてくる。「どうかされましたか？」

俺は吐き出したい感情をなんとか飲みこんで、息をつく。

「――わるいな。こんなところまで来て」

ようやく、普通のことが言えた。

「いえ、そんな。ただ、びっくりしましたよ。ずっと待っていてくれたのですか？」

「いや、今日が終業式だって聞いたから、この時間ならちょうど出てくるかなって」

「誰から聞いたのですか？」

「商店街近くのコンビニで、ハルちゃんっていう女の子から」

彼女は一瞬固まり、言葉を詰まらせた。

俺は気にせずに言う。

「俺も旧庭の元生徒でさ、終業式の時間はだいたい覚えてたから――ああ、そうだ。それも気になってたんだけど、もしかして俺があの高校の卒業生だってわかってたから、『せんぱい』なんていきなり呼び始めたのか？」

　黒葉はぎこちなく答える。

「……ええ、まあ。もちろん、バイト先のせんぱいとしての意味合いの方が強いですけど」

「誰から聞いたんだ？」

　彼女はこちらを振り向く。そこには、無理に作ったような笑顔があった。

「せ、せんぱい？　先ほどから、どうされたのですか？　なんといいますか、声の色も顔つきも、いつもと違う気がするのですが……」

　返答に窮する。そのまま立ち止まり、脇に逸れた遊歩道に目がいく。大きな森林公園の中に続くこの道は、お年寄りから子どもまでよく利用する憩いの場だ。

　俺はその遊歩道の入り口へと足を傾けた。黒葉は黙ってついてくる。

　日陰の通りをしばらく歩きながら、とうとう俺は切り出した。

「一昨日、黒葉が解いた一件でまだわからないことがあるんだ」

「一昨日……ですか」黒葉は謙遜するような言い方をした。「ああ、白秋せんぱいと一緒に解いた事件ですね、ふふっ」

　特に反応せず、俺は続けた。

「事件を振り返る。俺の当時入ったレジは、釣り銭用の紙幣が少なかった。五千円札にいたってはー枚もなく、だからこそ俺は予備釣り銭ボックスに保管された五千円札を補充するためにレジを離れた。お客さんもまた、そのタイミングで持ってくるのを忘れたという商品の牛乳を取りにその場を離れた。そんな状況が、石国にネコババを促した」

「そうですね。それがどうかされましたか？　すでに検討した内容じゃないですか」

組木でできた階段を一つ一つゆっくり下りていく。下りた先には噴水広場があり、その奥に続く遊歩道をそのまま突っ切った。

「でも、二つの疑問点がここに生まれる。まず、なぜお客さんはよりによってそんなタイミングで牛乳を取りに向かったのか？」

「えっと」呆れたように、黒葉は言う。「よくあることじゃないですか？　お客さんの中には一度レジに来たあとで、また何か思い出したかのように再び売り場へ踵《きびす》を返し、商品を取ってくる人も多いです。後ろにほかのお客さんが並んでいるのをまるで意に介さずに――」

「もちろんそうなんだよ。俺もそう思った。コンビニあるあるだからな。そこはまあ、よくあることなんだ。……でも、疑問はそこじゃない」

「ならば、いったいどこに？」

「一万円札だよ」

「……と、言いますと？」

「牛乳を取りに行くこと――それ自体はよくあることだ。でも、一万円札を無防備に置いたまま牛乳を取りに行くなんて、そうあることじゃない。小銭ならまだしも、一万円札だぞ？　そんなものを安易にトレイに置いたまま、普通その場を離れるか？」

まっすぐ伸びたサラサラな黒髪を、彼女は落ち着きなく触っている。

「そのお客さんが、うっかりしていたのではないですか。実際、そのあとすぐにまた一万円札をキャッシュトレイに出したというじゃないですか。ということは、そのお客さんにとって一万円札をキャッシュトレイに置いたという事実そのものの記憶が、薄弱だったことがうかがえます。そうでしょう？」

「本当に、そうか？」

「……え？」

まあいい。次だ。

「疑問点その二。なぜ俺はそのタイミングで五千円札を補充するために、予備釣り銭ボックスに向かわなければならなかったのか？」

黒葉はいよいよ辟易《へきえき》したように、整った細い眉を寄せる。

「ご自分で何をおっしゃっているか、おわかりですか？　せんぱい。せんぱいが補充すべきだと判断したから、補充しにその場を離れたのです」

溜め息をついて、そっけなく告げる。

「俺は補充すべきだと判断したんじゃなく、補充すべきだと判断させられたんじゃないか？」

「……」

「いいか？　俺が最初にシフトに入ってレジ点検をした際、そのレジ——つまりレジ1には五千円札が三十枚あった。それはファイルに記入されてあるし、データでもそう打ち込んであるから間違いない。そう、五時の段階で五千円札がレジ1に三十枚あったことは間違いのないことなんだ」

「……話が見えませんね」

「そして、その数時間後に事件は起きた」

黒葉はスカートの裾の端を落ち着きなく握る。

「数時間で、レジから三十枚の五千円札が消えるのはおかしいということですか？　どこもおかしくないと思いますけど。三十枚程度いくらでも……そう、たとえば釣銭でお渡しできますし」

「それは変だ」

「どうしてでしょうか」

「なぜならあのレジの中には、事件の始まる数時間前からずっと、一万円札が大量に入った形跡がなかったからだ」

12月20日	13時２分～17時	
レジ内貨幣	レジ１	レジ２
1円玉	24枚	47枚
5円玉	19枚	31枚
10円玉	34枚	39枚
100円玉	72枚	83枚
500円玉	45枚	50枚
1,000円札	15枚	40枚
2,000円札	0枚	0枚
5,000円札	30枚	14枚
10,000円札	5枚	1枚
違算(総計)	0	0
違算(今回)	0	0

①

12月20日	17時～21時５分	
レジ内貨幣	レジ１	レジ２
1円玉	22枚	45枚
5円玉	23枚	34枚
10円玉	32枚	35枚
100円玉	68枚	77枚
500円玉	50枚	56枚
1,000円札	13枚	36枚
2,000円札	0枚	0枚
5,000円札	7枚	13枚
10,000円札	5枚	3枚
違算(総計)	0	0
違算(今回)	0	0

②

「形跡が……？　それの何が――」

「五千円札をお客さんにお釣りとして渡すためには、必ず一万円札で会計しないといけない。つまり、三十枚の五千円札をお釣りとしてレジから出すためには、三十枚の一万円札をお客さんから受け取りレジにしまわないと成立しない。どんな会計になろうとも、一度の会計で渡せる五千円札は一枚なんだからな」

　彼女は何かをこらえているかのように、スカートの裾を強く握り続けた。

「しかし実際は、たったの数時間で三十枚もの五千円札が消え、それなのに一万円札の動きは停滞していた。現金収納の形跡もなかった――

これは、なぜだ？」

「……お客さんが両替を頼んだとかはどうでしょう。千円札十枚を一万円札一枚に替えてくれって、よくある要望じゃないですか」

「以前も言ったが、うちのお店では両替は徹底して禁止している。なら、あのときレジに立っていたクルーが、両替の申し入れを受けるわけがない」

「そ、それならば」黒葉は人差し指を立てた。「こういうのはどうでしょう。片方のレジの釣り銭が足りなくなり、一万円札あるいは五千円札を両替のために誰かが隣のレジへ移動させたというのは」

「そもそも五千円札は俺がレジを開けたとき、一枚も残っていなかったんだぞ？　むしろ、片方のレジからお金を移動させて持ってくるべき状態にあったレジだろう。ほかのレジのフォローをする余裕なんて本来なかったはずだ」

　とうとう彼女は黙り込んだ。今度は俺が人差し指を上へ向ける。

「こうなるともう理由は一つしかない。つまり、三十枚の五千円札は誰かの手によって事前にわざとレジ1から抜き取られ、釣り銭ボックスに移動させられた。五千円札が一枚もないレジを、誰かが演出したんだ」

「そんな――」

「そしてその誰かは――そんなことができる誰かは、間違いなくあの日出勤していた六人のうちの誰かだ」

俺、黒葉、石国、店長、会谷さん、原瀬さん。

「まず会谷さんと原瀬さんは、そもそもずっと売り場での作業だった。二人は売り場からカウンター入り口の手前側しか行き来していないうえ、セロハンテープを取りに来たときの一回以外にレジに入るチャンスはなかった。つまり、二人は五千円札を自由に移動させる距離にいなかったと言える。売り場側からレジを開けることはできても、そこから五千円札を抜き取ってカウンター内の釣り銭ボックスに入れることは不可能だからな」

俺、黒葉、石国、店長。

「俺はその場から移動させられた側の人間だ。そんなまどろっこしいことをせずとも、何か適当に釣り銭がないふりをしてその場を離れればそれでいい話だ。俺でもない」

黒葉、石国、店長。

「店長は基本的にはずっとPOP作りのためにバックルームにいた。それにそもそも彼は該当時間、カウンターの中に入っていない。そのことは俺たちが一番よく知っている」

黒葉、石国。

「石国にもそれは言える。石国はバックルームで店長とPOP作りをしていた。彼女がカウンターに来るのは、レジが混んだときだけ。そしてそのときも、メインのレジ打ちをするというよりは、チケットを発券機から持ってきたり、袋詰めを手伝ったりFFを作ったりと、とにかくサポートに徹することがほとんどだった。つまり石国はレジの前に立つ機会がほとんどなかった。彼女にも五千円札は手を付けられない。無理だ」

「わからないですよ」黒葉は冷ややかに反駁《はんばく》する。「レジカウンター内に頻繁に足を運んだ石国さんなら、こっそりと私たちの隙をつくことだってできたはずですから」

「できたはずないんだよ」俺はあっさりと言い返す。「一昨日は寒さからか来客人数は途中から落ち着いていった。事件が起きる前はレジ1は十分に一回開ければいい方で、そのたびにレジにかかったロックを解いていたのを覚えているか？」

五分間レジを操作していないと、レジにロックがかかる。

「そして誰かの名札についた従業員コードがなければ、レジは開けられない。つまり、石国は名札をなくしていたから、一人でレジを開けられない」

黒葉は息を呑む。

「レジを開けられない奴が、どうやってレジを開けずに、あるいは俺たちに知られることなくこっそり五千円札を三十枚も取り出せたんだ？」

俺たちがちょくちょくレジを開けてあげたのを思い出す。あのとき五千円札を何枚も取り出せば、傍にいる俺たちは確実に気づいていた。

遊歩道を進むその先には、大きな池が見えてくる。最近、周辺の改築が進んだという公園。空を見上げると、そろそろ日が暮れ始める頃合いだとわかる。

今までの話をまとめ上げるように、俺は告げた。

「会谷さんと原瀬さんは売り場に、店長はバックルームにいたために、レジカウンターの中で自由に動けなかった。俺は動けるけど動機がない。石国にはそもそもレジを自力で開けるすべがない――さて、残るは……」

彼女は無表情で、目を合わせてくる。俺も同じような顔つきで応じた。

「黒葉は研修生として常に俺の傍にいた。タバコのカートンを取り出すときも、FFを作るときも、前陳に行くときも、ずっとぴったりとくっついて離れなかった。だけど一昨日、たった一度だけ俺の傍から不自然に離れていた瞬間がある。俺は冷凍庫からFFの予備の袋のパックを取り出そうとしてバックルームに向かった。運ぶのを手伝ってもらおうとして黒葉に声をかけたとき――後ろにお前はいなかった。お前は珍しくレジカウンターでボケーっと棒立ちしていた。まるで何かをごまかすように。……なぁ黒葉ならあの瞬間、五千円札をレジからいくらでも消せたんじゃないか。そのチャンスがあったんじゃないか」

「それがどうかしましたか」あくまで平然としていた。「私が故意に五千円札を移動させたとして、ですが結局一万円札を置いたのはお客さんですし、一万円分のお金を盗んだのは石国さんです。私が何かしたところで、お客さんや石国さんの意思までは――」

「もしもあのお客さんと黒葉の意思が疎通していたのなら、石国に一万円札を盗ませることはできた」

「何を言って――」

「あの一万円札をなくしたお客さんは、黒葉のお母さんだったんじゃないのか？」

黒葉はフリーズしたように一瞬固まった。次第にごまかすような笑み。

「……は、はい？　な、何を……ば、ばかばかしいです。なぜ、そんな飛躍するのでしょう。私とあのお客さんに、何か決定的な因果《いんが》関係でもございますか？」

「二人とも、顔立ちが整ってる――美人だ」

「ずるいです」黒葉はふてくされたようにむくれた。「今言われても、全然嬉しくないです」

「それだけじゃない。名前が同じだった」

「名前？」

「そう――鈴木。あのおばさんの苗字は鈴木だった。公共料金の振り込み用紙に、名前が記載されてあったからな」

「あの、私は黒葉なのですけど」

「今は、だろう。でも商店街近くにあるコンビニの店員と灰野さんがはっきりと言っていた。黒葉は元々鈴木としてこっちの店で働いていたって」

「す、鈴木なんてこの国にいくらでもいます。たかだか苗字が同じというだけで――」

「住所も同じだった」

　黒葉は張りつめさせた顔をこちらへ向けた。

「……住所？　すみません、住所なんて、いったいどうやって？」

「あのおばさんが事件当時、公共料金の支払いにきたのはさっきも言ったな。その振り込み用紙に名前が載ってあったと。でも、時々そういう用紙には明細書がくっついていることがある。お客さんが切り取り忘れたであろう、お客さんの個人情報が記載された部分の紙――そこに、あのおばさんの住所が名前と一緒に載ってあった」

　黒葉は押し黙った。

「ちらりとしか見ていないが、その住所は俺が以前、雨が降った日、黒葉から傘を借りにお邪魔したあのマンションと同じマンション名だった。そして、鈴木大の家にお邪魔したときのマンションでもあった」

スズキミサエ、横浜市西区東部、ハイツ・スカビオサ。スカビオサは、鈴木の家に行ったときまだ外が明るかったためにはっきりと館名板が見えたので覚えている。黒葉と一緒に行ったときは夜でなおかつ傘をさしていたため視界が悪く、またこの目の前の子を意識し過ぎて、その館名板を含む景観の相似にそこまで気が回らなかった。

「ただ、目の前に公園があってその中にゾウの遊具があるという点で、どこか既視感があった。あったと思ったら――これだった」

「……たったそれだけで決めつけるのですか」

「充分だろう。今回の一件で、なぜか同じ住所を行き来する鈴木姓が三人も登場してくるんだ。赤の他人だと決めつける方が難しい」

顔面蒼白の彼女に、ミスを指摘していく。

「思えば、最初からおかしかった。黒葉は俺と初対面のとき『おはようございます』と言った。普通に考えたら、コンビニでも普及している昼夜問わない特別な挨拶の仕方だ。何もおかしくない。でも、バイト未経験だと名乗る黒葉がいきなりその挨拶をしてくるのは変だ。時間帯は夕方で、どう見ても朝じゃない。なのに、そのときすらすらと『おはようございます』を言えたお前が、不自然で仕方がないんだよ」

「たまたまですよ」

「ほかにもある。その日俺は、強盗犯が店内に留まっている状況下で最後にお客さんのレジ打ちをした。だが、そのとき俺は覚えるべき違和感をとうとう覚えずにレジ打ちを終えた」

「覚えるべき……違和感ですか」

「普通、十万円相当の千円札がレジからなくなれば、レジの中には釣り銭用の千円札がほとんど残らないはずだろう。それはドロアを開けた瞬間に誰だって気づく違和感だ。にもかかわらず、俺は結局その疑問をそのときは覚えなかった。……それはなぜか？　千円札が通常の量、釣り銭としてそこに収納されてあったからだ」

黒葉は溜め息をつく。俺は構わず続けた。

「もちろん前提として、普通はレジの中に百枚以上もの千円札なんか収納しない。マニュアルとして、多くなった釣り銭は防犯的な観点からも釣り銭ボックスに必ず移す。つまり、黒葉は少なくともレジの中から千円札を強盗犯に渡すことはできなかった。……でも、じゃあどうやってお前は千円札を百枚近くも渡せたのか？」

「えっと……たった今せんぱいが言った通り、釣り銭ボックスからですよ」

「バイト未経験の新人研修生が、どうして初接客の段階で釣り銭ボックスの存在を知っていて、しかも土壇場でそこからわざわざお金を取り出そうという発想になるんだ」

「そ、それは……」

「だから黒葉は、千円札を強盗犯に渡したことを安易に口にできなかったんだ。自身が元コンビニ店員だと俺たちに知られたくなかったから、それを伏せ続けるほかなかった」

「…………」

「黒葉は、商店街近くのコンビニの店員だった。にもかかわらず、なぜか鈴木が自殺したあとにその店を辞め、鈴木が働いていたソンローへ、バイト未経験の新人クルー、、、、、、、、、、黒葉深咲として鞍替《くらが》えしてきた」

「…………」

「黒葉は、鈴木大にとってのなんなんだ？」

もはやわかりきっていた。だから自らそれに答える。

「姉だったんだろう」

黒葉は硬直したまま、目だけを大きく揺らす。うつむいた顔は一向に上がらない。

「鈴木が一度だけ、姉の存在を口にしていた。家に上がったときだったかな」

「それが、どうされましたか」

「つまり、黒葉がソンローにやってきた真の目的は——」

彼女の表情は見ずに、厳しく告げた。

「家族として、鈴木を自殺に追い込んだ店員たちに復讐《ふくしゅう》することだったんじゃないか？」

　ひし形の形をした池のある公園に辿り着く。その池を分断するような細道——通称「龍の道」と呼ばれる通りを二人で並んで歩きながら、池の外周を囲む親水テラスへと進む。

　日が暮れ始め、池の水面は橙色に変わりつつあった。空は紫色と橙色が混ざり合ったような、神秘的な色をしている。雲は一つもない。より一層空気は冷え込む。

　俺たちのあいだの空気も、凍り、沈んでいく。

「……石国と店長が、これにあたる。石国は自身の盗難行為を彼氏である鈴木に押しつけた。店長は石国と鈴木の関係が面白くなく、また店に人手が足りないという理由を建て前にして、鈴木に時間外労働を強いた。そして鈴木を盗難事件の犯人にしようとした」

　黒葉は明らかに気を悪くしていた。だからこそ俺は自信を持って言えた。

「それが許せなかった」

　親水テラスに入る。ウッドデッキのようなそれは踏み心地がかなり独特で、きしむ音、さらにそこから見下ろせる池の穏やかな雰囲気が、しみじみとした情緒を見る者に与えた。

「だから今回、こうして俺は利用されたわけだ。黒葉はただ、鈴木が俺に託したあの告発の暗号文を公にしたかっただけ。俺じゃなくてもよかった。たまたま俺が鈴木からそれを受け取ったから、お前は俺に近寄ってきた。そうだろう……？　そして俺はエリアマネージャーの灰野さんとそこそこ親しいから、もし俺が鈴木と同じ盗難事件の容疑者になれば、必ず灰野さんも今度は出張ってくると見越して——俺を容疑者に仕立てあげた。事実、灰野さんはこの日偶然とはいえ立ち会ってくれたし、二人の罪を白日の下に晒《さら》す手助けをしてくれた」

「そこまで器用じゃないです」やっと笑みを見せる。「どうやって、せんぱいを容疑者に？」

「簡単だろ。石国と同じシフトに入らせたうえで、その時間内に盗難事件を起こせばいい。それも、石国がやらかすまで、何度も何度も——実際に、石国は黒葉の母親を一万円で会計してくる常連客として認知していた。普通、常連客をそんな認知の仕方はしないぞ。それでもそういう捉え方をするということは、それだけ一万円札を必ず出すお客さんって印象が石国にとっては強かったからなんじゃないのか」

下手な鉄砲《てっぽう》も数撃ちゃ当たる。試行回数で彼女たちは石国を嵌めたのだ。

「石国が起こした盗難事件を俺たちが解決したんじゃない。黒葉が石国をそそのかして起こした盗難事件を、ただ黒葉が解決しただけなんだ」

黒葉は呆れたように笑う。

「まさか。考え過ぎですよ。だいたい、そんなまどろっこしいことをするためだけにその計画しか練っていなかったなんて、どうにも現実味がないです。どこか人工的で、成立しているようには思えません。普通に石国さんの起こした盗みを露見させるだけで充分だったじゃないですか。わざわざ一万円を盗ませる意味がわかりません」

「身内で起きている盗難事件だけじゃ、揉み消されると危惧したんだろう。さすがにお客さんの損失が前提の盗難事件は、店長もジューソン本部も安易には処理できないからな。この時代、ＳＮＳやネットで悪評はいくらでも拡散していくんだから」

さらに俺はダメ押しした。

「それに、その計画しか練っていなかったなんて、俺は一言も言っていない。よくよく考えてみれば、黒葉は石国の窃盗行為を最初から全力で、促していたじゃねえか」

黒葉は眉間にしわを寄せて、こちらにどういうことかと表情で尋ねてくる。

俺は人差し指を立てた。

「コンビニ強盗があった日、黒葉は一万円札を強盗犯に渡したくなかったから千円札を取り出したと証言した。でも、それは厳密には――前提がまず違うんじゃないか。お前は、一万円札を渡したくなかったんじゃない。千円札を百枚渡したかっただけなんだ。強盗に、手に溢れんばかりの量のお札を渡すために、千円札を釣り銭ボックスからわざわざ持ち出したんじゃないのか」

自虐的に、俺は鼻で笑った。

「つまりお前は、最初から強盗犯にお金を渡す気なんて毛頭なかった。百枚の千円札の扱いに困った強盗犯が、それを落としながら逃げていく——そのシチュエーションを強盗犯に想像させることが目的だったんだ」

「おっしゃっている意味が、よくわかりませんが……」

「あの強盗犯は、事件後の供述でいくつか不審なことを話している。コンビニから出ようとしたら、婦人警官が店の前に立っていた——自分が奪ったのは七万円くらい。十万二千円も盗んでいない——と。後半については、石国が明らかにしてくれた。だが、前半の謎は未だ解決していないんだ。警察も把握できていないその婦人警官とはいったい何者なのか？」

「そういえば」黒葉は場違いに頬を緩める。「あの強盗さん、近く精神鑑定を受けるそうですね。薬物使用を示す陽性反応は出なかったみたいですけど、まさか……」

「婦人警官は強盗犯の幻覚なんかじゃない。実在する人物が、婦人警官になりすましてそこに立ち、強盗犯を店から出さないようにワンチャンで籠城を促していただけだ。俺の推測通りな」

黒葉は溜め息をついた。俺は構わず、次に二本目の指を立てる。

「百ウォンの件では、おばあさんが何度もレジに来たことが謎となった。でもそれが謎たりえたのは、おばあさんが誤って百ウォンを財布から出し、それをレジ打ちした黒葉が偶然見逃すという前提のうえで成り立った謎だ。そして、それをあえて店員に切り出さなかったおばあさんの不可思議さと、それにいち早く気づいた石国がその謎に拍車をかけた」

「……何が言いたいのでしょう？」

「つまりあのおばあさんと黒葉は、レジからお金を常習的に盗んでいる石国を防犯カメラの映像記録で確認するという口実を手に入れるために、事故を事件だと見せかけられる唯一の人物だった。そして、事件を事故だと俺が推理した——いや、そう推理させられた」

黒葉は無表情のまま淡々と俺を一瞥する。俺はついに三本目の指を立てた。

「誘拐誤認の件は、体格のいい男の不審な行動に注目したことから始まったな。大男は、誤解を与えかねない商品を買い、ボイチェンしていると思われかねない声で電話をかけ、紛らわしい言葉を連発して……だからこそ、俺たちは誤解した。大男があまりにも目につくから、よからぬ方へ——大きな謎をつい想起してしまった。防犯カメラの映像記録をわざわざ巻き戻して、事件を再確認しようとすることを、まるで疑問に思わなかった」

俺は溜め息をついて告げた。

「つまり、それ自体がお前の目的だった。俺たちに大きな事件が起きたと思わせて、防犯カメラを確認すること。事実、黒葉は真っ先にマウスを手に取って主導権を握り、なぜかいきなり石国が映し出された映像をチェックし始めていたじゃないか。あれはあからさまだったな。強引だったと言ってもいい。さすがに焦っていたのか？百ウォンのときは石国に遮られたから今度こそはと躍起にでもなったか」

黒葉は目を見張る。相変わらずスカートの裾を握りしめたまま——その仕草も、思えばヒントだった。彼女の緊張が如実に表れるその瞬間を、俺はずっとぼんやり見ていたのに。

「黒葉が来てから起きた事件の数々は、どれも黒葉が意図的に仕組んだものなんだろう？　黒葉が、すべて弟のためだけにでっちあげた事件だったんだろう？」

つまり——。

「最初のコンビニ強盗の謎からすでに、黒葉深咲の復讐は全力で始まっていた」

しばらく無言のまま、俺たちはゆっくりとした足取りでテラスを進む。いつの間にか沈みゆく太陽は見えなくなっていた。夕暮れというにはあまりにも真っ暗な空間。

「一昨日だけの話じゃない。黒葉たちはずっと試行錯誤していた。石国がお金を盗みやすい状況をずっと、わざと作り出していた。そしてそのうえで、防犯カメラでその盗難行為を直接確認できないか——それに警察やエリアマネージャーを巻き込めないかひたすら画策していた」

「………」

「しかし、不本意なことにコンビニ強盗のときも誘拐誤認のときも、石国の容疑がほかの人物に押しつけられる結果となった。あるいは百ウォンのときみたいに、防犯カメラの確認さえ満足にさせてもらえなかった。……だから、お前たちはアプローチを変えた。明らかにソンローの店員以外に犯人がいないという状況で、お客さんのお金が盗まれるというシチュエーションを演出し、その勢いのまま、防犯カメラの映像記録の確認――そして、連続盗難事件を結びつけられないか企てた」

「………」

「ところが、会谷さんが映像記録を確認するためのパスワードを改竄《かいざん》したため、防犯カメラに頼らず推理のみで追い詰めざるをえなくなった――それが一昨日の真相の裏側だ」

　彼女はふいに立ち止まる。近くの手すりに摑まってぼんやりと池を眺める。さすがにこの時間とあってか、現在このテラスには釣りを楽しむ人はもちろん、俺たち以外誰も歩いていない。暗がりの中ということもあって、どこか独特な雰囲気に場は包まれていた。

　黒葉は、ふとこちらに視線を配った。

「さすがですね、せんぱい」

もうくたただと言わんばかりに微笑みかけてくる。

「……降参です」

俺はどんな顔をすればいいかわからなくて、顔を背けた。

2

「せんぱいの言う通りです。復讐という言い方だとちょっと嫌な感じですが、でもしているることは同じです。ええ、そうです。弟の死に納得がいかなくてソンローへ来ました」

憔悴《しょうすい》したような声だった。

「私たちの両親は一年前に離婚して、父親のみが家族と離れるということで、黒葉という苗字から鈴木という苗字になったのです。母親の旧姓ですね。そのため、あの店では鈴木深咲として働いていました。週に二日の出勤だったので、あまりその輪の中には入れなかったですが、同じ高校の子もいて、そこでは私、〝せんぱい〟って呼ばれていたんです」

黒葉の懐かしむような表情を見て、レジにいたあの店員の女の子を思い出す。胸の辺りが、モヤモヤした。吐き出しそうになるくらいの、うざったい感覚。

「母、弟、私の三人で、あのマンションに住むことになりました。ただ、経済的な状況もあって、あまり三人で過ごすという時間はとれなくなりました。そのためお互いのことに気が回らなくなり、弟の変化に気づけませんでした。一応、石国さんと付き合っているというのは首元のキスマークから察していたのですが、ただそれだけでした。家に帰るのが遅いのも、表情が暗いのも、すべて思春期の男子にありがちな葛藤をしているのだろうと身勝手に高を括って、決して深入りはしませんでした」

キスマーク——あれはやはり石国がつけたものだったのか。

「気づいたのは、弟がこの世を去ってからでした。交際相手がいるのに、あれだけ好きだと豪語していたコンビニで働いているのに、なぜ命を絶ったのか。最初は私たちも、マスメディアやSNS、インターネットと同じように、弟の学校生活の方を疑いました。しかし、私なりに色々と探してみても彼が高校に大きな悩みを抱えているような決定的な証拠は、どこからも出てきませんでした。学校にそもそも行ってないということも、そこで知りました。私はまったく弟のことが見えていなかったと、そこで気づきました」

俺は何も言えなかった。俺だって、似たようなものだった。

「そこで私はようやくソンローへ疑いの目を向けました。好きな人、好きな場所というのは、それ自体に裏切られたときや自分の理想と違うと幻滅したとき、ひどく失望してしまうものです。もしかしたら、弟にとってソンローは辞めたくても辞められない場所になっていたのかもと、そう私は思いました」

彼女は自分を責めるようにつぶやく。

「残念ながら、当たりでした。弟はコンビニが好きだからこそ、石国さんが好きだからこそ、辞められなかった。止められなかった。コンビニなしでは弟は生きられませんでしたし、コンビニがあったからこそ、弟は生きてゆけませんでした」

言葉が見つからなかった。

「店長と石国さんに最初から的を絞って、私は母親に相談しました。当時は彼の帰宅時間がずっとあまりにも遅かったので、まず長時間労働を疑ったんです。そして、もしも労働基準法違反に該当するなら罰することもできると思いました。ですが、そういった事実はすでに隠蔽《いんぺい》されていました。遺族として、初動からまず遅れてしまったのです。店長たちが弟の死の理由をどれくらい考えていたのかは知りませんが、後ろめたさがなければ、それを隠そうとはしません。どうしても、そんな二人が許せませんでした」

店長と石国は、鈴木がいなくなってなお、二人で過ごす時間が増えたように見えた。真実はわからない。でも今にして思えばそれは、それぞれが抱いた後ろめたさを紛らわすために、ただ恋人として寄り添い合っていた部分もあるんじゃないか。

「ソンローのことは、それでもたくさん調べました。連続盗難事件が起きていたこと、その時期に弟が亡くなったこと、そのあとに店長と石国さんが付き合ったこと……最初からその人物たちが犯人だと仮定して、帰納的に演繹《えんえき》的にソンローで起きていたことをひそかに突き止めました。

そして、すでに離れ離れではありましたが、弟のお葬式で父と再会し、それをきっかけにまた父と一緒に住むことになりました。父も、子どもの死に疑問を覚えていたのです。あれだけ冷え切った関係だった両親が、弟の死をきっかけにまた元に戻りました」

復縁。そのタイミングで黒葉姓に戻ったから、彼女は黒葉としてソンローに来た。

「当然、私たち家族全員にも非はありました。ただそのうえで、真実を突き止めようと話し合いました。その結果、私が内側から二人の罪を暴《あば》き、母や祖母はそれに協力することになりました。元いたコンビニを辞め……もう、後戻りはできませんでした。私は鈴木の姉だという事実を伏せるため――そして無知な研修生として店内を自由に動き回るために、新人としてソンローへ来る必要があったのです。灰野さんとはあまり面識がありませんでしたので、最後までそう振る舞えると思っていました。まあ、でもまさかせんぱいが私たちの家に以前お越しになったことがあるとは思いませんでしたが……」

やはり、俺があの家に招かれた事実は鈴木によって伏せられていたのか。だからこそ黒葉は俺を家の前まで連れてきたし、黒葉の母親や祖母は、俺との対面をものともしなかった。

黒葉はくたびれたような笑顔を向けてくる。

「そして、せんぱいの睨んだ通りです。婦人警官は私の母が、百ウォンのときのおばあさんは私の祖母が——それぞれソンローで私の考えた事件に協力してくれました」

「警官は俺が外を見たときはどこにもいなかった気がする。どこかに隠れていたのか？」

「はい。これはある意味賭《か》けでもあったのですが、強盗犯を店内に留めさせるために、強盗犯入店と同時に店の出入り口に立ってもらったのです。それ以外の時間は、別の場所で待機してもらいました。店のお金を持ち帰らせるつもりはありませんでしたし、できれば強盗犯には現行犯で捕まってほしかったのです。ある程度のリスクを抱えたとしても」

「コンビニ強盗を、どうやって該当時間に誘導した？　そんな都合よくいくのか？」

「ええ、そうですね。練習しましたから」

あの商店街のジューソンで聞いた話を思い出す。そして新聞記事と結びつけた。

「お前が悪魔だったのか」

「ご名答です」にっこりと笑う。「あの強盗犯は、以前私が働いていたコンビニでも強盗という罪を犯しました。ですから私は、事件のあった日にこっそり尾行し、警察より先に彼の住処《すみか》を突き止め、手紙を送ったのです。――お金に困ったら、もう一度あのコンビニを狙え。該当日時の該当時間、店の諸事情により防犯カメラは起動していない――この手紙は読んだら該当場所に隠せ――そのような文言で、私がシフト入りしていた時間帯に強盗犯さんを再度誘《おび》き出しました。もちろん、実際に来てくれる見込みはありませんでしたが、それでも全然構いませんでした。白秋せんぱいの洞察通り、私が展開したのは〝トライアンドエラー〟戦法――ありとあらゆる手段を、あの商店街の近くにあるコンビニで事前に試していたのです。ソンローで、新人研修生という未熟な身分でありながらも防犯カメラを正当に確認するために――ソンローで強盗事件を起こすというのは、そのありとあらゆる手段の中の、ほんの一つに過ぎませんでした」

「スティックシュガー、傘、百円に似たコイン……奇《く》しくも、ソンローで起きていた事件があのコンビニでも以前起こっていたのは、つまりそういうことだったたってわけか？」

「はい、肯定です」黒葉はあっさりと告げる。「すべて、私のソンローでの立ち振る舞いを占う試金石として練習した痕跡ですね。起こった事件に対するクルーたちの反応、対応、感情の起伏——どれくらい騒げば、あるいは、どういう言い回しならば防犯カメラをチェックする流れを作れるのか……あのコンビニで、あらかじめ〝手段〟のテストをしていたのです。一度データさえ取れたら、あとはソンローで応用するだけですからね。事実、ソンローにも強盗犯さんはまんまと来店してきてくれました。防犯カメラがないという状況に味を占めたのか、私の二度目に送った手紙を、彼は信じて疑いませんでした」

厳《おごそ》かな表情の俺を見て、彼女はわざとらしく取り乱す。

「あ、もちろん強盗犯さんに渡したお金は、意図的に仕組んだ二度目に関しては自腹ですよ？　スティックシュガーや傘だって、事前に私が買い込んだものですし、実際、店やクルーたちの損失は皆無に等しいのです。強盗犯と対峙するというリスクだって、ずっと私が背負い続けてきましたし……」

「じゃあなんで三度目は……ソンローで起こした強盗事件は、店の金を普通に奪わせた？」

「三度目に限っては私のお金ではなく店のお金を奪わせることに意味がありましたからね。だからこそそれも含めて、ソンローで起こした三度目の事件は店のお金を絶対に盗られないよう、母に店の出入り口で立ってもらったのです。もちろん、それでもいざとなれば損失分の補填《ほてん》はあとで私がこっそりやっておくつもりでした。記録には残らない形で」

「それでも教唆犯だぞ。普通なら犯罪行為だ」

「残念ですね。証拠はもうどこからも出てこないように取り計らいましたから……」

そうして当然とばかりの柔らかい口調。自信に満ち溢れた声。

「強盗犯にわざと自分のお金を盗ませて強盗事件の被害者になる練習をしていた――なんて、よほど大きな証拠でも出ない限りはさすがの警察も考えません。考えるのは、せいぜい凶悪な強盗犯が臆病《おくびょう》な高校生の私を狙って何度も足を運んだというわかりやすい事実くらいなものです。主体性のすべては強盗犯さんにずっとありました」

俺はそれを、間違っているとは言えなかった。むしろ、ある意味で感心していた。

そこまでこの子が考えて行動していたことに、畏敬《いけい》の念すら覚えていた。

つまり俺にとって、それは別にどうでもいいことだった。悪質な強盗犯を利用する分にはどうでも……。ただひたすら俺の胸の中には、全然別の苛立ちがさっきからぐるぐると渦巻いていて。

すると黒葉は目を伏せて、諦観したような表情を向ける。何かを我慢しているかのような緩慢な表情の変化。ふいに、俺を上目遣いで見てきた。

「しかし、どんなに〝手段〟を練習しても、用意しても、やはり相手にするのは人間

――そしてソンロークルーなのです。本来ならば石国さんが店内にいるときにすべての事件を起こすつもりでした。彼女が店やお客さんのお金や物を盗む瞬間を――犯罪に手を染める動機を後押しすることが肝要でした。にもかかわらず、コンビニ強盗の一件では強盗が来る前に彼女は帰ってしまい、そして百ウォンの一件では上手く彼女に立ち回られてしまい防犯カメラを自由に操作できませんでした。スティックシュガーや傘の件にいたっては、問題提起してすぐにせんぱいがあっさり解決してしまいました。大手を振ってカメラを確認する算段でしたのに、せんぱいたちのおかげで用意した〝手段〟はことごとく失敗に終わってしまったんですよ……一昨日までは」

俺は無意識のうちに、乾いた笑いをこぼしていた。

「誘拐誤認の一件は、まさに無理やり感が満載だったな。まんまと踊らされた俺が今さら言うのもあれだが、綱渡りな組み立て方だった」

「ええ……あれだけは、確かにアドリブでした。あの一番くじのお客さん二人組を偶然見て、これは大きく、そして魅力的に脚色できると思ったのです……思ったのですが、それさえも結局は私の望んだ結末に至りませんでした。本当にソンロークルーは、せんぱいを筆頭に一筋縄ではいきませんね。まさかここまで苦戦するとは……」

「もっと、ほかにやり方はなかったのか」

冷たく言った。黒葉はなんでもないことのように反応する。

「もちろん、同時進行で労働基準監督署や労働局、ブラックバイトユニオンなどの公的機関、労働組合と話をつけることにも、労力を惜しみませんでしたよ。それは父に任せてあります」

彼女はこれまで見せたことのないくらい、冷然と笑った。

「計画は今のところ順調です。ただ、成果が上がるまであまり大騒ぎされたくないので、あくまで内々に話をつける予定ですが。灰野さんには本当に感謝しています」

灰野さんは遺族に対してしっかりと向き合い、あくまで遺族の意向を尊重するよう本部と交渉しているらしい。難航しているそうだが、しかし彼女ならもしかしたら補償関係も含めて上手くやってのけるのかもしれない。

「わかってくれましたか、せんぱい」黒葉は同情を引くような声色で言う。「私の本意を」

「わかったよ」俺は疲弊したように、それでも強い視線を飛ばす。「わかったから、もう二度とコンビニを利用しないでほしい」

彼女はきょとんとする。わざとらしく柳眉をひそめた。

「嫌ですよ。この世の中コンビニがないと不便で不便で……とても生きていけません」

「そういう意味じゃない。私憤で利用——悪用しないでくれってことだ。コンビニも、エリアマネージャーも、クルーも……俺も――」

「同じ意味ですよ。私にとってあのコンビニは必要なのです。品揃えは豊富な方で、家から近くて――ライフラインみたいなものです」

「なら――」

「だからこそ」彼女は強く俺の言葉を掻き消す。「だからこそ、許せませんでした。立地もいい、中身もいい。なのに肝心のそこで働く店員のことは何も考えていませんでした。私の弟のことを、蔑ろにしてきました。使い捨てにしました」

俺は感情をなるべく出さないように、苛立ちを吐き出す。

「じゃあその『そこで働く店員』のことを、黒葉は少しでも考えたのか」

「え……？」

「さぞかし楽しかったんだろうな。そこで働く俺を利用して、踏み台にして、そのうえその事実をずっと隠そうとして――」

自虐的な言葉は止まらない。

「フリーターの、なんのとりえもない俺に近づいてくるから、おかしいと思ったよ。最初からお前は、俺なんかじゃなくてその先の灰野さんと鈴木の暗号文が目当てだったんだ。さらにあの店で自由に動くために、目的を達成するまで辞めさせられないように、俺の機嫌を取っていただけ――笑えるよな。俺は、ただのギミックだったたってか？　なあ――」

黒葉は見るからに顔をしかめた。不機嫌そうな眼差しをこちらへ向ける。

しかし向けるだけで、何も言ってこない。

それでもう、充分だった。

俺は彼女を置いて、歩き出す。テラスのきしむ音がわずかに響く。

するとすぐ、彼女は俺の背後に向かって告げた。

「……申し訳ないことをしたと思います。でも、おかげで私の目的は果たせました。ですから、私はせんぱいの要望を聞きます。利用させていただいたそのお礼に、私はせんぱいになんでもします――いえ、なんでもさせてください」

俺は振り返った。彼女は真顔で、それを言っている。

「いったい、何を――」

「身の回りの世話をしろと言われたら、かしずきます。靴を舐《な》めろと言われたら、跪《ひざまず》きます。この場で裸になれと言われたら、すぐにでも服を脱ぎます」

「…………」

「ヤらせてくれと言われたら、私はそれを受け入れます」

黒葉は、いたって真面目に提案してきている。

冗談じゃない。ましてや、俺を試しているわけでもない。本当に、それを聞く用意があると言わんばかりに、まっすぐな瞳で俺を見てくる。

「せんぱいになら、私、何をされても大丈夫です」

「嘘だ！」俺は強い口調で言った。「そこまでして、俺に口封じをしたいのか？」

彼女は胸を衝《つ》かれたように、大きく目を見開いたまま固まった。

それを見て、俺は自分の感情をもう抑えきれなかった。

「石国を辞めさせ、店長に責任を負わせ、そしてすべてを知った俺を抱きかかえて、この件の真実を完全に隠蔽する気か？　たとえば俺が黒葉とそういう関係になれば、全部の事件をでっちあげていたことを、黙っていてやると思うのか？」

彼女のぷつりと糸が切れたような表情を見て、確信する。

ばかにされているのだ、俺は。

お金で解決されるより、はるかに屈辱だった。下心を、利用されているのだから。

「これ以上、俺は自分の意思とは関係ないところで、利用されたくない……俺は、お前にとって都合の良い存在じゃない……」

コンビニにいて、ただそこでバイトしかしていない自分は、傍目にも滑稽《こっけい》だ。きっと俺のことを見下している客は多い。スーツ姿のサラリーマンも、エコバッグを持ってくる主婦も、学生も老人も、何もかもが俺より立派で、俺よりちゃんと社会で自立している。そういう人たちは、自立する方法さえわからない俺を見下すことはあっても見上げることなんてないだろう。仕方ない。そんなの当然のことなんだから。たまたま立ち寄ったコンビニで働く店員のことなんて、どうせ自分の買い物を済ますための駒《こま》としてしか見ていない。俺である必要なんて、あいつらには本来ない。

それだけならまだいい。でも、この目の前の子にまで俺はただの駒としてしか見られていなかった。高校二年生でしかないはずの彼女まで同じクルー仲間だったはずの彼女でさえ、俺を替えがきく装置の一つとしてしか捉えていなかった。

その程度の存在としてしか、自分はずっと認識されてこなかった……！

辺りは真っ暗だった。街路灯がわずかに水面とテラスの一部をぼんやりと照らしている。周囲は依然として静かで、人影もない。

全身の力は抜けていた。ふらふらと彼女に背を向けて、出口へ向かおうとする。もう何もかもが、どうでもよくなっていた。

しかし、俺の動きはピタリと止まる。

背後から柔らかい感触がした。振り返ろうとして、振り返れないことに気づく。身動きが取れないほど強く、誰かに後ろから抱きしめられていた。

「せんぱい……」

声で判断する。それは誰でもない、黒葉自身の声だった。

「もうちょっと、推理してみましょうよ」

俺の背中に顔を押しつけてくる。声は震え、何かを懸命にこらえている様子。

「私は鈴木大の姉です」

「当然だ」

「鈴木大は、私の弟です」

「それがどうした」

「そして、弟はせんぱいのことをバイト先でできた唯一の友人だと思っています」

「……どうして言いきれる」

「私は本人――弟から直接聞き、お二人が少ない時間の中で友人関係に発展したと、すでに知っていました。『バイト先に白秋っていう人がいる』、『僕のことを友人と言ってくれた』、『お姉ちゃんと同じ学校に通ってたんだって』と」

「…………」

「私はせんぱいのことを、以前から知っていました。弟の話を通じて」

「だから……なんなんだよ」

「しかし私は、せんぱいからその話を聞くまで、あの告発の暗号文のことは知りませんでした。当然です。なぜなら弟は、そもそも家族からそれを隠すために、あくまでせんぱいの役に立つためだけにせんぱいに手渡したのですから。私の認識の外に、あの暗号は――弟の叫びは――ずっとあり続けたのです」

黒葉はより強く、俺を抱きしめてくる。

「そして今回の事件、私はこうしてせんぱいに真相を話す必要など、そもそもありませんでした。白《しら》を切ればもっと穏便に済んだはずなのに、私はそれをしませんでした。こうしてあなたの問いに――追及に、耳を傾けています」

「…………」

「そして」

黒葉は、恥ずかしそうにそれを言った。

「私は恋愛経験が豊富ではありません。異性と付き合ったことさえ、ないのです」

「…………」

「私は好きな人以外に、自ら誰かの身体に触れようとは思いません」

「…………」

「ここまで言っても、わかってくれませんか？」

彼女は咽び泣くような声で、切実に言った。

「私は、せんぱいが思っているよりずっと……ずっとせんぱいを強く意識しています。だって私は弟との少ないやりとりの中で、せんぱいのことをよく聞いていましたから。バイト先で唯一優しくしてくれる――色々と抱えているっぽいけど、すごく良い人だって。……そんなふうに聞かされた私が、せんぱいに興味を持たないなど、土台無理な話なのです。

それにこの事件、仕立てあげようと思えばせんぱいに取り入る必要なんてどこにもなかったのです。灰野さんがせんぱいにだけ夢中だったのならまだしも、良識のある方なのですから。私の言い分だってきっと聞いてくれたはずです。したがって、せんぱいを介さずとも私はあの二人に復讐できたのです。その自信だってありました」

「じゃあ、どうして俺なんかと」

「せんぱいが言ったんじゃないですか。私、コンビニを利用していたって」

俺は息を呑んだ。彼女の吐息が背中を通して直《じか》に伝わる。

「私、復讐のほかに、もう一つソンローへ来る理由があったのです」

「そ、それは——」

「せんぱいです」

なんの迷いもなく言われる。

「弟によくしてくれたせんぱいに、お礼が言いたかったのです。ありがとうございますって……言いたかったのです。ずっと、ずっと、せんぱいだけは……あのコンビニの中でせんぱいだけが、弟の味方でした。弟から話を聞いているときも、弟が亡くなったあとはより一層、せんぱいにお礼がしたいという気持ちが強くなって……」

「俺は……何もしていない」

「せんぱいがいたから、せんぱいが弟を友人だと思ってくれたから、弟は、それから二ヵ月も、あのコンビニで頑張れたのです」

「違う……そんなんじゃない」

「せんぱいのおかげで、弟は少しでも長く生きてくれました」

「俺はあいつに何もしてないっ！」

声を荒らげる。違う。そうじゃない。そうじゃないんだ。

俺はあいつに……。

「重要なのは動機じゃないのです。私たち家族より、せんぱいの方が、ずっと――」

「違うって言ってるだろ！」

訪れる重い沈黙。テラスは静寂に包まれる。

やがて黒葉は意を決したように、深呼吸して言う。

「そんなせんぱいと一緒にコンビニで働くようになって、色々な謎と向き合って……特別な気持ちを抱かないわけがないじゃないですか」

「俺はッ――」

「好きです」

彼女はあっけなく、

「せんぱいのことが、好きです」

それを言った。

「お客さんの立場だと、絶対に引かれちゃいます。私だって、もしかしたら引いちゃうかもしれません。だけど、同じ立場なら、こうして言えると思ったのです……」

どんな表情をしているのか、背中越しではわからない。わからないからこそ、俺は何も言えなかった。どんな言葉もすぐには出てこなかった。

「せんぱいは、その、やっぱり、灰野さんのことが好きなのでしょうか？」

何かをごまかす声の抑揚だった。

「す、すみません、変なことお聞きして……ですが、せんぱいと灰野さんのあいだにある信頼関係が、私にはどうしても気になってしまって……その……」

今までの黒葉の挙動を思い出す。思えば彼女は、灰野さんがいるときだけやけに様子がおかしくなかったか。それってつまり……つまり……。

俺は、しばらく考えた。

彼女に後ろから抱きしめられたまま、ずっとこれでいいのかと考える。衝動のままにこのまま振り返って、彼女に対するこのごまかしきれない気持ちを行動で示していいのか。

もしもそういう関係になれば、後戻りはできない。きっと俺は黒葉のことを——。

本当に、それでいいのか？　その資格が、果たしてあるのか？

頭の中で駆け巡ったのは、先ほど校門の前で見た光景だった。黒葉が、高校で仲良くしている男女のグループ。おそらく……いわゆるイツメンなのだろう。彼女は、彼ら彼女らと高校生活を送っている。俺のいない世界で、俺の知らない顔をして、俺がついていけないような話で盛り上がって、楽しい、かけがえのない思い出を作って。

俺では到底立ち入っていけない空間を、黒葉はこれからもあいつらと過ごしていく。そこに、俺はいない。俺は現状コンビニの中でしかそういった空間を作れない。百五十平方メートルに満たない世界の中でしか、俺は自分の居場所を作れない。

その程度のことしか――その程度のことすら満足にできていない俺を、この黒葉が？

黒葉が、どうして？　高校生が、なんで狭い空間で棒立ちしているだけのフリーターを？

なんで？　どうして？　何かがおかしい。変だ。そう、変だ。変じゃなきゃいけない。

最初から――そう、ずっと最初から彼女は俺に好意を持って接していてくれた。接していてくれた？　好意で？　本当か？　それは本当の好意か？　信じていいのか？

自問はしばらく続き、その果てに俺は一つの答えを背後に見た。

「淫行条例では、十八歳未満との淫行、みだらな行為は犯罪とし、処罰が下される」

「神奈川県では確か、二年以下の懲役、または百万円以下の罰金だ。当然、逮捕される。そういえば最近、それで誰かが逮捕されたって、ニュースでもやってたな」

「せんぱい？　何を？」

「……悪いけど、その手には乗らない。俺がこのまま黒葉にそういうことをしたとして、俺は条例的にアウトになる。その気になれば、きっと逮捕も簡単だろう。黒葉は十七歳、俺は二十歳間近――どう考えても黒になる」

「そ、そんなつもり――」

「俺たちの年齢差が、それをグレーにさせる。黒にはなっても、白にはならない。あの仲良しグループの連中みたく、俺が高校生じゃなくてよかったな」

何も言ってこなくなった彼女に、俺は叩きつけるように言った。

「真実を知った俺を、今度は嵌める気だったのか？　何もかも隠蔽するためにッ」

彼女の手を振りほどいた。振り返って、ようやく彼女の顔が見える。

その瞬間、目を見張る。眼前の光景に言葉を失う。

黒葉は、大粒の涙をこぼしていた。

途方に暮れたような目で俺を見続けたまま、その場で固まっている。目は赤く腫れ、前髪は乱れていた。頬を伝う雫の跡が、暗がりの中でなぜか鮮明に目に焼きつく。

しばらくのあいだ、彼女の鼻をすする音と咽ぶ声しか、そこには響かなかった。

すぐに激しい後悔の念に駆られる。

違う、そんなことを言いたかったんじゃない。そうじゃない。そんなんじゃない。

俺はただ、黒葉に……

「……く、黒葉、違う……」

そう呼びかけたときにはもう、手遅れだと直感した。

「いいえ、違くありません」

彼女はかぶりを振った。悟りきった目つきが、こちらを無情に見てくる。

「これが最後のつもりで、言いますね」

「違う……」

「きっとせんぱいは、あのコンビニじゃなくても、せんぱいでいられます」

「そうじゃないんだ……」

「せんぱいは、確かにほかの人と比べたら、道端でちょっぴりつまずいたのかもしれません。ほかの人の背中を見ることの方が、ずっと多かったのかもしれません」

「俺は――」

「でも、そんな一歩引いたところだからこそ、きっとせんぱいは、誰よりも力強く生き直すことができるはずなのです。あのコンビニのレジカウンターの内側で立ち続けた時間があるからこそ、誰よりもそれを知っているはずなのです」

「そんなつもりで言ったんじゃ……」

「だからどうか、コンビニなしでは生きられないなんて、思わないでくださいね」

「黒葉──」

「だってせんぱいは、弟とは違う。せんぱいは、コンビニなんかなくたって生きていける人なんですから」

彼女はこれでもかというくらいの笑顔を俺に向けた。涙をポタポタと流しながら、頬を緩める。まるで何かを隠すために精一杯浮かべた表情のようで、これ以上ないくらいに清々しく、そして空々しく目に映った。

「さようなら……せんぱい」

そのまま黒葉は、背中を向けて元来た道を引き返していく。俺が追いつけないように足早に──あらゆるものを拒絶するような足取りで──。

しばらくして、彼女の背中は暗闇の中へ消えていった。

俺は暗がりの中、一人テラスに立ち尽くしていた。周囲がよく見えない。ぼやける。ぼやけて、それが黒いのか白いのか、何色で構成されているのか、何もわからなくなる。

目の前は、真っ黒だった。なのに、頭は真っ白だった。

虚無感。

……なんだこれ。なんで俺。

なんで――。

――？

次の日、俺は黒葉と一緒に夕勤のシフトに入るはずだった。

しかし黒葉は、最後まで姿を見せなかった。

次の日――クリスマスイブ。俺は黒葉と一緒に夕勤のシフトに入るはずだった。

しかし黒葉は、最後まで姿を見せなかった。

第七章　コンビニなしでは生きられない

——……せんぱい。

1

十二月二十四日の夜——クリスマスイブは、とても寒かった。

お客さんが来店するたびに入り口の扉が開く。その隙をついて冷風は入ってくる。せっかく暖房をつけているのに、これでは一向に店内は暖かくならない。

冷気が充満した店の中には、いつもより多くのお客さんが訪れた。店頭で大量に揚げたチキンを買い求めるカップルたち。デザートコーナーに並べられたクリスマスケーキをレジに持ってくる家族連れの人たち。全員、今日という日を満喫しているのが、その浮かべた表情から伝わってくる。

レジカウンター越しから伝わってくる。

「ごめんねえ、白秋ちゃん。もう少しで、会谷ちゃんも来ると思うんだけどさあ」

バックルームから、灰野さんが雪だるまの帽子をかぶってやってくる。彼女はいつもスタイリッシュな服装でソンローへ来るのだが、今はジューソンのユニフォームを着て、当然のようにレジカウンターの前に立っていた。

「いえ……人手不足ですし、二時間くらい全然大丈夫です」

時刻は十時半過ぎ。夕勤の退勤時刻から一時間半ほど超過してなお、俺は店の中で出勤し続けたままとなっていた。その理由は一つ。会谷さんが遅刻するということで、俺がそれまで代わりに入ることになったためだ。

「まさか会谷さんも辞めたいなんて言い出すとは……驚きです……」

四日前に解決した一連の盗難事件で、石国や店長の悪事が露見すると同時に、会谷さんの怠慢行為もクルーに知れ渡る結果となった。

会谷さんも思うところがあったのだろう。あの日を境に、自主退職する旨を灰野さんに告げ、それ以降出勤してくることはなかった。事実上、彼はすでに辞めたも同然だった。

しかしそうなると、たった数時間のひと悶着《もんちゃく》にして三人ものクルーのシフト分の空白ができたことになる。それではさすがに店が回らないということで、灰野さんはせめて会谷さんには残ってほしいと説得を続けた。

その結果、とりあえず忙しくなることが予見できるクリスマス期間だけは、彼にシフト入りしてもらうことになった。それ以降彼がどうなるか、どうするのかは灰野さんにもわからないらしい。

「石国ちゃん、店長、会谷ちゃんに、黒葉ちゃん……はあ、もう派遣社員しか手はないのかねぇ。一夜にしてここまで一気に店員が消えたコンビニがほかにあるかしら」

黒葉もまた、あれ以来この店に来ることはなくなった。もうここは用無しだと言わんばかりに、ぱったりと姿を現さなくなったのである。一応、灰野さんには病気ということで休む連絡を入れているようだが、それにしても急のことだった。

思い当たる節はある。おそらく……間違いなく俺のせいだ。

俺は顔をうつむかせたまま、レジの前に立ち続ける。

だいぶ客足は落ち着き、店の中は閑散としていた。

腰に手を当てて、そんな店内をぼんやりと見渡す隣の灰野さん。彼女は全体的にやつれ、目元にはクマもできていた。とてもクリスマスシーズンを満喫しているようには見えない。

そう、黒葉の代わりに夕勤に入ったのは灰野さんだった。彼女はきっと無休でこの数日間、ずっと店に出続けているのだろう。

「……今はまだいいけど、来年はどうなるのかしら」

灰野さんはホットケースに入った大量のＦＦを覗き込みながら、ぼそっと言った。

「来年……ですか」

「会谷ちゃんと黒葉ちゃんもそうなんだけどさ、来年以降だと原瀬さんとかも、うちから出ていくっぽいんだよね」

……え？

「原瀬さんも……ですか？　どうして？」

「ほら、お子さんがね、いつもお迎えが遅いとかで結構大変らしいのよね」

そういえば、そんなことを彼女はいつも気にしていた。

「来年、大学受験が控えてるクルーもいるし、はあーあ。私が異動する前に、どうにかして立て直したいんだけど。今年中には無理かねぇ」

「え？　は、灰野さんもいなくなるんですか？」

彼女は当然とばかりに言う。

「そりゃそうだよ。エリアマネージャーは頻繁に代わって、ひたすら転勤する仕事なんだから。それはきみも知っているでしょ？　私の前の担当だって、一年もせずに異動になったたって聞いたけど」

「そ、それは知ってます。でも――」

でも……なんだ？

なぜ俺は、すでに知っていることをいちいち訊き直したんだ？

エリアマネージャーはその担当地域にずっと居着くわけではない。本部からの命令を受け、定期的に他県へ飛ばされたりする。フランチャイズ加盟店とは確かに協力関係だが、それはあくまで本部との契りであって、エリアマネージャーとではない。エリアマネージャーが特定の店のために何年もそこで勤めるというのは、ないわけではないがほとんど稀だ。

だから灰野さんが来年には異動になり、ここから去るのはもはや必然のことと言えた。

そう、必然。それは知っていた。なのにどうして。

「ま、このソンローにとっては来年が踏ん張りどころだね。新しいクルーを見つけられるかどうか、新しい店長、オーナーを探せるかどうか——」

聞きながら、なぜか今自分が抱いているのは途方に暮れるような喪失感だった。かつてないほどの、不安と焦燥。

ここにはもう店長がいない。石国もいない。会谷さんも辞める。原瀬さんだって、来年にはいなくなる。灰野さんだって、異動は確実だ。近いうちに、この店からいなくなる。

全員が、いなくなる？　来年には、もういない……黒葉も、いない。

黒葉がいない。

そう思うと背筋がゾッとした。何か大切なものが一瞬にして崩れ落ちてしまったような。

慄《おのの》く俺の横で、ふいに灰野さんが惜しむように告げる。

「もしも探せず、見つけられなかったら、この店は畳むことになるかもね」

「……た、畳む？　え？」

「いや、だから、閉店するってこと。廃業だね」

唖然として、足がすくむ。店が……店もなくなる？　ソンローさえも？

「あっ、ちょっと年末のスケジュール確認してくるから、レジよろしくね」

灰野さんはバックルームへ引き下がった。

俺は視線を彼女から店内の売り場へと移す。

ここが、なくなる……？　このコンビニが？　来年に？

すると、二人のお客さんがレジにやってきた。高校生くらいの若いカップルだった。二人はクリスマスケーキのほかに、ジューチキや唐揚げを注文していく。

対応しながら、考える。

もしもこの店が来年なくなったら、どうなるのか。

俺が、どうなるのか。彼ら彼女らとは、どうなるのか。

もしもこのソンロー自体がなくなれば、今まで親しみを覚えていたクルーたちとは、もう一生出会わずに過ごすことになるかもしれない。せいぜいコンビニでしか繋がりのなかったメンバーなのだ。それが当然。学校のクラスメートとさえ、そうだったんだから、たかだか職場が少し同じだったというだけで、ずっと関わり合うことなんて普通はない。

でも、なら――。

この場所までもがなくなったら、俺はどこで新しい居場所を作ればいい？

店長も石国も会谷さんも原瀬さんも灰野さんも――黒葉もいない場所で、誰ともなんの繋がりもないところで、そんなものをフリーターでしかない俺が作れるのか？

無理だ。そんなの、もうできっこない。だって……。

だって？

たまらなく悲しいと自覚する――その瞬間。

そこで、ようやく思い至る。

原瀬さんや石国の私生活が垣間《かいま》見えたとき、俺が抱いた胸のつかえの正体に。灰野さんがほかの店にも巡回しに行って、その店のために働いている姿を目の当たりにしたときの暗い気分の意味に。黒葉が下校の際に男女のグループの中にいて、そこで楽しく話している姿を見て感じたときの強い苛立ちの真意に。黒葉が、復讐のためにソンローへやってきたとわかったときの寂寞感《せきばくかん》に。黒葉が、黒葉たちが、ジューソンクルーが、コンビニ店員が、誰かが、俺以外の誰かが、俺以外の何かで、場所で……。

なんてことはなかった。

俺はただ、
コンビニ以外の居場所を持つ彼女たちを。

ただ――。

――。

ドッと感情が押し寄せてきて、気づくと目から何かが溢れてくる。

手でそれを拭いながら、鈴木のことを頭に浮かべる。あいつに対しても俺は、同様の思いを抱いていた。だからこそ、俺と同じ目をあのコンビニに向ける彼が心地よかったし、だからこそ彼から受け取ったメッセージを俺は蔑ろにしてきてしまった。

後ろめたさの理由はそれだ。全部、全部、全部――全部全部全部全部……。ここを目的ではない〝手段〟にしてほしくなかったから――だから……。

心の空白感は依然広がっていく。

もう、何も考えたくない。考えるたび、自分自身が嫌いになってくる。

「あの、大丈夫ですか」

顔を上げると、カップルがこちらを怪訝な目で見てきた。

そうだ。接客中だった。

俺はごまかすように謝って頭を下げた。素早く会計を終わらす。感情を表情に出さないようこらえて、いつもみたいに普通のコンビニ店員の役割を全《まっと》うして……。

「どうした？　クリスマスイブにカップルのお膳立《ぜんだ》てをするのが辛くなったか？　ん？」

カップルの対応が終わったタイミングで、ちょうど灰野さんが戻ってきた。口元にはからかうような笑み。そのまま髪をくしゃくしゃとして、頭を撫でてくる。

俺はその手を払い、目をこすって否定した。

「コンビニ店員なんて、誰かをお膳立てするほどすごい職業じゃないです」

「ふーん」灰野さんは諭《さと》すような表情を浮かべた。「いい？　鈴木ちゃんの言葉を借りるわけじゃないけどさ、もしもこの世界から急にコンビニやコンビニ店員が消えたら、困り果てるお客さんはきっと多いと思うよ」

「でも、スーパーがあります」

「そうかな。コンビニよりもスーパーの方が安く買い物が済むのに、それでもなおたくさんのお客さんが来てくれるってことは、やっぱりここは便利だからなんだよ。家から近かったり、多種多様なサービスをしてくれたり、とにかくあらゆることが、ここに来るだけで解決する。そんな場所ほかにある？　ないよ」

誇らしげに灰野さんは言う。そう言われると、確かにお客さんにとってコンビニはなくてはならない場所のような気がしてくる。動機はともかく、少なくとも俺はそうだった。

　彼女はやがて感慨深げに喋る。

「そうそう、それでさー話は変わるんだけど、この前の事件、店長はもしかしたら全部知っていたのかもしれないね」

「全部……ですか？」

「そう。石国ちゃんの犯行をすべて知っていて、でも見ないふりをしていたのかも。まさに鈴木ちゃんと同じだったたってわけ」

　灰野さんは重苦しそうに溜め息をつく。

「彼女もそれをわかっていたから、防犯カメラの前で堂々とお客さんの一万円札を盗ったのかもね。きっと彼なら、もしバレても揉み消してくれるって思って。歪んだ関係性だね」

　俺は安易に頷けなかった。

　その拗《こじ》らせた二人の執着心は、俺が今も黒葉たちに抱いているこの独りよがりな思いと、何が違うんだろうか。実は、そう大差ないんじゃないか。一歩踏み間違えれば、俺だって二人みたいなやり方で、居場所を守ろうとしていたんじゃないのか。

「もしもあの日に解いていなかったらと思うと、怖いわね。きっと証拠として挙がった五千円札や一万円札は見つからず、防犯カメラの映像も私たちにはいつまで経っても見せてくれなかったんじゃないかな、色々それっぽい理由を作ってさ」

それには同意だった。店長なら、きっと全力で彼女をかばう。

そうか。だからあのとき黒葉は、その日のうちに解くことにこだわっていたんだ。

黒葉の顔を、ぼんやりと思い出す。

「……見ないふりをして」俺は独り言のように言う。「でも結局は自分の中で溜め込むわけじゃないですか。相手のダメな部分とか、指摘しないといけない部分とか……それら全部を見なかったことにするって、どうしても……その、悪いことなんでしょうか」

「……うーん。どうだろうね。でも、やっぱり一番気楽なのはお互いのことをズケズケ言い合える仲だよね。隠し事をせずに、大っぴらにできるようなさ」

彼女は目の前の商品棚に、悲愴感を漂わせたような目を向け、肩を落とす。

「でも、実際そんなクリーンな関係は、ほとんど作れないんだよ。相手に言いたいことを言って、それで上手くいくならいいさ。でも、そう上手くはいかない。それがきっかけに別れることもあるし、関係が悪くなることも多い。そういう恐怖を、みんな抱えている。関係を壊したくない。このままがいい、このままでいいって。だから言わないまま、言えないまま、それが積もりに積もって爆発して結果別れるなんてこともあったりね。店長も、鈴木ちゃんも、石国ちゃんも、きみも——きみのご家族も、みんな同じだよ」

「俺の？」

「きみが大学を辞めて、なんでご家族が何も言ってこないのか——私には想像することしかできないけどさ、でも、きみだって薄々は気づいているんじゃない？」

もったいぶらずに、彼女ははっきりと告げる。

「きっと、きみとこれ以上関係を悪くするのが嫌なんだよ」

胸の辺りが、きゅっと締めつけられた。

「もしもさ、大学を辞めたことでご家族に『さっさと就職しなさい』とか、『なんで辞めたの？』って口うるさく言われたら、きっと白秋ちゃん、反抗していたと思うな。いや——白秋ちゃんじゃなくても、きっと反抗してる。そう思ったから、何も言わない。言えない。きみがちゃんと自分のやりたいことを見つけるまでは、何も言わないでおこうって思ったんじゃない？　少なくとも私なら、そう思うけど」

さらに灰野さんは独り言のようにつぶやく。

「黒葉ちゃんだって、そう。あの子も、いやあの子だからこそ好きな人の八割くらいは全部お見通しで、その人がどういう思いを抱えているのかとか、そういうのに敏感だと思う。鈍い子もいるけど、彼女は間違いなく理解のある方だと思うな。女の勘だけど」

黒葉が……。

「でも、彼女だって言うときは言うよ。好きな人にはちゃんと好きだって伝えられるし、好きじゃない人には、きっと好きだなんて伝えない。彼女だってみんなと同じ。言わなくていいことなんか、言わない。まあ、そんなわけで、私たちが思う以上に臆病な子なんだから、きみがしっかりリードしてあげないとね」

「リード……？　な、何を？」

すると彼女は、わざとらしく驚いたような顔をする。

「え？　違うの？　てっきり、きみはもう彼女のことを――」

ひどく俺は狼狽した。

でも、自然と腑に落ちる何かがあった。

そうか……そうなんだ。俺は、黒葉のことが。

「灰野さん」

「ん？」

「すみません。上がってもいいですか。ちょっと……用事を思いついたので」

灰野さんはしかめっ面で、しかしすぐに頰を弛緩《しかん》させる。

「……わかった。そうだね。もうあと十分もないし……あとは私一人で充分よ」

「ありがとうございます」

俺は、やっと気づくことができた。俺にとってこのコンビニはいったいなんなのか。俺にとってのクルーたちは、どんな人たちだったのか。

俺にとっての黒葉は、どんな女の子だったのか。

「ちなみに、その用事は？」

彼女は、まるで試すように訊いてくる。俺はせいぜい笑って言った。

「借りた傘は、返さないといけないんです」

2

バイト先から自宅に戻ると、台所で母親と兄がクリスマスパーティーの支度《したく》をしていた。リビングでは父親がテレビを観ている。俺は申し訳ないと思いながらも、声をかける。

「ごめん、ちょっとまた出かけるから、先に始めてていいよ」

三人ともきょとんとした顔をこちらへ向けた。かと思えば、三人は視線を外しそれぞれ目を合わせ始める。まるで、今まで見たことのない生き物でも目撃したみたいな態度だ。

「それは構わんけど」兄は目を細めて俺を凝視してくる。「なんか、活《い》きがいいな」

恥ずかしくなり、顔を背ける。俺はそのまま踵を返し、玄関へ。

去り際、見送りにやってきた母親の姿を見て、ふと思い出す。

ずっと、言い忘れていたことがあった。言えていなかったことがあった。

だから、今言う。

「ありがとう」

その俺の言葉に、母親は表情を和ませた。

薄桃色の傘を手に持って、そのまま家を出る。スマートフォンのメッセージを確認するも、先ほど俺が黒葉に送ったメッセージに既読マークはまだついていなかった。


黒葉へ。傘を返したい。あと、伝えたいことがある。今から家に行く。

このメッセージの通り、彼女の家に向かうこととする。待たせている者が多いため、俺は気づくと全力疾走していた。時刻は十一時十五分——カップルや家族とすれ違いながら、俺は冷えた夜の中をひたすら走る。こんなに走ったのは大学のスポーツの講義以来だったので、すぐに息切れする。白い息を小刻みに吐き、転びそうになりながらも彼女の元へ。

ハイツ・スカビオサへ到着したのは、それから十分ほどしてからだった。エントランスホールへ入り、郵便受けを確認する。

すると、すぐに見つかった。鈴木美佐江《みさえ》――公共料金の支払い用紙に書かれてあった名前と同じ呼び名。雨の日、ここを眺めたときにはとうとう見つからなかった彼女の居場所。

その部屋番号を中央の認証パネルに入力して、応答を待つ。

しかし、インターホンによる反応はない。しばらく待っていると、管理人らしき人物が傍の管理人室から出てきた。眼鏡をかけた長身の中年男性。

「あー、そこの部屋は、この前もう引き払っちゃったんだよね」

「え……？」

「引っ越しちゃったんだよ、何日か前に、急にね。だから今は空き部屋になってる」

俺は耳を疑った。しかし、管理人に嘘を言っているような素振りはない。

どういうことだ？　じゃあ、黒葉は今どこにいるんだ？

「あの、引っ越し先などはご存知ないですか？」

管理人は不審そうに俺を見てきた。

「んー、素性のわからないきみに教えるわけにはいかないね。守秘義務があるし」

俺は仕方がなく、マンションを出た。さて、どうするか。

スマートフォンを確認する。しかし、依然として既読マークはついていない。

目の前にあった公園にとりあえず移動する。ゾウの遊具に座りながら、考える。

黒葉は言っていた。このスカビオサには、母親と弟と一緒に住んでいたと。それは鈴木という名前が記された郵便受けからもわかるし、おそらく本当のことだろう。

そこから引っ越すということ。つまり、別の住居へ移るということ……？

俺は顔を上げる。

そうだ。鈴木が亡くなり、両親はよりを戻したと黒葉は言っていた。すると、普通に考えて別居を続ける理由はない。住まう場所も、元に戻すのが一般的だ。だからこうして、鈴木の無念を晴らす目途が立ったと同時に、ここでの契約を解除した。なら、黒葉と母親は、父親の住む場所へ——父親とかつて住んでいた場所へ戻ったというのが方向性としては正しい……気がする。

父親の住所か。でも、そんなのわかるわけない。手がかりなんて——。

……いや。

ある。あった。黒葉家が以前四人で住んでいた場所を示唆する手がかり。

いつだったか、確か石国と黒葉が仲睦《なかむつ》まじい様子で話していたとき、彼女は自分の通う高校と家について、こう言っていなかったか？

家から見下ろせるくらい近い位置にあるから、つい夜更かしして結果寝坊してしまう、と。

これは明らかにこの目の前のマンションのことではない。あのときは聞き流していたが、よく考えればおかしい。四階建てのこのマンションから、丘の上にあるあの高校は見下ろせない。

俺は立ち上がった。そうなるともう、あのマンションしかない。彼女がうっかりこぼしてしまったその住居を示す場所——思えば、一昨日彼女が俺に別れを告げたあと去っていった方向は、なぜか俺たちが来た道だった。

引き返した意味。すなわち、帰る場所がそちらにあるということ。

俺は再び、自分の母校へと向かった。


丘をのぼった先にある高校の前にそびえ立つ高層マンション。そのエントランスホールで、俺は肩で息をしながら頭を抱えていた。

郵便受けを一つ一つ、何度も見直す。しかし、そこに黒葉という苗字を記すネームプレートはない。何も書かれていないネームプレートが数多くあるというのもあるのだろうが、こうなってくると、俺は黒葉がここにいるかどうかわからないままずっと待つことになる。

そう考えると、途端に不安になってくる。たとえここが黒葉の家だとしても、彼女自身がここにいるとは限らないのだから。

そういえば、あの高校の友人らとクリスマスイブの予定について話していたような気がする。もしかしたら、彼ら彼女らとどこか遠くで遊んでいるのかもしれない。

どこかに泊まっているのかもしれない。

俺はエントランスホールを勢いよく出た。焦っているのか、不安でたまらないのか、足早に引き返す。そのままその場を行ったり来たりして、どうにかして気持ちを落ち着かせようと試みる。試しに自身の頰を叩いてみて、気を紛らわしてみる。失敗に終わった。ダメだ。胸のつかえがとれない。ほっぺたもズキズキしてくる。

手に持った彼女の傘を、ふと見つめる。

たとえば、彼女が今ほかの誰かとクリスマスイブを過ごしていて、家にいなかったら、それでも俺は、あとでちゃんとこれを返せるのだろうか?

そもそも会う機会はあるのか?

もう二度と会えないかもしれない。実際、彼女はあの日、これが最後だというつもりで、俺に別れの言葉を告げてきた。

じゃあ、俺はなんのために?

頭が混乱してくる。不安で押し潰されそうになる。こんなことをして俺は何を?

なんのために、こんな日にどうして俺はここにいるんだろう。

ふと我に返ると、引き返している自分がいた。出入り口から、まっすぐ目の前の交差点へ。そのまま青信号を渡る。高校の校門前まで足早に戻った。

出直そう。日を改めるべきだ。こんな日にすべきメッセージじゃなかった。

冷静じゃなかった自分を悔《く》いる。とぼとぼと、家へ向かって足を傾ける。

いや。

傾けようとした。

そのとき。

「白秋せんぱいっ！」

ただなんとなく、ほとんど無感動に振り返る。

暗がりの中——そこには、少し濡れた黒い髪を跳ねさせ、ほんのり赤く染まった頰をした一人の女性が立っていた。

走ってきたのだろう、肩を上下させながら膝に手をついて、交差点の奥にいる俺の方をぼんやりと見据えてくる。服装は黒色のスウェットで、上には白のダウンコート。明らかに、ちょっと近くのコンビニに寄るときのようなラフな格好だった。

「黒葉……っ！」

信じられないとばかりに、その名前を呼ぶ。

俺たちはそのまま互いに近づこうとして、しかし互いに踏みとどまった。

彼女の頭上には赤信号。そして、俺の頭上にも赤信号。

足元を見る。俺たちのあいだには、横断歩道があった。そこを、横からすごい勢いで高級そうな車が通っていくのを見て、ようやく気づく。

交差点の信号は赤くなったばかりで、彼女の元に歩み寄れない。

ただひたすらもどかしかった。二十メートルほど先——目の前に黒葉がいるのに！

俺たちはひたすら目を合わせ続ける。

信号が青になった瞬間、互いに距離を縮めた。

横断歩道を渡り、そのまま中央の安全地帯で足を止めてそれぞれ向かい合う。

彼女は申し訳なさそうに言ってきた。

「すみません、お風呂《ふろ》に入っていて……その、すぐにメッセージを見られませんでした。返信はしたのですが」

俺はスマートフォンを見る。そこには「すぐに行きます！」のメッセージ。

「わるいな……その、急がせたか？」

「い、いえ」彼女は髪をしきりに整える仕草を見せる。「それより、どうしてここだと？」

先ほど自分が考えたことを、順を追って説明した。

「なるほどです」すると彼女は感心したように相槌を打つ。「さすがですね、せんぱい」

なんとなく恥ずかしくなって、そっぽを向く。鼻を鳴らして手に持った傘を渡す。

「……あ、ありがとうございます」

黒葉はそれを受け取りながら、居心地悪そうに足元を見つめる。

無言。寒空の下、俺たちのあいだにはしばらく不思議な沈黙が落ち続けた。

「……ゆ、友人たちから、今日……誘われていたんじゃないのか？」

そんなつもりはなかったのに、どこか拗ねるような尋ね方になってしまった。

だが彼女は「ああ」と微笑み、あっさりとそれに答える。

「断りました。……バイトもありましたし、家族と過ごしたかったので」

「……そうか。あれ、でもバイトって」

「うっ！　うぅ……ごめんなさい」

黒葉は恐縮して伏し目になる。

「い、いや、いいんだ。むしろ悪かった。休んだ理由は、その――」

顔を上げて、今度は彼女が拗ねたように言った。

「誰かに、ひどいことを言われたからです。気まずいと思い、休ませていただきました」

口を尖らせ、まじまじと俺を見てくる。そこまで堂々と非難されると、むしろ清々しい気持ちになってくる。でも、思いの丈は変わらない。

「本当にごめん。俺のせいで……その……」

深々と頭を下げる。しかし彼女はすぐに顔を上げるよう言い、

「……もう、辞めようかと思いました。一応、あのコンビニでの目的は達成できましたので、その、いる必要もないですし……いい機会ですのでさよならしようって」

俺をまっすぐ見つめてくる。

「せんぱいは、コンビニがなくてもこれからはやっていけます。私たちクルーなんかすぐに忘れて、新しい生活を過ごしていけます。やり直せます。生き直せます。だから——」

「無理だ」

黒葉は、茫然として目を見張る。

そんな彼女に、今度こそはっきりと言った。

「やっぱり、俺はコンビニがないとダメだ。三年もいたコンビニを、好きにならないわけがない。……居場所だと、思わないわけがない」

きっと俺のこの気持ちは、ほとんどの人には伝わらないかもしれない。だってみん

なは、俺の今いる場所を必要としてこないまま、〝それ〟を見つけてきたんだから。

「でもソンローは、代替できるコンビニじゃないって……俺が気づいたんだ」

かつての鈴木も、石国も……そして今は俺が、動機は違えどもそう思えている。

それでもう、充分なんじゃないか。

「じゃあ、なぜここへ来たのですか？」黒葉は顔をうつむかせた。「私がいなくても
――」

「だから俺は、黒葉がいないと生きていけない」

一人の人間として、一人のコンビニ店員として――何もない空っぽだった自分さえも受け入れ、好きだと言ってくれた彼女。

そんな彼女に、間違いなく俺は最初からずっと惹《ひ》かれていた。

だから俺は、何度でも言う。

「あのコンビニと同じように――いや、それ以上に俺は黒葉と共にいたいって、その……思う。黒葉のいるコンビニじゃないと、もう俺の居場所とは思えない。黒葉が
――」

そこで息を整えて、言い直した。

「黒葉と一緒にいるコンビニで……俺は生きたい」

とめどなく溢れた言葉だった。

それを聞いた彼女は、最初こそ放心していた。

ところが、やがてその表情に変化が訪れる。俺の放った言葉の意味を飲み込んだのか、みるみる顔を赤らめていく。

せんぱい――と彼女がつぶやいた途端、その上気した顔の頰に突然涙がこぼれ落ちた。暗くてはっきりとはわからない。わからないが、でも――。

彼女は確かに、また泣いていた。

どこか安堵したような涙。それを拭うこともせず、潤んだ目で俺を見てくる。

俺まで、もらい泣きしてしまいそうだった。少し気を緩ませたら、また目の奥から熱いものが溢れ出てきてしまいそうで。

「私だって、無理です」黒葉は涙声で話す。「あんなことをしておきながら……あんなことを言っておきながら、私、せんぱいともう話せなくなる、会えなくなるって考えただけで、胸が張り裂けそうで……どうにかなってしまいそうで……本当は、さよならなんてしたくないです……せんぱいのいるコンビニから、まだ去りたくないです……なんでかわかりませんけど……上手に言葉にできないんですけど……」

ここまで黒葉が理路整然としない口ぶりなのを、俺は初めて目の当たりにした。

「せんぱいからのスマホのメッセージを見て、私、いても立ってもいられなくなって……本当ならさよならしなきゃなのに……気づいたら、せんぱいを……」

自分の感情を上手く言葉に表せない――そんな態度で、ひたすらに俺を苦しそうな目で見つめてくる。

俺はその強い眼差しに突き動かされた。

引き寄せるように、そのまま彼女を抱きしめる。

「せんぱい……」

彼女の回した腕に力が入るのがわかる。俺たちはより強く、深く抱きしめ合った。

鼻をすすりながら、彼女はいじけたようにつぶやく。

「……ずっと、このままでいいです。このままなら私、凍死しても全然気にしませんし」

「……気にしろよ」

「気にしません……」

頑なだった。彼女は囁くように言う。

「私にとってのせんぱいは……もうとっくに……替えがきかない存在です……」

相槌すら打てないほど、心臓が高鳴る。

段々と気恥ずかしい思いに駆られる。我に返った俺は、黒葉からすぐさま離れた。

「ど、どうして離れるのですか……？」

彼女は頬を真っ赤に染めたまま、顔をしかめた。

「物足りません」

傘を持ったまま、迎え入れる準備は万端とばかりに、腕をまた伸ばしてくる。

なんとなく、ばつが悪かった。さすがに何もしないのは気が引けたので、俺は代わりに彼女の髪をそっと優しく撫でた。

黒葉はそれにもムッとして、少しむくれる。

「もう、子ども扱いしないでください」

そこで、夜空からふと白いものが舞って落ちているのを見た。

なんだろうと思って見上げる。するとそこには――。

「わぁ！　雪ですよ！　せんぱい！」

隣で黒葉がはしゃいだような声を上げた。二人で空を仰いで、ふんわりと落ちてくる白い結晶をぼんやりと眺める。

雪――そういえば、ここ数日の天気予報は関東一帯に大雪が降るかもしれないって予測が出ていたっけ。

それらは、俺たちの服と髪に付着しては、溶けて消えていく。緩やかだがそれでも目ではっきりと視認できるほど、大きな雪の粒。

「ホワイトクリスマス――せんぱい、メリークリスマスです！」

黒葉はスマートフォンの画面を見せてくる。表示された時刻は、二十四時ちょうど。

十二月二十五日——ホワイトクリスマスが、たった今始まったのか。

しばらく二人で、夜空の——白銀の黒い世界を眺め続ける。

「あの、これからコンビニに……ソンローに行きませんか？」

「どうして？」俺は彼女の家のマンションを一瞥する。「家族が待っているんじゃないのか」

「その家族の分のチキンを買いに行きたいのです——せんぱいと……！」

そう力強く言って、俺の腕を掴んでぐいぐい前へ進みだす黒葉。

相変わらずだった。だけど——いや、だから俺はせめて彼女が雪に濡れないようにと、薄桃色の傘を受け取って、代わりにそれを開いた。

3

二人で傘に入り肩を寄せ合いながら、そこに俺たちは辿り着いた。

そこは地域に根付く、どこにでもありそうでしかしここにしかないコンビニ。全国に何万店舗とある中で、少なくともここ周辺の人たちの生活を彩るお店。

「灰野さん！　その……二日連続で休んでしまい、申し訳ありませんでしたっ！」

「大丈夫だってば。でもまあ、その調子なら、もう大丈夫そうかな、二人とも」

「はい、完治しました！　ねっ？　せんぱい！」

「え？　あ、ああ……まあ」

「じゃあさっそく明日から二人には、このコンビニで働く仲間集めでもしてもらおっかな」

「仲間集め……ですか」

「そ。でも安心しなね。会谷ちゃんが残ってくれるってさっき言ってくれて、あと原瀬さんもなるべくこっちで働きたいって申し出てくれたの。でしょ？　お二人とも」

「……うん。まあ……せめてもの罪滅ぼしにね。それでいいなら、僕はここで働くよ」

「私も、この状況で辞めるのは、ちょっと後味悪いしねえ。もうしばらくはここにいるわ」

「会谷さん！　原瀬さん！　どうしてここに？」

「会谷ちゃんはシフト入りしてくれて、原瀬さんはお子さんのクリスマスプレゼントをここに保管していて、それを取りに来たの。……あ、そうだ黒葉ちゃん、クリスマスプレゼントで思い出したんだけど、実はさっき、とある奇妙なお客さんが来てね
――」

「え？　お客さん？　ま、まさか！」

「そうね……そう、まさしくお客さん《ミステリー》のご来店よ、黒葉ちゃん！」

「ええっ!?　本当ですか!?　い、いったいどんな!?」

「ふふん、じゃあせっかくだし、みんなで考えてみましょうよ、あのお客さん《ミステリー》を！」

「そうですね！　そうですよね！　お客さん《ミステリー》を放置したまま、帰るわけにはいきませんよね！　では、バックルームで詳しくお聞かせください！」

彼女はふいにこちらを振り向く。

「せんぱい、このコンビニに、また新しいお客さん《ミステリー》がお越しになられましたねっ」

黒葉はまたその場でくるっと身体を回してから、不敵に微笑んだ。

俺もまた、つられるように口角を上げてぽつりと言った。

「ミステリーはお客さんじゃない」

言いながら、気づく。

この、今自分自身が抱いている気持ちの理由は、おそらく……。

店内を見渡して、次にそこにいる人たちの顔を一人一人見回した。

灰野さんのいたずらっぽい笑顔がそこにある。会谷さんの呆れるような表情がそこに見える。原瀬さんの見守るような温かい目がここを照らし出している。かつてここで働いていた鈴木がもし今ここにいたら、きっとそっと笑っていたことだろう。

そして——黒葉深咲。

彼女は、いつも以上にムキになったような膨れっ面で、でもこの上ないくらいあどけない表情で、この瞬間だけは自分を——自分だけを見つめてくる。

大きく黒く澄んだ綺麗な目。吸い寄せられそうな魅惑の眼差し。

その瞳の奥に、俺はその答えを見た。

本書は、二〇一八年四月に講談社ノベルス
として刊行されたものです。
この作品はフィクションです。
実在の人物や団体とは一切関係ありません。

|著者| 秋保水菓　1994年、神奈川県生まれ。2018年、第56回メフィスト賞受賞作『コンビニなしでは生きられない』（本作）でデビュー。'21年8月、講談社タイガより新作『謎を買うならコンビニで』を上梓する予定。高校1年よりコンビニエンスストアに勤務、現在に至る。

コンビニなしでは生《い》きられない

秋《あき》保《う》水《すい》菓《か》

2021年7月15日第1刷発行

講談社文庫
定価はカバーに
表示してあります

発行者――鈴木章一
発行所――株式会社　講談社
東京都文京区音羽2-12-21　〒112-8001
電話　出版（03）5395-3510
　　　販売（03）5395-5817
　　　業務（03）5395-3615
Printed in Japan

KODANSHA

デザイン―菊地信義
本文データ制作―講談社デジタル製作
印刷―――豊国印刷株式会社
製本―――株式会社国宝社

ISBN978-4-06-523682-6

講談社文庫刊行の辞

二十一世紀の到来を目睫に望みながら、われわれはいま、人類史上かつて例を見ない巨大な転換期をむかえようとしている。

世界も、日本も、激動の予兆に対する期待とおののきを内に蔵して、未知の時代に歩み入ろうとしている。このときにあたり、創業の人野間清治の「ナショナル・エデュケイター」への志を現代に甦らせようと意図して、われわれはここに古今の文芸作品はいうまでもなく、ひろく人文・社会・自然の諸科学から東西の名著を網羅する、新しい綜合文庫の発刊を決意した。

激動の転換期はまた断絶の時代である。われわれは戦後二十五年間の出版文化のありかたへの深い反省をこめて、この断絶の時代にあえて人間的な持続を求めようとする。いたずらに浮薄な商業主義のあだ花を追い求めることなく、長期にわたって良書に生命をあたえようとつとめるところにしか、今後の出版文化の真の繁栄はあり得ないと信じるからである。

同時にわれわれはこの綜合文庫の刊行を通じて、人文・社会・自然の諸科学が、結局人間の学にほかならないことを立証しようと願っている。かつて知識とは、「汝自身を知る」ことにつきていた。現代社会の瑣末な情報の氾濫のなかから、力強い知識の源泉を掘り起し、技術文明のただなかに、生きた人間の姿を復活させること。それこそわれわれの切なる希求である。

われわれは権威に盲従せず、俗流に媚びることなく、渾然一体となって日本の「草の根」をかたちづくる若く新しい世代の人々に、心をこめてこの新しい綜合文庫をおくり届けたい。それは知識の泉であるとともに感受性のふるさとであり、もっとも有機的に組織され、社会に開かれた万人のための大学をめざしている。大方の支援と協力を衷心より切望してやまない。

一九七一年七月

野間省一

多和田葉子
溶ける街　透ける路
解説＝鴻巣友季子　年譜＝谷口幸代

ブダペストからアンマンまで、ドイツ在住の〝旅する作家〟が自作朗読と読者との対話を重ねて巡る、世界48の町。見て、食べて、話して、考えた、芳醇な旅の記録。

たAC7
978-4-06-524133-2

多和田葉子
ヒナギクのお茶の場合／海に落とした名前
解説＝木村朗子　年譜＝谷口幸代

パンクな舞台美術家と作家の交流を描く「ヒナギクのお茶の場合」（泉鏡花文学賞）、レシートの束から記憶を探す「海に落とした名前」ほか全米図書賞作家の傑作九篇。

たAC6
978-4-06-519513-0

講談社文庫　目録

芥川龍之介　藪の中
有吉佐和子　新装版　和宮様御留
阿刀田　高　ナポレオン狂
阿刀田　高　新装版ブラック・ジョーク大全
相沢忠洋　「岩宿」の発見〈幻の旧石器を求めて〉
鮎川哲也　りら荘事件
赤川次郎　偶像崇拝殺人事件
赤川次郎　人間消失殺人事件
赤川次郎　三姉妹探偵団
赤川次郎　三姉妹探偵団2〈キャンパス篇〉
赤川次郎　三姉妹探偵団3〈珠美・初恋篇〉
赤川次郎　三姉妹探偵団4〈怪奇篇〉
赤川次郎　三姉妹探偵団5〈復讐篇〉
赤川次郎　三姉妹探偵団6〈危機一髪篇〉
赤川次郎　三姉妹探偵団7〈駆け落ち篇〉
赤川次郎　三姉妹探偵団8〈人質篇〉
赤川次郎　三姉妹探偵団9〈青ひげ篇〉
赤川次郎　三姉妹探偵団10〈父恋し篇〉
赤川次郎　死が小径をやってくる〈三姉妹探偵団11〉
赤川次郎　死神のお気に入り〈三姉妹探偵団12〉
赤川次郎　次女と野獣〈三姉妹探偵団13〉
赤川次郎　心地よい悪夢〈三姉妹探偵団14〉
赤川次郎　ふるえて眠れ、三姉妹〈三姉妹探偵団15〉
赤川次郎　三姉妹、呪いの道行〈三姉妹探偵団16〉
赤川次郎　三姉妹、初めてのおつかい〈三姉妹探偵団17〉
赤川次郎　恋の花咲く三姉妹〈三姉妹探偵団18〉
赤川次郎　月もおぼろに三姉妹〈三姉妹探偵団19〉
赤川次郎　三姉妹、ふしぎな旅日記〈三姉妹探偵団20〉
赤川次郎　三姉妹、清く貧しく美しく〈三姉妹探偵団21〉
赤川次郎　三姉妹と忘れじの面影〈三姉妹探偵団22〉
赤川次郎　三姉妹、舞踏会への招待〈三姉妹探偵団23〉
赤川次郎　三人姉妹殺人事件〈三姉妹探偵団24〉
赤川次郎　三姉妹、さびしい入江の歌〈三姉妹探偵団25〉
赤川次郎　静かな町の夕暮に
赤川次郎　キネマの天使〈レンズの奥の殺人者〉
泡坂妻夫　花火と銃声
新井素子　グリーン・レクイエム〈新装版〉
安能務訳　封神演義　全三冊
安西水丸　東京美女散歩
綾辻行人　黄昏の囁き
綾辻行人　殺人方程式〈切断された死体の問題〉
綾辻行人　鳴風荘事件　殺人方程式II
綾辻行人　十角館の殺人〈新装改訂版〉
綾辻行人　水車館の殺人〈新装改訂版〉
綾辻行人　迷路館の殺人〈新装改訂版〉
綾辻行人　人形館の殺人〈新装改訂版〉
綾辻行人　時計館の殺人〈新装改訂版〉
綾辻行人　黒猫館の殺人〈新装改訂版〉
綾辻行人　暗黒館の殺人　全四冊
綾辻行人　びっくり館の殺人
綾辻行人　奇面館の殺人(上)(下)
綾辻行人　どんどん橋、落ちた〈新装改訂版〉
綾辻行人　緋色の囁き〈新装改訂版〉
綾辻行人　暗闇の囁き〈新装改訂版〉
綾辻行人ほか　7人の名探偵
我孫子武丸　探偵映画
我孫子武丸　新装版　8の殺人

我孫子武丸 眠り姫とバンパイア
我孫子武丸 狼と兎のゲーム
我孫子武丸 新装版 殺戮にいたる病
有栖川有栖 ロシア紅茶の謎
有栖川有栖 スウェーデン館の謎
有栖川有栖 ブラジル蝶の謎
有栖川有栖 英国庭園の謎
有栖川有栖 ペルシャ猫の謎
有栖川有栖 幻想運河
有栖川有栖 幽霊刑《デ》事《カ》
有栖川有栖 マレー鉄道の謎
有栖川有栖 スイス時計の謎
有栖川有栖 モロッコ水晶の謎
有栖川有栖 インド倶楽部の謎
有栖川有栖 新装版 マジックミラー
有栖川有栖 新装版 46番目の密室
有栖川有栖 虹果て村の秘密
有栖川有栖 闇の喇《らっ》叭《ぱ》
有栖川有栖 真夜中の探偵

有栖川有栖 論理爆弾
有栖川有栖 名探偵傑作短篇集 火村英生篇
姉小路 祐 影のクロス〈監察特任刑《デ》事《カ》〉
姉小路 祐 緘《かん》殺《さつ》のファイル〈監察特任刑《デ》事《カ》〉
浅田次郎 日輪の遺産
浅田次郎 勇気凜凜ルリの色
浅田次郎 四十肩と恋愛 勇気凜凜ルリの色
浅田次郎 霞町物語
浅田次郎 ひとは情熱がなければ生きていけない〈勇気凜凜ルリの色〉
浅田次郎 シェエラザード(上)(下)
浅田次郎 歩兵の本領
浅田次郎 蒼穹の昴 全四巻
浅田次郎 珍妃の井戸
浅田次郎 中原の虹 全四巻
浅田次郎 マンチュリアン・リポート
浅田次郎 天《てん》子《し》蒙《もう》塵《じん》 全四巻
浅田次郎 天国までの百マイル
浅田次郎 地《メ》下《ト》鉄《ロ》に乗って〈新装版〉
浅田次郎 おもかげ

青木 玉 小石川の家
阿部和重 アメリカの夜
阿部和重 グランド・フィナーレ
阿部和重 A B C〈阿部和重初期作品集〉
阿部和重 ミステリアスセッティング
阿部和重 IP/NN 阿部和重傑作集
阿部和重 シンセミア(上)(下)
阿部和重 ピストルズ(上)(下)
甘糟りり子 産む、産まない、産めない
甘糟りり子 産まなくても、産めなくても
赤井三尋 翳《かげ》りゆく夏
あさのあつこ NO.6〔ナンバーシックス〕#1
あさのあつこ NO.6〔ナンバーシックス〕#2
あさのあつこ NO.6〔ナンバーシックス〕#3
あさのあつこ NO.6〔ナンバーシックス〕#4
あさのあつこ NO.6〔ナンバーシックス〕#5
あさのあつこ NO.6〔ナンバーシックス〕#6
あさのあつこ NO.6〔ナンバーシックス〕#7
あさのあつこ NO.6〔ナンバーシックス〕#8

あさのあつこ　NO.6〔ナンバーシックス〕#9
あさのあつこ　NO.6beyond〔ナンバーシックス・ビヨンド〕
あさのあつこ　待っ　て　る〈橘屋草子〉
あさのあつこ　さいとう市立さいとう高校野球部〈さいとう市立さいとう高校野球部〉(上)(下)
あさのあつこ　甲子園でエースしちゃいました〈さいとう市立さいとう高校野球部〉
あさのあつこ　お　れ　が　先　輩　?
阿部夏丸　泣けない魚たち
朝倉かすみ　肝、焼　け　る
朝倉かすみ　好かれようとしない
朝倉かすみ　ともしびマーケット
朝倉かすみ　感　応　連　鎖
朝倉かすみ　たそがれどきに見つけたもの
朝比奈あすか　憂鬱なハスビーン
朝比奈あすか　あの子が欲しい
天野作市　気　高　き　昼　寝
天野作市　みんなの旅行
青柳碧人　浜村渚の計算ノート
青柳碧人　浜村渚の計算ノート　2さつめ〈ふしぎの国の期末テスト〉
青柳碧人　浜村渚の計算ノート　3さつめ〈水色コンパスと恋する幾何学〉
青柳碧人　浜村渚の計算ノート　3と1/2さつめ〈ふえるま島の最終定理〉
青柳碧人　浜村渚の計算ノート　4さつめ〈方程式は歌声に乗って〉
青柳碧人　浜村渚の計算ノート　5さつめ〈鳴くよウグイス、平面上〉
青柳碧人　浜村渚の計算ノート　6さつめ〈パピルスよ、永遠に〉
青柳碧人　浜村渚の計算ノート　7さつめ〈悪魔とポタージュスープ〉
青柳碧人　浜村渚の計算ノート　8さつめ〈虚数じかけの夏みかん〉
青柳碧人　浜村渚の計算ノート　8と2分の1さつめ〈つるかめ家の一族〉
青柳碧人　浜村渚の計算ノート　9さつめ〈恋人たちの必勝法〉
青柳碧人　霊視刑事夕雨子《ゆうこ》1〈誰かがそこにいる〉
青柳碧人　霊視刑事夕雨子2〈雨空の鎮魂歌《レクイエム》〉
朝井まかて　花《はな》競《くら》べ〈向嶋なずな屋繁盛記〉
朝井まかて　ちゃんちゃら
朝井まかて　す　か　た　ん
朝井まかて　ぬ　け　ま　い　る
朝井まかて　恋　　歌
朝井まかて　阿《お》蘭《らん》陀《だ》西《さい》鶴《かく》
朝井まかて　藪《やぶ》医《い》ふらここ堂
朝井まかて　福　　袋
歩《あゆみ》りえこ　ブラを捨て旅に出よう〈貧乏乙女の"世界一周"旅行記〉
安藤祐介　営業零課《ぜろか》接待班
安藤祐介　被取締役《とりしまられやく》新入社員〈大翔製菓広報宣伝部〉
安藤祐介　おい！　山　田
安藤祐介　宝くじが当たったら
安藤祐介　一〇〇〇ヘクトパスカル
安藤祐介　テノヒラ幕府株式会社
安藤祐介　本のエンドロール
青木理　絞　首　刑
麻見和史　石　の　繭〈警視庁殺人分析班〉
麻見和史　蟻《あり》の階段〈警視庁殺人分析班〉
麻見和史　水晶の鼓動〈警視庁殺人分析班〉
麻見和史　虚空の糸〈警視庁殺人分析班〉
麻見和史　聖者の凶数〈警視庁殺人分析班〉
麻見和史　女神の骨格〈警視庁殺人分析班〉
麻見和史　蝶の力学〈警視庁殺人分析班〉
麻見和史　雨色の仔羊〈警視庁殺人分析班〉
麻見和史　奈落の偶像〈警視庁殺人分析班〉
麻見和史　鷹《たか》の砦《とりで》〈警視庁殺人分析班〉
麻見和史　凪《なぎ》の残響〈警視庁殺人分析班〉

講談社文庫 目録

井川香四郎 鬼《き》雨《う》〈梟与力吟味帳〉
井川香四郎 科《しな》戸《と》の風〈梟与力吟味帳〉
井川香四郎 紅《くれない》の露〈梟与力吟味帳〉
井川香四郎 惻《そく》隠《いん》の灯《ひ》〈梟与力吟味帳〉
井川香四郎 三人羽織〈梟与力吟味帳〉
井川香四郎 飯盛り侍
伊坂幸太郎 チルドレン
伊坂幸太郎 魔王
伊坂幸太郎 モダンタイムス(上)(下)
伊坂幸太郎 PK
伊坂幸太郎 サブマリン
絲山秋子 袋小路の男
石黒耀 死都日本
石黒耀 震災列島
石黒耀 忠臣蔵異聞〈家老 大野九郎兵衛の長い仇討ち〉
犬飼六岐 筋違い半介
犬飼六岐 吉岡清三郎貸腕帳
石川大我 ボクの彼氏はどこにいる?
石松宏章 マジでガチなボランティア

伊東潤 国を蹴った男
伊東潤 峠越え
伊東潤 黎明に起《た》つ
伊東潤 池田屋乱刃
石飛幸三 「平穏死」のすすめ〈口から食べられなくなったらどうしますか〉
伊藤理佐 女のはしょり道
伊藤理佐 また！ 女のはしょり道
伊藤理佐 みたび！ 女のはしょり道
石黒正数 外《げ》天《てん》楼《ろう》
伊与原新 ルカの方《はこ》舟《ぶね》
伊与原新 コンタミ 科学汚染
稲葉圭《よし》昭《あき》 恥さらし〈北海道警 悪徳刑事の告白〉
稲葉博《ひろ》一《いち》 忍者烈伝
稲葉博一 忍者烈伝ノ続
稲葉博一 忍者烈伝ノ乱〈天之巻〉〈地之巻〉
伊岡瞬 桜の花が散る前に
石川智健 エウレカの確率〈経済学捜査員 伏見真守〉
石川智健 エウレカの確率〈よくわかる殺人経済学入門〉
石川智健 エウレカの確率〈経済学捜査と殺人の効用〉

石川智健 60《ロクジュウ》〈誤判対策室〉
石川智健 第三者隠蔽機関
石川智健 いたずらにモテる刑事の捜査報告書
井上真《ま》偽《ぎ》 その可能性はすでに考えた
井上真偽 聖女の毒杯〈その可能性はすでに考えた〉
井上真偽 恋と禁忌の述語論理《プレディケット》
泉ゆたか お師匠さま、整いました！
伊兼源太郎 地検のS
伊兼源太郎 巨悪
内田康夫 シーラカンス殺人事件
内田康夫 パソコン探偵の名推理
内田康夫 「横山大観」殺人事件
内田康夫 江田島殺人事件
内田康夫 琵琶湖周航殺人歌
内田康夫 夏泊殺人岬
内田康夫 「信濃の国」殺人事件
内田康夫 風葬の城
内田康夫 透明な遺書
内田康夫 鞆《とも》の浦《うら》殺人事件

遠藤周作 ぐうたら人間学
遠藤周作 聖書のなかの女性たち
遠藤周作 さらば、夏の光よ
遠藤周作 最後の殉教者
遠藤周作 反 逆(上)(下)
遠藤周作 ひとりを愛し続ける本
遠藤周作 周作塾〈読んでもタメにならないエッセイ〉
遠藤周作 新装版 海と毒薬
遠藤周作 新装版 わたしが・棄てた・女
遠藤周作 深い河《ディープ・リバー》〈新装版〉
江波戸哲夫 新装版 銀行支店長
江波戸哲夫 集団左遷
江波戸哲夫 新装版 ジャパン・プライド
江波戸哲夫 起業の星
江波戸哲夫 ビジネスウォーズ〈カリスマと戦犯〉
江波戸哲夫 リストラ事変〈ビジネスウォーズ2〉
江上 剛 頭取無惨
江上 剛 企業戦士
江上 剛 リベンジ・ホテル

江上 剛 起死回生
江上 剛 瓦礫の中のレストラン
江上 剛 非情銀行
江上 剛 東京タワーが見えますか。
江上 剛 慟哭の家
江上 剛 家電の神様
江上 剛 ラストチャンス 再生請負人
江上 剛 ラストチャンス 参謀のホテル
江上 剛 一緒にお墓に入ろう
江國香織 真昼なのに昏《くら》い部屋
江國香織・文 松尾たいこ・絵 ふりむく
江國香織他 100万分の1回のねこ
円城 塔 道化師の蝶
江原啓之 スピリチュアルな人生に目覚めるために〈心に「人生の地図」を持つ〉
江原啓之 トラウマ あなたが生まれてきた理由
大江健三郎 新しい人よ眼ざめよ
大江健三郎 取り替え子《チェンジリング》
大江健三郎 憂い顔の童子
大江健三郎 晩年様式集《イン・レイト・スタイル》

小田 実 何でも見てやろう
沖 守弘 マザー・テレサ〈あふれる愛〉
岡嶋二人 解決まではあと6人〈5W1H殺人事件〉
岡嶋二人 99%の誘拐
岡嶋二人 クラインの壺
岡嶋二人 ダブル・プロット
岡嶋二人 新装版 焦茶色のパステル
岡嶋二人 チョコレートゲーム 新装版
岡嶋二人 そして扉が閉ざされた〈新装版〉
太田蘭三 殺《さつ》・風《ぷう》・景《けい》〈警視庁北多摩署特捜本部〉
大前研一 企業参謀 正・続
大前研一 やりたいことは全部やれ！
大前研一 考える技術
大沢在昌 野獣駆けろ
大沢在昌 相続人TOMOKO
大沢在昌 ウォームハート コールドボディ
大沢在昌 アルバイト探偵《アイ》
大沢在昌 調毒師を捜せ アルバイト探偵《アイ》
大沢在昌 女王陛下のアルバイト探偵《アイ》

講談社文庫　目録

2021年 6 月15日現在